我這一代香港人

U0134730

我這一代香港人

陳冠中

OXFORD
UNIVERSITY PRESS

OXFORD
UNIVERSITY PRESS

Oxford University Press is a department of the University of Oxford.
It furthers the University's objective of excellence in research, scholarship,
and education by publishing worldwide. Oxford is a registered trade mark of
Oxford University Press in the UK and in certain other countries

Published in Hong Kong by
Oxford University Press (China) Limited
39th Floor, One Kowloon, 1 Wang Yuen Street, Kowloon Bay,
Hong Kong

我這一代香港人
（增訂版）
陳冠中
ISBN: 978-0-19-549569-0
9 10 8

目　錄

I

我這一代香港人
——成就與失誤 3

移動的邊界 26

香港作為方法 34

　1. 混雜是美的：香港文化發展的附加法

　2. 擁擠是我們的特色：再擁擠也只能在城裏

　3. 香港還需要新的地標嗎？

香港作為方法
——都市神韻 42

雜種城市與世界主義 50

　1. 雜種城市

　2. 多文化主義

　3. 雜種世界主義

　4. 什麼是世界主義

　5. 世界主義與民族主義

　6. 反帝國主義的世界主義

　7. 世界主義的民族主義

粵港澳創意文化共同體 74

兩岸三地一中文 83

城市建設與創意產業 90

II

坎普‧垃圾‧刻奇
——給受了過多人文教育的人 99

現在讓我們捧台北 135

較幽的徑 146

愛富族社交語文
——英文關鍵詞 151

上海超時尚夜店的誕生 176

在北京尋電影 184

演員還是重要的
——小城之春‧生活秀 188

不藐視普通人的感情
——和你在一起 192

我愛你 196

英　雄 200

現在的大學生真能啃 204

III

墨索里尼的幽靈 211

民工就在你身邊 222

一個香港人在北京
——新浪網新春感言 227

社會制度的六種謬誤 230

個人‧制度‧文化 234

獨自打保齡 238

廉政與善政 242

關於香港地區法治的二三事 246

不要小看一句話（淑世謎米） 250

社區維權的興起 254

消費者運動的濫觴 258

社會創業家 262

關懷與正義的辯論 266

動物的權利 270

1960 年代的頭五年 274

技術哲學的轉向 278

走出負托邦 282

綠色資本主義 286

綠色資本主義
——15 年後的補記 297

顧左右而言他
——歧路中國的絳樹兩歌 300

I

我這一代香港人

—— 成就與失誤

　　我是上世紀 1952 年在上海出生的，四歲到香港，小時候上學，祖籍欄填的是浙江鄞縣，即寧波。我在家裏跟父母説上海話其實是寧波話，跟傭人説番禺腔粵語，到上幼稚園則學到香港粵語。我把香港粵語當作母語，因為最流利，而且自信的認為發音是百份百準的，如果不準是別人不準，不是我不準。就這樣，身份認同的問題也解決了。

　　我後來才知道，我是屬於香港的「嬰兒潮」，指的是 1949 年後出生的一代。香港人口在二戰結束那年是五十萬，到 1953 年已達兩百五十萬，光 1949 年增加了近八十萬人。隨後十來年，出生人口也到了高峯，像舊式的可樂瓶一樣，開始還是窄窄的，後來就膨脹了。

　　可想我這代很多人對童年時期的貧窮還有些記憶，家長和家庭的目標，印在我們腦子裏的，似乎就是勤儉，安定下來，改善生活，賺錢，賺錢，賺錢。

　　我們的上一代當然也有一直在香港的，但很大的一羣是來自廣東的、來自上海和大陸其他地方的，是在認同大陸某個地域而不是香港的背景下走出來的。

南來的知識份子更有一種文化上的國族想像，逃至殖民邊城，不免有「花果飄零」之嘆。

然而，從我這代開始，變了，就是，中國大陸對我們來說只是一個帶點恐怖、大致上受隔離的陌生鄰區，而我們也沒有寄人籬下的感覺，沒有每天苦大仇深想着香港是個殖民地，我們只是平凡的長大着，把香港看作一個城市，我們的城市。

這裏我得及時聲明我是在發表對同代人的個人意見，並不是代表同代人說話，說不定有人一生出來就懂得愛國反殖。我在下文想說明的其中一點恰恰就是愛國和民主一樣，對我們來說都是後天慢慢建構出來的。

我們的中小學歷史教科書是不介紹中國二十世紀當代史的。儘管中文報紙上有報導大陸的消息，我這代在成長期往往在意識中是把當代中國大致排斥掉的。

我這代一個最大的共同平台，就是我們的中小學，不管是政府還是教會或私人辦的。唯一例外是「左派」學校的學生，在人數上是極少數。

我們的學校當時是怎樣的學校呢？是一條以考試為目標的生產線。我們這代人一個很大的特點，就是考完試後就會把學過的內容給丟了，這對香港整代成功人士有很大的影響：他們可以很快很聰明地學很多東西，但轉變也很快，過後即丟，而且學什麼、做什

麼是無所謂的，只要按遊戲規則，把分數拿到。

在中學裏面，我覺得唯一不全是為了考試的學科，除了教會學校的聖經課，就是中文中史課。我們的中文老師可能也是我們唯一接觸到中國大傳統的渠道，關於中國文化，甚至做人德行，都可能是從中文課上獲得的。現在我這代中人，對文化歷史時政有些理想主義想法的人，很可能都是中文課的好學生，或讀過武俠小說，否則說不定連小小的種子都沒有了。

可惜中文課在香港英文學校裏是比較邊緣的東西，有些根本就不理這門課。

1964 年，我這代進入青春期，那年，披頭士樂隊訪問香港。

我那比我大一歲的姊姊和同班同學去電影院看了十次披頭士的電影《一夜狂歡》。

我們跟父母搞了些代溝，稍留長了頭髮，穿牛仔褲，彈吉他。因為我們曾手拉手唱過英語反戰歌，我以為不用問大家都是接受平等及參與性的民主，我要到了 1980 年代中才覺悟到沒有必然關連。

1973 年，香港股市在狂升後出現「股災」。

我這代的青春期，就由英美時髦文化開始，到全民上了投資一課後畢業。與同期同代大陸人太不一樣，我們可說是「什麼都沒有發生」的一代。

當然，中間經過 1966 和 1967 的兩次街頭抗爭插曲。第一次帶頭反天星小輪加價的是青年人，對未成

年的我們有點不甚了了的輕微吸引。第二次衝突大多了，是文革的溢界，逼着站在港英一邊的明智大多數和他們的子女，隨後的許多年對中國大陸更有戒心——把大陸視為他者，相對於「我們」香港。除此外，以我觀察，六七年事件對我這代大多數人的心靈和知識結構並沒有留下顯著痕跡。

這時候登場的是香港隨後三十年的基調：繁榮與安定壓倒一切。

這時候，香港政府調整了管治手法，建公屋，倡廉政。

這時候我這一代也陸續進入人力市場。

連人口結構都偏幫我這一代：我們前面沒人。

就是說，嬰兒潮一代進入香港社會做事時，在許多膨脹中和冒升中的行業，他們往往是第一批受好教育的華人員工，直接領導是外國人或資本家。我們不愁找不到工作，我們晉升特別快，許多低下層家庭出身的子女憑教育一下子改變了自己的社會階層，我們之中不乏人三十來歲就當外企第二把手。

似乎不論家庭或學校、文化或社會，都恰好替我一代做了這樣的經濟導向的準備，去迎接隨後四分一世紀的香港經濟高速發展期。

我們這批人不知道自己的運氣好到什麼地步，其實並不是因為我們怎麼聰明，而是因為有一個歷史的大環境在後面成就着我們。香港是最早進入二戰後建

立的世界貿易體系的一個地區，在日本之後便輪到我們了，比台灣早，台灣還搞了一陣進口替代，我們一進就進去了，轉口、貿易、輕工業加工代工，享盡了二戰後長繁榮周期的先進者的便宜。另外，大陸的鎖國（卻沒有停止以低廉貨物如副食品供給香港）也為我們帶來意外的好處，這一切加起來，換來香港當時的優勢。我這批人開始以為自己有多厲害、多靈活、多有才華了。我們不管哪個行業都是很快就學會了，賺到了，認為自己了不起了，又轉去做更賺錢的。

我並不是說我們不曾用了力氣，我想強調的是：

這一代是名副其實的香港人，成功所在，也是我們現在的問題所在。香港的好與壞我們都要負上絕大責任。

我們是受過教育的一代，可訓練性高，能做點事，講點工作倫理，掌握了某些專業的局部遊戲規則，比周邊地區先富裕起來，卻以為自己特別能幹。

我們從小知道用最小的投資得最優化的回報，而回報的量化，在學校是分數，在社會是錢。這成了我們的習性。

在出道的1970和1980年代，我們在經濟上嘗到甜頭，這成了路徑依賴，導至我們的賺錢板斧、知識結構、國際觀都是局部的、選擇性的，還以為自己見多識廣。

我們整個成長期教育最終讓我們記住的就是那麼

一種教育：沒什麼原則性的考慮、理想的包袱、歷史的壓力，不追求完美或眼界很大很宏偉很長遠的東西。這已經成為整個社會的一種思想心態：我們自以為擅隨機應變，什麼都能學能做，用最有效的方法，在最短時間內過關交貨，以求那怕不是最大也是最快的回報。

我在香港拍過一部美國電影，美國的設計師要做一個佈景枱子，叫香港的道具師幫他做，他每天來問做好沒有，香港道具師都回答他，不要緊，到時一定會做好的，等到開拍那天，果然那張枱子及時被搬進來了，表面上看起來還是不錯，但仔細一看，枱子的後面是沒有油漆的，因為後面是拍不到的，而且只能放着不能碰，一碰就塌。美國的道具師不明白，為什麼我早就請你們做個枱子，要到最後一刻才交貨，並只有前沒後；香港的道具師也裝不明白，你要我們做個道具，不是及時交貨了嗎，而且是幾秒鐘鏡頭一晃就過去的那種，為什麼要做得太全呢，在鏡頭裏看效果是不錯的，況且不收貨的話也沒時間改了。這是我們的 can do 精神、港式精明和效率。

我這代這種心理，早在成長期就有了，到我們出道後更是主流價值，不是現在年輕人才這樣，現在年輕人都是我們這代教出來的。

說 1970 年代是「火紅的年代」、我這代是理想主義一代，喂，老鬼們，不要自我陶醉了。

正如太多我這代人自以為了不起，其實比不上我們的上一代，只是運氣比較好。同樣，火紅的一代也只是後來膨脹了的神話，嚴格來說，都是失敗者。

首先，火紅並不是我那代的主流特質，實際參與的人就算在大學裏也只是很小的一羣：我在1971年進香港大學，在我所住的宿舍裏前後三年百多名宿生中，我知道的參加過「保衞釣魚台」運動最大一次示威的才只有三個──有個別的宿舍比例確是較高。

當時大學生的左翼小圈子裏有兩派，一個是毛派，也叫「國粹派」；另外是更小的圈，是左派中對當時的毛和文革有批判的一派，叫「社會派」。在大學外，有幾個無政府主義者，和幾堆跟當時僅存的港澳老托派聯絡上的年輕激進派，這些圈子也很小，雖然戲劇效果較大。教育、教會和後起的社工界、法律界、新聞界也有個別關心公義的人士和組織。像我這樣鬆散參加過校園民主、民生(反加價、反貪污)、民族(中文成法定語文、保釣)等活動的人則稍多一點。港澳工委在香港的有組織「左派」(不包括親北京工會會員)人數當然又多一點。但總的來說在主流社會裏是少數，說起來遠不如1989年、2003年上街人數──那才是火紅的年份。

待四人幫倒台，不少毛派學生馬上進入商界，到美國銀行等商業機構做事，一點障礙都沒有。1979年改革開放後，他們又是第一批去大陸做生意的人。到

9

底是香港教育出來的精英。

可以看到，毛派的深層執著不是毛主義，而是國族，可提煉出來給今天的是愛國。其他零星異端左派當年的主張，也幸好沒有實現，然而他們的基本關注是公義，可滋養今天的民主訴求。這就是火紅一代的遺產。

火紅年代的影響很有限，所以在1980年代，民主和愛國都未竟全功。如果嬰兒潮一代人當時空群而出要求民主如2003年的五十萬人上街，基本法都怕要改寫，事實是大部份我這代經濟動物根本沒有去爭取，而少數已成既得利益的同代人，竟有反對普選等普世價值的。同時，我這代人仍普遍保留了之前對大陸的畏和疑，而1989年的天安門鎮壓更嚴重拖慢了港人學習愛國的進程。

不在公共領域集體爭權益，只作私下安排，也是本代人特點：1980至1990年代中出現往加拿大和澳洲的移民潮。對部份南來的老一代是再出走，對嬰兒潮一代是留學以外第一次有規模的離散，大部份是因為九七要回歸而移民，故不是經濟移民，而是替家庭買一份政治風險保險。有部份的家庭，將太太和子女送去彼邦，丈夫仍在港工作，成「太空人」，因為香港的工作更能賺錢，兼想要兩個世界的最好。真正斷了香港後路者，他們的位置也很快為留港的原下屬補上。許多成年人移民後的香港身份認同並沒有動搖，身在

彼邦心在港。對我這代來說，在亞洲金融風暴前，從財富和機會成本計算上，移民加澳應屬失利。眼見香港持續發達和大陸的變化，九七前後回流香港的也不少。當然也有決心溶入彼邦，選擇另一種生活方式和價值觀的。總的來說，移民潮勢頭雖強，最終只是移民個人和彼邦的新經驗，過後竟沒有在香港留下重大烙印，沒有妨礙過去二十年香港主流的發展，而九七效應更曾一度加強這主流：賺快錢。

一直以來，就香港大學來說，主流所嚮往的，除了當醫生外，是在香港政府裏當官。文官有兩種，政務官和行政官，都要大學資格；而那些所謂最精英的政務官，他們的英語要好，大概頭腦也要比較靈，這類官員總處於職位變動中，今年可能管經濟，明年說不定派去搞工務，換來換去，當久了自以為什麼都懂，其實是按既定規章制度程序辦事，換句話說只懂當官僚。說到底，他（她）們也只是香港教育出來的精英，我們又如何能對他們有着他們認知程度以上的期待？

到1970年代中，主流精英除了各種專業如律師、建築師、工程師、會計師、教師外，還多了一種選擇：進入商界，特別是外企。1973年港大社會科學院應屆畢業生就有幾十人同被數家美資銀行招攬。我們走進了香港的盛世——嬰兒潮代的鍍金年代。

我們帶着這樣的教育和價值觀，自然很適合去企

業打工，卻同時想去創業和投機。我這代開始了香港人這種奇妙彈性組合。我們當管理人，不像西方和日本上世紀中想像的那套刻板的白領中產組織人，而是十分機動的。我們自以為有專業精神懂得依遊戲規則辦事，但如果能過關也隨時可以不守規。我們好學習，甚至加班拚搏，不太是為了忠誠完美，而是為表現獲加薪，或說有上進心。我們隨時轉工易主換業。我們是不錯的企業管理人，卻同時在外面跟朋友搞自己生意。

我這代人到底是在相對安穩的社會長大的，不算很壞，我們有做慈善的習俗(當然是在保持安全距離的情況下捐點餘錢)，在不影響正業的情況下願意做點公務(尤其當公務直接間接有助正業)，表現出大致上守信(理解到這種社會資本長遠來說減輕自己的交易成本)，也會照顧家人親友(擴大版的家庭功利主義)，不過，底子裏是比較自利和計算的，如以前在學校考試，最終是自己得分過關。是的，我們愛錢。

所以出道十年八年後，我們想像力就被綁架了，很甘心的受勾引，從賺辛苦錢，進化到想同時賺更多更容易的錢：股票、地產、財技。我們初是羨慕，後是不安份，懷疑自己的賺錢能力比同代其他人落後了，最終一起陷入了一個向地產股票傾斜的局。而那幾個行業，從1970年代初開始，一直節節上升，只有在1973-74、1982-84、1987、1989、1993-94等年，

有個短暫股災或樓價回落什麼的，很快又更猛的往上衝。至此，我這代有了這樣的全民共識：明天一定會比今天更好，因為今天確比昨天好；樓價是不會跌只會升的，打一生工賺的還不如買一個單位的樓。誰能不相信呢？我們的上半生就是在這樣的情況下過來的。至此我們整代的精英都強化了本來已有的投機習性，一心想發容易財。

我的牙醫邊替我整牙邊打電話問股票價。多少做工業的人把工業停掉，用廠地讓自己轉項去做房產，我們的偶像改成地產商或做股票玩財技的人，而我這代很多人搭上了順風車而確實得利。

1980年代也是新古典經濟學復興的列根戴卓爾年代，這學說背後的意識形態很符合我這代人的個人發財願望，我們知道了世界上沒有免費午餐、政府好心做壞事、產權不清出現公地的悲劇、尋租行為增加交易成本等啟迪民智的觀念。公司化、解規管漸成政策。資本市場進入更多人的意識。我屢次在聚會上聽到黑社會大佬在談 PE（市盈率）、IPO（首次公眾認股）。好像是天賜給我這代香港人一個方便法門，原來自利就是對社會最大的貢獻。

不過，當學說變成信仰咒語後，就出現外部效應，不利於社會進階和凝聚。

1980年代我們的一些作為，決定了今日香港的局面。

　　不用多說的是中英聯合聲明、一國兩制、基本法，這些 1980 年代開始訂下的規範性的綱領。

　　1980 年代大陸開放，我們的工業就搬到珠三角去了，誰都不能用工業空洞化的理由勸別人留港，或提出什麼工業政策。既然是賺錢機會嘛，那就去吧，本來已經有點到頭的輕工業，也不用煩升級再投資，那些陳舊的設備都被運進大陸，找到廉價的勞動力，重賺了一筆，並即時利及香港。工廠搬走（像當初上海人南來開紡織廠的用地），正好改做房地產。可這樣一來，整個香港在 1980 年代開始等於是自動放棄了製造業。

　　1983 年的 9 月，因為中英談判的前途未卜，港元對美金的匯率變成一比九塊五毛五，人心惶惶，香港政府斷然放棄港幣自由浮動，改跟美金掛勾，當時也是非常有效的決策：民心很快被穩定了下來，外資也安心，知道他們投進香港的熱錢隨時可以定價換回美金。

　　可是也因此香港政府只得放棄了自主的貨幣政策，從此跟著經濟體質差異很大的美國走，這個 1980 年代的決定一直綁住了香港調控通脹通縮的一隻手，幾任政府都不敢解套。

　　舉個著名案例，在九七回歸前，那時美國恰恰因為墨西哥危機，在減利息，減得非常低，香港也只能跟著把利息降得非常低，但香港當時的房地產是過熱

的(投機者期待回歸效應、大陸很多單位希望在香港開個「視窗公司」等等原因)，應提利率才是，卻變了降息火上加油。

後果是把已經是泡沫的房價再往高吹，毀了香港的價格競爭力，誘導了我這代中產者高價入市後變負資產。

香港1980年代以來關鍵都在房地產。1984年「中英聯合聲明附件三」每年限量批地50公頃(1981年還在售地216公頃)，這方面政府是赤裸裸干預市場而不是放任，托高了地價，成就了財富集中在大地產商的「不完全競爭」佈局(1991年至1994年落成的私人住樓有七成是由當時最大的七家地產商提供)。1984年至1997年首季，樓價升了14倍，推到一個和港人收入遠不相稱的地步，把全民財富集中在不神聖的三位一體(房產、地產股和按貸銀行)，進一步鼓動了港人走精面賺快錢，增加了政府收入，扭曲了政府決策。

世界上比較上路的政府，很少故意搞地產過熱，玄妙的是香港歷任政府竟甘於會同發展商和銀行扮演地產熱錢化的主謀共犯，而沾沾自喜的我這代有恆產者豈能不成從犯？

香港用於城市建設的土地少於20%，英國殖民者留了超過80%給山和樹，香港的土地真的不足嗎，還是利用這個迷思來政策性的逐步把地價推高？(答案：後者。)

　　1997那年，香港賣地收入佔政府總收入23%，還未算印花稅。

　　反諷的是，一半人口住的公屋，加上公共設施、公立醫院，公費教育和公務員，不靠賣地和房稅徵來的錢，我們又怎能享有這麼窄的稅基交那麼少的所得稅和利得稅？

　　這就是香港經濟的移形換影大法：香港政府既似是積極不干預的放任小政府，又是對社會能力強勢投入的大政府，像是有兩個迥異的經濟學家——弗利民 (Milton Frieman) 和阿瑪蒂亞‧森 (Amartya Sen)——同時在指導香港經濟，而從制度政策看，看到的卻是一隻依重地產並以干預來偏護地產金融財團的有形的手。一切美好，全靠地產，直到它變了怪獸。

　　這個舉世無雙的香港本色是值得大書特書的，不知道是天才的劇本，還是自然渾成：土地是皇家的，政府做莊家，以限量供地造成稀有令房價長期上揚，吸引香港人紛紛問銀行貸款買房，世代相傳了地產必升的神話，港人有餘錢就繼續買房，或投在當時七大地產公司主導的股市，讓有恆產者與地產商、股市、銀行利益與共，至於在私人住宅市場買不起恆產的人，政府建公屋或租或賣的低價讓大家住，同時靠賣地增政府收入，保持低平窄稅，法治開放，聯繫匯率，繁榮安定，進一步吸引全世界包括中國的直接投資、避難逃資、投機熱錢湧入香港，房價股市越發猛

升，大家發財，順便造就了我城幾十年的富貴與浮華、我這一代人的燦爛與飛揚，思之令人感傷，然後不禁啞然失笑，簡直是一個近乎完美的天仙局，誰還理會製造業空洞化、資源投在非生產性的建設、競爭力消失、房價比新加坡高三倍、大陸在改變、地緣優勢在磨滅、熱錢靠不住？突然日換星移，好日子不再。

場面撐久了，我這代人沒見過別的世面，還以為這就是本該如此的永恆。一個亞洲金融風暴，問題都出來了，可是已積重難返。

今天香港的問題，都和1997前我們自己設的套有關。

譬如，我們的基本法裏，規定公務員的薪水不能低於九七前，就算經濟不景，他們的薪水也不能大調，以此來保護當時公務員的信心。

又譬如，我們自以為平衡的預算很重要，故在基本法裏對此有期待。這點讓董建華擔心，從1998年到現在，香港每年都有赤字。

有些人說董建華上台後改掉了許多東西，其實現在香港更多是九七前的繼承，而不是九七的決裂：並不是說英國人走了，我們不用他們的政策，不受他們的影響了。重大的局面都是九七之前已經佈好，而不是九七後才有的，我們只是把九七前的問題更劣質化更外露罷了。

我們的公務員以前聽命於英國外交部和女皇任命

17

的殖民長官，現在也是採取和上面完全一致的態度，他們無所謂，只要老闆叫他們做什麼，他們把它做好就是了，現在做事是沒以前輕鬆了，但他們除了自保自惠外是不擔當的，敢為老闆在外面說幾句話護主，就叫很有膽色了。

董建華政府的認受性來自北京和財團主導的一小撮人，自然向北京治港官僚及財團傾斜，現在香港高級的官員，我同代的聰明人，也就不會去擋住北京治港官僚及財團對政府的暗箱操作。不過財團和主權國官僚的影響向來很大，1997後只是延續，倒是特區行政長官的自主性似更弱於受命倫敦的港督，遂惡化了「打籠通資本主義」的局。

1997年的香港是非常繁榮的，給了好的開始，財團和官僚結合的新政府以為自己掌握到過去香港成功的要素，很懂香港，非常自信，其實他們由工商專業從政，或由官僚扮政治人，對香港的認識是局部的、選擇性的、甚至自我誤導的。

本來，回歸後的政治安排有點像中國當代史上名聲不好的訓政，不過訓政也是一個機會，大權在握，是可以趁頭幾年解決一些香港固有問題及部署應對外部劇變，可惜董建華運氣和能力俱不好，無法用上訓政給他的機緣。

現在看起來，從外部來說，大陸的改革開放，初則對香港有利，再下來既一定有互補互利的雙贏情

況，甚至是大陸領着香港雁飛的共榮，但也會讓香港
體驗到「讓你的鄰居做乞丐」這句話，地區與地區間的
激烈競爭是必然的，究竟，香港以前的獨佔性的地緣
優勢是沒有了。所以說外部的情況是喜憂參雜的。

從內部來說，香港很殊勝，稅低，效率高，法治
尚存，廉政未泯，言論還自由。我自己去了大陸台灣
後也有這個感覺：在香港辦事多方便！我們沒有別的
社會的城鄉、族羣、宗教等重大衝突。當然，這些內
部的優勢也是1997前就已經有的，甚至可說是我這代
出道前已鋪墊的──其中廉政是成就在我這代的。我
一代人的問題是太自滿於自己的優點卻看不到內部的
盲點，更落後於急劇變化的外部形勢。

我相信香港不會像揚州、威尼斯般，由區域樞紐
都會一落千丈只剩下旅遊。不過看到英美一些工業城
市一衰落就是幾十年，也有可能香港轉型需要漫長的
一段時間。

我知道還是有人以為政府少說話少計劃，香港經
濟就自然會好，這是我這代既得利益者的一廂情願。
2004年市道轉旺，大家憋了很久，期待重溫舊夢，很
不爭氣的香港人又把資本拿去炒樓了。可惜時代不一
樣，一個更嚴峻的變局已成形，我們不可能回到往日
──何況以前香港政府也從來不是我們以為的那種不
干預。

往前走，我們要解掉一些1980年代以來自己設的

套。我們要來一個「邊緣向主流的反撲」。

愛國和民主就是必須並肩變為主流現實的兩個邊緣價值，缺一不可，否則既有憲政危機，也改不了打籠通資本主義的決策腐敗、政府自主性旁落、財富兩極化——香港的財富差距越拉越開，堅尼系數竟由1971年的0.430升至2001年的0.525，屬最糟糕的發達國家之一。

愛國和民主都是香港這場實驗早該完成卻未完成的部份，是自利的我這一代人遲遲交不出來的功課。

現在我們需要的是好好的去研發作為民族國家一份子的民主憲政時代的管治。

我們1980年代開始過份重視地產和金融，連政府的思維都像地產發展商，而把原有的貿易、工業冷落了。現在，我們不應只膜拜對香港生產力和競爭力最沒貢獻的地產商和被過譽的資本市場財技人，應重新推崇有國際或地區視野的貿易商、工業家、物流界、基建發展商和創意業，及實幹賺辛苦錢的其他產業如零售業和部份不受利潤保護的公共設施業。我們需要更多樣化的產業類型。

政府現在說香港以金融、物流、旅遊、工商業為主，仍不突顯工業。

但我這代人所未遇上過的結構性失業，終於出現。失業打擊了我這代部份的人，而將持續困擾下一代。這是外部環境轉變和產業偏食的後果，只鼓吹金

融和服務業，很明顯不能提供足夠就業機會。

高失業是很傷害社會凝聚的，有經濟學家就提出「二元經濟」，一方面，我們還要繼續鼓勵金融這類「高價值、低就業」行業，但從另一元來說，我們也要開發那些「低價值、高就業」的產業，包括所謂本地經濟，不然的話，我們的社會就會缺少就業機會。

「二元經濟」原指某些大面積地區內大企業與中小企業並存或城鄉分列的經濟。在全球化下的全球城市，則傾向出現收入二元分化的趨勢，一元是高收入職業，一元是低價值服務業，像快餐店職員、清潔工、小販、迪士尼主題園的服務員等。

二元經濟的說法很正確的指出維持就業不能只靠金融服務和大企業，但我們要注意「低價值、高就業」這樣的思維語境裏的「認命」傾向，小心反過來合理化了已經嚴重的兩極化趨勢，並衍生出二元分割的路徑依賴。

我這代很多人是窮出身然後翻身到富裕，現在若把就業者鎖在兩個世界，扼殺了往上流通的機會，等於正式宣告了下一代人的香港夢——水漲船高大家明天都更好——的幻滅。這將是香港的倒退。

我覺得，香港必須也有條件去倡導二元經濟的一個更進取的規範性目標，就是「中價值、中就業」，這樣大多數下一代才會有寄望。

我們要鼓勵製造業、貿易和與製造業配套的服務

業，找回80年代給我這代人弄丟了的出口導向製造業創業觀，如果不是那樣，以後香港憑什麼來做珠三角的前店呢？人家為什麼要把物流給我們呢？香港完全不參與某些工序的研發生產升級，不深入珠三角生產鏈，最後我們連物流也沾不到。我們不能總是厚着臉，求中央政府扭住廣東省的脖子讓利給其實更富裕的香港。

香港並非一無所有之地，我們有多年的累積底蘊，重做製造業、貿易和配套服務的產業不是不可行，有很多榜樣可以學，意大利北部的工業是由無數工作坊式的小工廠組成的，絕對是中價值、中就業。(不過意大利的重家族不重法的作風則不值恭維。)

我在上文說過我這代人的國際觀其實是有局限的，其中一種局限是參照對象太窄。美國固然不能忽略，但更適合為香港整體參照的有新加坡、台灣和韓國，有社會成就高的丹麥、比利時、荷蘭等歐洲小國。荷蘭環水地少人稠(是香港人口兩倍多一點)，是全球第六大對外投資國和出口國(跟香港相似)，產業比香港均衡多元，以貿易和物流著稱，強盛的製造業則傳統和高科技俱重，大公司和工作坊並列，既有國際名牌，兼發展金融旅遊原料通訊，連漁農業(含花業)也蓬勃，城市化程度高，失業率在西歐是偏低的，財富分佈相對均衡，它的政府、資本與勞工的協商民主政治，也值得參考，通過協商減政府預算、限勞工工

資，是後福利主義第三條路的典範。近年歐洲經濟不景，荷蘭免不了，偏右政府上台，繼續砍政府預算，減公務員工資人數。

當然，香港最重要是認識自己，弄清楚自己的各種能力，新的發展是要「附加」在現有資源和經驗上的，要「趁勢」，要「扎堆」，要「透孔」給多點人參與，我稱之為「香港作為方法」。

這裏，政府除了改善基建、教育和促進交流外沒有太大的參與空間，首應做一件事：減稅，給願意做製造業者一點稅務優惠，以誘創業者回來香港，這做法象徵意義比較大，給大家一個明確的信息：香港政府的優先次序和作風已調整了。在減稅這點我相信連香港的弗利民追隨者也不會反對。

還有，現在空置的廠房和寫字樓，讓他們的價格跌到最後，並繼續提供工業用地，以誘中小企業和工作坊進場，因為當初就是政府促成的高房價把它們扼殺的。廠房寫字樓不同住宅，不傷及中產階級，政府想都不應想去救市，這才是積極不干預。

當然，政府應該用公權反壟斷，為中小企業除障，甚至引導本地企業為內部市場生產中價值的進口替代，讓本土經濟也不但開動且能走向中價值、中就業。

城市本身是品牌，要有良好的營商、旅遊和居住的軟硬條件，要人家讚賞自己滿意。在全球化狀態

下，城市品牌的經營可以創匯、可以提升城市的綜合競爭力，其中少不了世界性品味文化和精緻生活帶來的中價值內需。

我們不要那麼失敗主義的説要保障就業，只能一元是高價值低就業的，一元是低價值高就業的。在兩極之外，應有更多層次，而作為政府的政策願景，更宜奮力造就中價值中就業，或用我同代的經濟學家曾澍基、陳文鴻的説法：是「優化的低價值高就業」。

如果香港沒有新就業機會，有的也只是些很低價值的工作，這樣的把部份人排拒在下的社會將是令人沮喪的。我這代很多人已上岸，可是在我們退場前是不是也應替下一代鋪好路，總不該留下一個大多數人是低價就業的雞肋城市給下一代。

要做出中價值，很關鍵的一點，也是我這代主流所忽略的，就是文化和價值觀上，我們也要從邊緣反撲主流。

以後人家需要的不是那些價低的產品，而是要創意、要想法、要服務、要彈性、要科技和文化內涵、要滿足利基需求。

香港本身並不是沒有這類文化、學術、技術和社會資源，無論是精雅的、通俗的、科技的、工藝的還是另類的，香港全光譜都有，現都在邊緣。不夠的話，作為開放社會，我們現有的人材知道如何引進更多外面的人材。現在要做的是讓這樣的文化技藝和價

值觀走回到我們社會的中心來，不能單靠我這代人過去那種考試過關、做個不能近觀的道具、賺快錢的心態了。意大利工作坊裏做個傢具，要有資產性投資、技藝，審美品味，也要願花時間、有所追求。

我前陣子看過一篇大陸雜誌的人物訪談，那大陸人說他最近去過一次香港後對香港的印象完全改變了，他去了一家小小的冷門唱片店，在那裏，他把他一生所有想找的唱片都找到了。原來香港什麼都有，如果你真的去找的話，是什麼東西都找得到的。但同時，它們又都是小小的，處於社會的邊緣，而主流對文化學術一直少有理會，主流1990年代都在忙地產。

如果中價值中就業的產業是香港的出路，最終還得回到香港人的教育，建構較豐滿的文化價值——但不要以我這代的主流為榜樣。

(2004 年)

移動的邊界

香港的問題不大，相對而言。

相對的不止是問題挺大的某些中東地區或撒哈拉非洲，也包括俄羅斯和美國、印度和中國大陸地區和台灣地區，以至同樣被認為是問題不大的日本、西歐、加澳紐和新加坡。

香港的情況放在世界上任何地區、國家或大城市都應算還好。

香港問題不大，是全球化、中國、殖民地和特區自己的造化。

但相對不大的問題，就香港的管治來說卻是不好解決的課題，癥結在全球化、中國、殖民地和特區自己的造作。

香港是紐約倫敦同類的金融中心，在中國的唯一競爭者上海跟香港還有很大距離(原因很多，包括人民幣不是國際貨幣、上海股市是東亞病夫、銀行和金融實權的中心其實是北京等)。

另外，香港像紐約倫敦一樣有商貿服務業、消費旅遊業和創意產業(2004年倫敦創意產業佔總就業人口14%，香港2002年數字是5.3%，容或兩者計算基礎不

畫相同，後者應還有很大發展空間）。

上海有商貿有腹地，有製造業和製造服務業。

許多名城只要俟着製造業和製造服務業腹地就可以活得不錯，像三藩市（矽谷）、台北（北台灣）。

當新加坡政策性的要求製造業佔國民生產一定比重的時候，香港工業空洞化了，卻視珠三角為腹地，自演「前店」角色，只是香港現在必須承認珠三角也是其他區內城市的腹地，大家都要分一杯羹，尤其廣州是一定會拼的，因為它要靠這塊來崛起。

香港如紐約柏林，淡出了製造業，未能學倫敦、巴黎、東京、新加坡這樣持續發展高科技生產業。

不過，就算把製造業和製造服務業放在一邊，香港的條件（金融＋商貿服務＋消費旅遊＋創意產業），世界上只有少數城市能及。

可是這種沒有製造業的「金融＋」的「全球城市」有一個危險傾向，就是市民收入兩極化。結構性的失業、就業不足或大量就業者實際收入降低——這就是香港現況，現在的貧富差距堅尼系數高於 0.52，名列世界前茅。

紐約倫敦有一點是香港現在做不到的：前兩者在人口自由流動的民族國家內，有人搬出去，有人搬進來。

可是香港有人為的邊界，同一國的人想來定居卻不容易來，港人也很難住到鄰城去，我們這個「類城

邦」全球城市變了悶燒鍋，而全球化就像慢火煲靚湯，誰都想喝上一碗，沒人覺得自己是鍋裏的湯渣。

或許，香港問題不好解決，是因為我們太多「邊界」。

1. 行政區域的邊界：百年殖民政府要到了1950年方設置邊界管制，然後到 1980 年才終止抵壘政策（之前大致是只要能進入香港，就可以留下）。現在，應該鐘擺回邊界的鬆綁。

2. 身份的邊界：在一國兩制的巧安排下，回歸後我再沒有碰到過任何華裔香港人不承認自己是中國人。與台灣相反，香港的國族認同是越來越穩固的。不矛盾的是，正如大陸人一樣，地方有地方的身份。如果你在北京，問是哪裏人，人家會說河南人、山東人、天津人、北京人，不會有人擰着說：我是中國人。我們是可以為自己的港人身份而有榮譽感的。

然而，身份認同就是邊界建構，玩特殊，搞本地，分我他，既可塑造歸屬感和社羣價值，亦潛伏着自閉和排斥、妄念和恐懼。

3. 政治想像的邊界：貧富懸殊社會的政治分歧，將追着階層之間的斷裂線而出現，當權派若因此更懼怕民主，抓權不放抗拒普選，由小撮人選出行政長官，結果將是扼殺中間理性的聲音，導至負責任的管治階層難產，政府自主性旁落，行政立法因認受基礎不同只有互軋沒有協作，代表廣泛利益的大政黨制度

無法建立，社會分裂對立，陷入裙帶甚至流氓資本主義的局。

害怕也沒有用，香港的政治年代已到，行政不只主導不了政治，甚至整合不了管治，壓制民主不利香港穩定、管治和發展。

我們現在談的並不是國族層面的身份認同政治，而是城市層面的管治政治。香港進一步民主化不是為了處理國族問題(因為問題不大)，而是為了城市的有效管治和良性發展——我們只是想選個市長而已。

在香港政治用語裏，我應算是民主親中。

4.經濟想像的邊界：1970年代香港發展戰略是北進的，就是在新界建設高人口密度工業新市鎮，但1984年「中英聯合聲明附件三」協定殖民地政府每年批售土地不得超過50公頃(1981年還在售地216公頃)，政府開發重點由偏遠新市鎮急轉彎回到原市區，因為地價的巨大差異，關係到售地收入，故特別着重在高售價的市中心海傍填海，並積極拆原市區來重建，海港兩岸舊區面目全非而房價飛漲，香港由工業城市轉向金融「世界城市」。

香港人的主流經濟觀遂成形：有了金融不需要工業，政府積極不干預，然後更簡化為政府少做事經濟自然好的「民間智慧」——生意人的民粹主義，而很多香港人都有生意人心態。最沒道理的，是誤以為地產的利益就是香港的利益。

（房產升價只表示居民要付出更多錢才能得到這個生活必需品，並不是一種提升生產力的投入，地產沒有令香港增值，只是在降低香港的競爭力和誘導了資本錯置，地產商對香港的貢獻並不比其他商界高。）

可見，除行政區域的人為邊界外，香港還有許多扭擰的邊界思維，人為造作被看作不可改變，面對現實反被當作不切實際，難怪香港管治會走入怪圈。

現在我們試移動一下邊界，跳到框框外推研，看看會有什麼驚心動魄的風景：

1. 香港九龍塘站與深圳之間設磁浮高速鐵路，把車程壓縮成10分鐘，香港與深圳撤邊界，兩市居民自由往來不用過關，大量香港市民遷居深圳，香港用上深圳的高科技基礎和製造業(聯動着珠三角東部)，深圳終於找到該市的唯一出路：與香港一體化。（本來大部份香港人對深圳部份地區的認識已經超過荃灣。）

保留意見：深圳的壞人都會來香港。深圳的住戶業主與發展商、管理公司的糾紛，無日無之。深圳每年工傷致殘的工友，驚人的多。這裏真的要罵一下深圳共產黨和市政府，你們有想過要為人民服務嗎？另外，港人遷居深圳，香港房價會跌──經濟邊界思維又來了。

2. 有人去，有人來，歡迎大陸人來香港居留。是，不像以前，現在絕大部份負擔得起香港生活的大陸人恐怕已經不想來了，可是我們受到一個現象的鼓

舞：近年香港的大學裏，多了一些優秀的大陸本科生，成績是可以進國內重點大學的，卻選擇來港，可見香港對少數優秀人材仍有吸引力，而大陸的極小數就夠香港受用了。這方面香港要向澳門學習：香港連在吸引大陸投資移民一事也遠不如澳門做得好。(這裏不用多說的是應盡量方便香港人的大陸直系親屬來港家庭團聚，如果他們／她們願意來的話。)

3. 再說廣州：接受一個現實，香港不再是珠三角唯一的前店，聯邦快遞選擇以廣州而不是香港為亞洲總部是有道理的，大廣州本身的製造業優勢(含汽車製造等科技工業)早已超過香港。廣州也要明白，香港不是省油的燈，在多方面將持續是地區龍頭，並已建好巨多基建，不會一點都搶不到物流生意，必要時也可以打價格爛戰兩敗俱傷。塵埃落定後，港穗將領悟到，對着珠三角這塊共同腹地，通吃不如分贓，承認對方的存在，大家高增值合作，一是協同讓珠三角產業升級並轉移基礎和勞力密集產業到鄰接省份(較富裕的港穗以此幫助內地發展)，二是逆向提供融資物流等服務，把長江流域和西南地區吸引過來，叫它們選用廣州和香港進出，南向代替東向，截上海的糊——在以後的區域與區域之間的競爭，長三角才是珠三角的可敬對手。

自由行和暫時效果不突顯的更緊密經貿關係安排，皆屬替邊界鬆綁的長期趨勢的其中一步，港人固

然可以着眼全國，各找利己切入點，譬如一些有特殊專業技術的人士選擇去上海北京發展，不過，對大部份有心創業的人和中小企業來說，是否有必要捨近取遠？

廣東加上港澳的人口，等於四個台灣，超過英國、法國或德國，是一個說廣東話和愛港式嶺南文化、極有潛力一體化的市場，本身已值得精鋤細作，何況後面是大陸市場。

以我熟悉的創意產業為例：

紐約廣告業服務全美國，香港只做香港，規模不可能大。大陸市場龍頭是上海北京，廣州第三，香港廣告人只是在京滬打工，而不是把生意接到香港。

廣州香港廣告業若結合，應可奪得全國市場較大的一份餅。

廣東製衣業世界觸目，已可以替客人出紙樣，以後在生產鍊上有機會更上層樓。

廣州報刊在全國表現出色。

廣東有最多境外電視台合法落地，電視文化自成一國。

廣州是全國錄像錄音產品流通中心，很多較具規模的盜版轉正行的民營發行公司都在廣州。可是，它影視音樂的上游創作製作都不行。廣州沒好製作，香港沒大陸渠道，兩者的互補還不明顯？

只有扣緊廣東以至大陸市場，香港的創意產業

才能發揮它應有的潛力，終有一天做出倫敦、紐約的規模。

所以香港與廣州之間應一步到位選用最快的地面集體運輸系統，即磁浮高速鐵路，時速400公里以上，壓縮現在的一小時半直通車程至30分鐘之內。

港穗成世界級都會區域，如東京—橫濱—名古屋、大坂—神戶—京都、阿姆斯特丹—鹿特丹、米蘭—圖林—熱那亞、波士頓—紐約—費城、法蘭克福—萊茵河區、大巴黎——身份鮮明的香港中國人除了一貫是堅定的世界主義者外，也同時自我定位為大珠三角區域主義者，創新地繼承50多年以前的省港澳一家、輻射至華南和東南亞的大格局。

屆時，港穗雙贏，時尚港人如廣告人、平面設計師、服裝設計師、電影電視音樂人可能家在廣州，不是開玩笑。

當然，因為種種邊界障礙，上述一切不一定發生。

同樣是空間的隱喻，在香港本位的「往何處去」和「邊度都唔使去」之外，2005年不妨試試去移動一些邊界。

(2005年)

香港作為方法

1. 混雜是美的：香港文化發展的附加法

香港整個文化發展應用「附加」(add-on) 的方法。

以城市建設為例：從西環到銅鑼灣，這一帶，如果我們用「附加」的眼光看，它裏面已經有最時髦的東西，有最商業的東西，民居、商店、寫字樓、小工場、休閑娛樂區混雜在一起，有中有西，反映不同歷史時期不同源流，有高雅的，有傳統的，有流行的，有波希米亞的，有殖民地遺留下來的，有中原的，有嶺南的，有現代的，有後現代的，有社區的，還有很民俗的，比如避風塘、大笪地，這些都是我們寶貴的資源、遺產，如果我們把這些不同的特色都做得很深很細，把他們都突顯出來，然後再巧妙的附加新的東西的話，這已經很精彩的一帶就會變得更精彩、世上無雙了。

像我這樣在這裏長大的人，從海港看這一帶，都覺得震撼、屢看不厭。如果我們在這一帶精耕細作，把一切該保留的東西保留好，把一切該擴大的東西擴大，再附加些非常超現代甚至超現實的東西，讓它更複雜、多元，馬上就能讓所有人感受到，香港是驚人的精彩。

34

現在我們的重點不應是拆房子以新代舊，而是留舊加新。

可是香港政府總是要在什麼地方填一塊地另外開闢一個什麼中心，這樣做是沒有意思的，因為沒有文化底蘊。相反，我們應該在那些有文化底氣的舊區，把原有東西發揚出來，就地包裝，像北港島以至尖沙咀、旺角、九龍城，可以一路做過去，這樣就能比較快地轉移香港人的視角，不再從地產單一維度來考慮所有事情了，還能把我們城市本來複雜的、擁擠的、曖昧的、不協調的、半唐番的、匪夷所思的組合很具體地強力呈現出來，當然我們也不排除新興的東西進來，這樣一來香港這個超複雜城市的旅遊價值也會提升。

複雜不協調甚至魔幻荒誕是可以好看的，是可以吸引人的，密集複混才是香港市容的既有優勢。

我們要珍惜所有——我強調「所有」兩字——既存的建築，那怕在時人眼中被認為是普通的甚至是土氣是難看的建築，不要太急下價值判斷，因為所有這些建築就是我們某一段的歷史，是我們的文化累積，更是我們的社區、記憶所繫。

本雅明 (Walter Benjamin) 說，我們要從壞的新事物開始。或說，歷史不能從頭來，所有的努力是對既有的現實的附加。

附加的同時難免要有選擇地清除，但重點是在保存現有的基礎上而附加，只作必要的清除以配合附

35

加，而不是先清拆光，從頭再建。

我去看過上海和台北，很羨慕它們保留下來的東西很多，上海思南路把幾十棟洋房和大樹都保護下來沒有動過，而這一切我們香港是太晚了，整塊的風格完整性是沒了。

我們的獨特風格正是不配套的複混，最大資源就是這個混雜曖昧擁擠的既存空間，許多東西高密度重疊在一起，超複雜，卻有暗序，這才是我們的特色、迷人之處。就像為什麼日本人跑到香港來點名要看那個重慶大廈，那麼亂的地方，但看了很過癮，因為是獨特的香港製造的空間。我們的出路是令城市更複雜化、差異化，因此更過癮，更吸引世人眼光。

政府官僚就喜歡整塊地方重新規劃，這樣好像才能體現他們的政績似的，他們覺得把原有的東西重新改造得很輝煌卻還是不怎麼樣。

Soho到蘭桂坊一帶，政府主要做了條自動電梯和一些路面，其餘都是民間自發搞出來，卻把它弄得有人氣、成景點，這可以給我們一個啟發，從西環到銅鑼灣以至整個特區都可以這樣搞。

超複雜城市的附加法有三個要點：

一是趁勢，建築在現有的現實上並加以發揮，那裏有潛力就把注碼押在那裏，不要從零開始。

二是成堆，物以類聚產生規模和效果，譬如：把中環大會堂高座全變成國際書城；低座交給香港話劇

團和中樂團交響樂團做長期演出場所，讓遊客可預期來看；往東添馬一帶建電影博物館、流行樂博物館、漫畫館和創意設計館，表揚本土創意；沿海邊讓畫家擺地攤，連起演藝學院和藝術中心，成行成市，那一線就有規模景觀的效應。並且因為是在市中心，才能最有效的改變香港人的自我理解，清楚的給出一個強信息，讓全世界對香港的文化想像更聚焦、更豐富。

三是透孔，或叫分攤，不要政府或地產商全規劃，只作引導，透孔讓民間資源自動從各個方位滲透進來，那麼力量就大了。

如果在大會堂高座這樣的中心地，通過有效利用政府資源，降低租金，開出一羣非常大規模的優質書店，這本身就是個很好的象徵了，可移風易俗，香港整個人文氣氛就會上升，像誠品書店在台北那樣一家書店提升一個城市的形象。到時誰還會笨到說香港沒文化？把大陸書，香港書，台灣書以及外文書都集中到一起，成自由行旅遊焦點，這樣大陸人來就可以看台灣書，台灣人可以看大陸書，各取所需，肯定旺丁旺財。

2. 擁擠是我們的特色：再擁擠也只能在城裏

擁擠，是所有大城市的基本狀況，更是很大部份人類在地球上逃不掉的共同命運。既逃不掉，就要學會如何處理擁擠，善用擁擠空間。

香港這麼擁擠，竟沒有大亂，我們一定是做對了

些什麼。或許我們有些方法可以為世人師。

張智強是香港最受國際注意的建築師,而最多報導的是他住的地方:在港島某普通街道某普通大廈的其中一個普通 330 平方呎單位。以前張智強還與父母和三個妹妹同住,一度並曾分租──都是我們熟悉的情況。然後父母妹妹搬走,張智強一個人住 330 呎,在香港算中等。他開始拆牆,玩移動間隔和傢具,竟可組合成三類生活空間,包括一個超大屏幕的家庭影院,容八人看電影。然後──然後是國際掌聲,被認為代表擁擠香港的特殊性,並為小戶型如何變大空間的普遍問題作了示範。張智強現在的作品都以香港作為方法,靈感來源包括後巷、籠屋、點心蒸籠。

香港人一生都在處理擁擠。我曾跟父母和姊姊住唐樓的中房,房東一家住向街較大的房間,另有租客在最小尾房,像電影《花樣年華》。那時人小,不覺擁擠,現在看,一房怎可能住四個人?那房間恐怕放我現在的衣服和書都不夠(張曼玉住這樣的房間,如何變出這麼多像樣的旗袍?)

後來稍富裕了,屢搬稍大的單位,父母轉折自置 1000 平方呎,三房二廳,那時候是一家九口,加上女傭,一度還租出尾房。這叫有恆產的中產階級了。香港中產再富,那住房仍是寸土必計算,惘惘然有揮之不去的擁擠意識。

　　80、90 年代出現的移民加澳熱潮,除政治原因

外，也因為是那邊的空間吸引，香港中產在那邊亞市區可住進有花園的獨立洋房——較不擁擠的空間。香港是市區，加澳是香港的亞市區，如現在北京有錢人要遷住郊區有圍牆、有警衛的別墅，都是為了逃避擁擠、爭取較大空間而付出代價。

柏蘭芝（台大城鄉所、柏克萊，現任教北大）曾撰文指出北京這樣城市發展「郊區」低密度住宅的問題：

> 高增長的中國將沿著（幻想中的）美國的道路前進……在新鎮或衛星城的建立過程中，就業機會的分散始終不及於居住的分散，而道路建設的速度又不及私人汽車增長的速度，如此延伸的是通勤距離的拉長，城市向郊區無邊無際的蔓延。低密度的郊區化發展鯨吞蠶食了都會區周邊的青山綠水以及肥沃的農田——想像一下今日江南的陷落可以作為對比。

發展亞市區（大陸媒體一般誤稱之為郊區）或另建衛星城，除非能和在地就業配套，否則本身會出現問題。

不是每個人可以有能力逃離市區，而發展中國家的大城市的亞市區，更難免出現如柏蘭芝說的「原本以為『郊區化』意味着花園洋房，汽車代步，但在郊區基礎設施落後，發展定位不明確的情況下，置業郊區倒成了與城郊區合部流動人口和貧民窟為鄰的尷尬局面……」。

中國以至全世界更多人口要轉為城市人口，對大

多數人來說除擁擠城市外別無選擇。在北京的一次討論張智強作品的研討會上，著名建築師張永和和清華建築學院的周榕都憶述了北京雖大，居屋從建國以來一直擁擠，因此，張智強把小空間玩得精彩，有普遍的啟發示範作用。

我向是主張文化人要為了創建城市文化，守在市區，面對擁擠。在擁擠處理上，香港應有點經驗累積，可供全世界參照——香港本身就是方法。

3. 香港還需要新的地標嗎？普通建築才是主菜

香港還需要新的地標嗎？

如果有無限資源，那也無妨搞多些有性格的標誌性「署名」建築物。像香港這樣已經是超複雜的城市，我們的審美必然是「多就是多」(more is more)。

不過這事情不急，我們已經擁有超越一般城市的地標了。維港、兩岸的密集不協調建築羣、太平山等，早就把香港放進世界十大奇觀城市之列。

最近很多城市羨慕古根漢博物館的畢爾包效應，或主題休閒對奧蘭度知名度的提升。但香港不是台中市或深圳澳門，任何單一維度的地標建設只是錦上添花而不是起死回生。

不管是香港這類幸運的特色城市，或是庫哈斯(Rem Koolhaas) 所說的普通 (generic) 城市，更重要的是大多數當地人生活在其中的大多數建築。沒有錯，

就是所謂「普通」建築。

有地標建築，就有地標以外的大多數建築：普通
建築。或轉用文圖里 (Robert Venturi) 的比喻，有了拉
斯維加斯，就表示有更多社區的「大街」(main street)。
理想城市是兩者都要。

而其中，普通建築才是一個城市的主菜。那是人
民老百姓的生活世界、是社區、是工作和休閑的安心
立命的場域。用一個流行但不太準確的說法：那是一
個城市的軟件。

要遊客願意在香港待超過三天兩夜，一再回訪，
不能光靠地標。

更何況一個為人民的政府，首先應把大部份資源
用來改善人民生活素質、提升人民的生活尊嚴——在
普通社區的普通建築裏。

這是軟件升級，社區精耕，公民參與，也就是上
文所說的附加法。

台北的優質生活、社區營運，主要是在該城不起
眼的普通建築裏。

人家重訪北京、上海，甚至住一段時間，也不為
旅遊景點。

香港的魅力，是要看複雜擁擠市區的複雜擁擠
「普通建築」裏，能創建提供些什麼。

(2004 年)

香港作為方法

——都市神韻*

在一個談都市神韻、公共藝術、公共空間的香港研討會上，作為一個排在比較後的發言者，有很好的後發優勢，不止是先聽了別人說什麼——我從中受益非淺——而是覺得有更大的自由，或說是更大的空間，去包含一些在較早的發言是會覺得太籠統的話題，即文化的話題。但其實也是因為上述被討論的話題，本身就要求着我們，甚至可以說逼迫着我們，去擴闊到好像是跟上述話題無關的文化話題。

如果我們問，甚麼是香港都市的神韻，難道我們不是在問，甚麼是香港的特色，難道我們不是在問，甚麼是香港的形象，以至甚麼是香港的文化，以至終於難免要問，甚麼是香港？而甚麼是香港，難道不是意味着，香港的歷史是甚麼、香港的經驗是甚麼、香港的故事是甚麼，不是意味着，人們如何想像香港，人們如何理解香港，人們如何體驗香港？而這個時候我們又很容易想到，這個所謂人們，其實並不見得有共識，是名副其實的眾數的各種人們們 ('s')，甚至剛才我說的我們，其實亦是各種我們們。任何人說話用上

   * 香港民政事務局「都市神韻——藝術與公共空間」國際研討會

人們，我們，人民，全港市民，多是並沒有徵求眾數的各種們們的同意。我們應很警惕，用英文的說法是到處尾巴加上一個眾數的 's' 字，這或許不是很流暢的中文，但卻絕對有利於公共衛生，因為董建華特首、香港旅遊協會幹事、牛頭角順嫂，在座的各位，其實是眾口難調的，不過如果有一天大家變得口徑都一致，首先就用不着再開研討會，跟着我們應該想辦法盡快逃離香港。

談到公共藝術、公共空間，如果有人問一個簡單問題：「是為了什麼？」類似上述的籠統文化問題也就會出現。難道公共藝術是因為體積龐大，放不進美術館，或嫌美術館人流少大眾看不到，所以把英語所說的大寫的藝術搬到公共空間？難道公共藝術只是為了美化市容如聖誕燈飾，相對於垃圾蟲是醜化市容？——我已很慷慨的假設這些公共藝術本身不是垃圾或刻奇，雖然過往經驗很多美化市容的公共行為結果是製造了更多刻奇。難道公共空間不也就是有限公眾資源，故此是主權在民是由公眾委托了政府或公共機構代管並應受到公眾監督，特別是應該監督某些公共空間應否或如何由公共轉給私人，即變成私家重地，非請勿進的私人空間，既是空間擁有者或使用者的有隱私權的空間，也是地產擁有者或使用者的商業空間，必然此長彼消的侵蝕了公共空間，以至有購物商場是否公共空間之議，才會有香港的外勞家傭只坐在露天

的皇后廣場而不坐進置地廣場因為後者雖有廣場之名實為私人空間——它的公共性是有選擇性的。但是，難道公共藝術公共空間只應事事迎合民之所欲，結果變成娛樂事業？大家知道純以量化計算而言公共藝術在娛樂市場的競爭力往往是偏低的。同時，難道藝術家、策展人、城市規劃師、建築師、政府及公共機構的執行者——先排除其實排除不了的政治商業和私心干預而假設她們都是誠懇無私的——憑她們自己的審美和專業學識——必然帶着之前吸收了的「前認識」——就可以代大家決定要甚麼樣的公共藝術和公共空間？

而對這些假設是誠懇無私的人士來說，香港本身的特殊性只有讓「是為了什麼」這問題更令人困擾：

外地來的賓客們，雖然香港的公共衛生行之有年，但難保你們不會拉肚子，你們可以試一些同樣行之有年有效的中國草藥，但如果有人灌你們喝各種香港這個「亞洲全球城市」的迷湯，我就沒有現成解藥可以推介，只寄望你們體內有抗體，不過我可以告訴大家，這東西看上去一定是很可口的，吞下去還會有亢奮的快感，只要你事後知道說不定其中有幻覺——這並不是很容易分辨到的。

你們或許會感到比較安慰的是，我們香港人也長期在服用這種跟餵你們幾乎一樣的迷湯。

或許現在大家可以猜想到，為什麼我在說香港是什麼這個話題時，總是結結巴巴，顧左右而言

他，因為我知道說得流暢的時候，就是你們應該懷疑我的時候。

　　比我更不流暢的是那一小羣研究文化的香港學者，我不是指他們難免挾雜的後現代後殖民切口，而是他們為了要誠實只好經常用「反話」來說香港，如「消失中的城市」、「消失的文化」、「雙重反向」、「沉默歷史」、「詭異城市」、「我是誰」、「香港的非想像化」、「內爆」、「愛彼為難的歷史」，以至「反面空間」(包括虛擬和論述的空間)。這些很有見地的反面論述說明了我不能輕言香港，一切關於香港的各種正面說法，大家認為動聽的香港故事，耳熟能詳的港式宏大敍事，不論說給本地人或外地人，說給自己或說給別人，都可能只是有傾向性的一種「說法」而已，或只是廣告詞，只是自我催眠的咒語，作為綿密連貫的現實主義式故事還真是漏洞百出容易給人反駁。

　　反諷的是，這樣的反面論述，反面顯示了主流聲音並不足以描述香港的同時，卻證明了香港的特殊性。作為最早參加「布列頓森林」的世界秩序的新興地區，一個一直背靠中國大陸地區、放眼世界的文化不設防城市，一個在二戰後人口才暴長而國族中心文化底氣稀薄的邊陲前殖民地，雖然有許多壞建築並曾罪惡地過度破壞僅有的歷史遺產，卻沒有變成程式化的全無特色的普通城市，更呈現了讓別人的現成論述套不上、不好說的本地性，一種特種的雜種全球主義，

一種無邊界的本地主義，見證着殖民和去殖民、去中國和再中國，本身更在某些方面成了掌控別人命運的「亞帝國」——如流行文化的輸出和港商在珠三角聘用的千萬勞工——卻依然讓人只能說一句多餘的話：香港就是香港，那香港真可能是比我們這些自以為熟悉香港的人所想像的更神奇、詭異、不好說。

　　從說香港是自由放任經濟但同時是有一半人口住在「公共」房屋享用低廉公共醫療的「福利社會」，到以政府工業政策、儒家文化或終身僱用制來討論東亞經濟然後補充說香港是例外，到充滿創意的一國兩制框架下的行政主導、行政吸納政治以至令人聯想到法西斯時期意大利統合法團主義的功能組別制但同時卻維持着相對高效和廉潔的公務員隊伍並大致實現了許多普世價值如言論自由人身保障，香港一直是別人的各種現有理論說完主論點後寫一個例外的那個例外、加一個補充的那個補充——那無論怎說都是香港的一項成就。

　　有一陣子特區政府還說要讓香港成為東方的曼哈頓，我們很難想像譬如倫敦會喊說要成為大西洋東邊的曼哈頓，但香港到今天還會有人這麼謙卑，放下這樣身段，即香港這個超複雜地方早已經是世界級的奇觀——容或可說是偉大——城市之一。我並不是說香港沒有東西可向曼哈頓——另一個偉大的城市——學習，作為無邊界的本地主義者，香港永遠應是一個不

斷學習的、開放的社會，不過香港的其中一個重點學習對象應該是：香港。反面說，香港自己還沒學會做香港，整天只想拿來別人的想法往自己頭上套，並不斷向自己重覆自己編出來的過時廣告宣傳。正面的說，是讓香港作為香港的方法。

香港作為方法——或許每個稍有傳統的地方都應兼顧自己的方法——不同於之前日本學者提出的亞洲作為方法和中國作為方法，後兩者是思想史學界要擺脫西方定義下的現代，但我這裏說的香港作為方法完全是指屬於全球化時代一種進行中的現代，但卻以強頑的本地性——這個本地本身又是個多元的中心——豐富了大家對全球化的理解，做了一次長達 50 年的示範：連香港也能一邊擁抱全球化一邊鬧哄哄的玩本地化，大家還用怕甚麼全球化：事到如今全球和本地別無選擇必須擇善固執的並行，而那怕是不理想的現狀卻是僅有的起步點。譬如香港的擁擠，是舉世有名的，然擁擠可能是今後大部份人類逃不掉的命運，故香港對擁擠的處理，已開始為世人研習。譬如我們的電影、設計、漫畫、餐飲、電視、美術、音樂、報刊、散文、小說、表演、建築等，皆早具港味、甚或蔚為港風、甚或可稱得上「香港學派」。譬如別地方可以炫耀原味 (authenticity)——當然原味這玩意本身是值得懷疑的——香港早就沒有原味，只有混雜，但這混雜卻成了正宗港味，成了香港的特色甚至優勢，一對

47

經過調整的眼睛甚至可以欣賞到其中的美。混雜是從外看的，在裏面生活的人看到的是有序的、有用的和有意義的——對長久在其中生活的人，更有社區的和歷史憂傷或懷舊的意義，這是她們曾參與協作的空間，並是構造她們現在身份的空間。我曾提出過城市發展的附加法，就是先不要整片亂拆，而是在既存現實的基礎上有依據的附加(倒不是隨意作裝飾性添加)，即是指優先保留和發揚現有的舊區，把隱藏的、壓抑的、遺忘的東西突顯出來、把現有的潛力發揮起來，不管是殖民地的、共產黨的、民國的、中原的、嶺南的、民族的、民俗的、雅文化的、精英的、現代主義的、田園主義的、半唐番的、全球化的、外國勢力的、時尚的、商業的、社團的、行業的、社區的，以至香港原創的和混雜出來的，先讓各有並存空間然後才策略性的附加新的和前瞻性的，並落實體現於原在的各區各種空間各種建築，那怕是最普通的建築。這是歷史主義的做法。這個附加法讓公共空間不至於進一步受制於政府參與共謀的單維度地產發展思維。這個附加法讓各種人們可以很創意的參與進來，就藝術觀念而言是藝術即經驗的進路，鼓勵藝術家介入公共空間但不獨尊大作品主義。這也是共同體的做法——一個地方的共同體是眾數的，有不同層次不同屬性，正如每個人有多重身份。把香港千頭萬緒又無可替代的面貌共時的呈現出來，神韻自在其中。這是我們的

故事們(包括從而創造的未來故事們)，我們的身份們；
這是個人成長、個人有所依托的生活世界，也是香港
人看到自己的豐富複雜的身份和傳承後，打開思路，
讓多元香港想像重新出發的孵化器。有些人可能把公
共藝術理解成地標建築物，標榜着創作者的才華和擁
有者的財富。我更願看到公共資源放回一個歷史主義
的和共同體的自我學習、不斷成長的環境。

(2003 年)

雜種城市與世界主義*

　　很榮幸能在香港做這次的演講，香港是我自己的城市，也是很適合談雜種和世界主義的城市。這個城市，在一百四十多年前，曾經包庇過一個清廷的通緝犯叫王韜，他在香港住了二十二年，以現在的標準早就算是香港人了，他在香港發表了許多言論，談世界大勢和中國自強之道，李鴻章之後，他是民間第一個提出變法的，香港學者羅香林甚至說沒有王韜在前，就未必有後來的康有為梁啟超變法維新運動。王韜是愛國者，卻也是他同代人中最早的世界主義者。下文我還會再說到他，並會提到世界主義也是中國思想當代傳統的一部份，並且與孫中山的亞洲主義和梁啟超的自由主義的民族主義可以互相補足。在這個中國崛起的戰略機遇期，大家都在反思，反思現代性，反思國族，反思中國自己的思想資源。我認為這個時候更有必要提倡一種經過反思的世界主義，以抗衡兩種我認為危險的民族主義。

　　我的題目是「雜種城市與世界主義」，我得先談雜種城市，然後再談一下多文化主義，才轉進去談讓雜

* 本文係 2005 年香港書展「作家講座」發言稿

種文化和多文化的存在變得有可能的世界主義，指出一種新的世界主義的面貌，和它與民族主義的關係，然後總結為什麼民族主義必須結合世界主義。這是個大題目，一個我認為是對當前中國和世界很重要的課題。我會盡量簡短。

雜種，hybrid，mongrel。

世界主義，cosmopolitanism。

1. 雜種城市

先說一下雜種城市。

艾耶爾 (Picolyer) 是個住在日本、在英國長大的印度裔美國籍的英文作家，他寫了本書叫《全球靈魂》，說世界上有一輩這樣的人，飛來飛去，他們的文化是混雜的，這對我們香港人來說很好理解，因為香港本來就是個半唐番的地方，很多人因為工作或家庭的安排也經常飛來飛去，我們可以想像一個在中國大陸出生，小時候移民到殖民地香港的人，歸化了加拿大籍，在英國拿MBA，加入了美國麥肯錫顧問公司，駐過德國法蘭克福、韓國首爾、印度 Bangalore，現被派去中國上海。這樣的全球靈魂，往往是住在大城市的，生活習慣和文化取向很雜，還好，世界性的大城市，本身也是混雜文化的場域，既有麥當勞，也有越南餐館、印度餐館、墨西哥餐館，吃得到魚生、湯陰功和點心，可以看到荷里活大片、港產片、歐洲藝術

片甚至孟萊塢 (Bollywood) 歌舞片。世界越是全球化，這樣的人會越多。

艾耶爾認為最好的雜種城市是多倫多，那裏多民族多文化相處最好。可以説，所有大城市都有一定程度的雜種化，有些雜種程度極高，如紐約、倫敦，有些稍低，如東京、北京、伊斯坦堡，但大概也是該國家內人種和文化最雜種的地方。

如果説這樣的全球靈魂往往只是一小撮精英，代表着全球資本和跨國企業的既得利益，這説法也不完全錯，只是我們要知道這個精英潮也是很值得我們去關注的。同時，我們也可以看到雜種城市文化有很多平民色彩的面向。就算多倫多也絕不是一個只有企業精英式全球靈魂才住的城市。

一種不一定屬於精英的交雜就是移民，包括非法移民和移民後裔在當地形成的少數民族多文化局面。另外還有異族通婚、外勞、留學、出國旅游和跨國文化交雜等。(當然，更有很多負面的交雜，如犯罪、疾病、環境污染、恐怖主義)。

現在中國發行量最大的電影雜誌叫《看電影》，是一本黑龍江的雜誌，裏面主要是介紹美國和香港電影，讀者遍全國，絕大部份是年青人和平民老百姓。互聯網對訊息的交雜更不用説。文化全球化大概是否認不了的了，不只是《哈利波特》在中國熱賣，也是金庸小説賣到英語、法語國家，十二女子樂坊打進歐洲

和日本市場，北京畫家方力鈞的作品掛在巴黎龐比度中心。美國電視劇在東亞地區並沒有多少大眾市場，電視劇比較區域化，韓劇《大長今》不只橫掃受儒家影響地區，而且在伊斯蘭的印尼和馬來西亞亦大受歡迎。

我們也可以說這些只是文化消費的雜種化，正如批評者說的把世界當作巨型超級市場，不過這也是很有意思的現象，而且消費雜種化在很多地方，特別是城市，已算不上是精英行為。

著名英語作家拉什迪 (Salman Rushdie) 是寫跨國雜種論述的一個代表人物。他在印度操 Urdu 語的伊斯蘭家庭出生，後歸化英國籍，他說：「城市容許你成為公民，雖然你不是國民」。他 1989 年出版的小說《撒旦詩篇》，引起當年伊朗的宗教領袖霍梅尼發出追殺拉什迪的教令（「菲特伍」fatwa），在該教令一周年紀念日，拉什迪發表了一篇對雜種的禮贊，值得引用一段：「今日那些最吵嚷着反對撒旦詩篇的人有一種觀念，認為不同文化的互相混合將無可避免的弱化和摧毀他們自己的文化。我持相反觀點。撒旦詩篇歌頌雜配、不純、互相混合，轉化是來自人類、文化、思想、政治、電影、歌曲的新和不被期待的組合。它為雜種化而歡欣，並害怕純的絕對……因揉合而改變，因連接而改變。它是給我們的雜種自我的情歌。」

雜種，就不是單種或純種，雜種文化不是單一文　53

化，不是單一文化，就較有可能不執迷文化上終極的純正，故亦較有可能不對文化作出本質主義和不准質疑的理解，也就較不容易出現所謂原教旨主義。換個角度說，有了寬容，才有雜種。

美國學者弗羅里達 (Richard Florida) 在《創意階層的崛起》一書內說，城市要推動經濟，需要創意階層，但如何吸引創意人才住到你的城市來呢？那城市一定要是個寬容的城市，寬容，才可能自由度高，才會出現文化多元化，這樣的城市才對創意階層有吸引力，而多元文化的交雜，更進一步的刺激創意。《華爾街日報》的資深作者扎迦利 (Pascal Zachary) 甚至寫了本書來說明，一個企業內，人種和文化的多樣化和雜種化，有利於創意和競爭力提升。不論他這個說法是否成立，但他有一個很好的觀察：現在很多人渴求的是兼備「根和翼」，根是指本地身份認同和本土文化傳統，翼是指去看世界和吸收外來文化，不再是一種純粹自閉傳統與無根世界的對立，而是既保留繼承下來的根——所謂可以攜帶的根 (portable root)，同時擁抱世界，並各自作出混合以超越自己原來想像的自己。

雜種其實並不是無根，而是多過一條根，它的主體是複數的主體，它的身份是眾數的身份。譬如一些混血兒，他們往往比非混血兒更意識到自己身上的根源問題。一些移民的第二代也如此。他們在人數上雖只是少數，但卻是這個越來越混雜的世界的集中表現

——其他人可能只是較不明顯和不自覺的雜種而已。

美國學者沃爾德倫 (Jeremy Waldron) 說，或許文化的混合是與文化的根源一樣歷史悠久，或許純正性與同一性從來就是迷思。

2. 多文化主義

介紹了雜種這概念後，我要先談一下大家可能比較熟悉的多文化主義，這對我下面討論新的世界主義會很有幫助。

雜種是深層的文化混合，而不只是不同文化的並列。曾經有好一陣子，大家談到的多元文化，只注重了不同文化在一個國家內的並列共存，強調了不同文化的存在權利和承載者的身份歸屬性，即加拿大學者泰勒 (Charles Taylor) 說的「承認的政治」，指在一個國家的範圍內，少數民族、女性、階級、宗教、世代、身體有不便者、不同地域居民、不同興趣團體、不同性偏好族羣等，紛紛強調自己的特殊性，爭取保留甚至促進自己文化身份和生活方式的權利，形成了北美澳紐和一些歐洲多民族國家內的「多文化主義」，多元文化成了一種主義、一種立場，這場由那些國家的自由派和左派推動的多元身份認受運動，在過去的幾十年大範圍的改變了當地的社會風氣，並提升了不少人的權利、福利和身份的安全感，以至後來當政的保守派也不能輕易否定。

但是一個國家內的多文化主義，因為強調身份認同，往往矯枉過正，僵化了差異，若推至極端更將出現不包容和原教旨的傾向，形成國族文化的分裂。為此，多文化主義惹來很多批評，除了保守派外，自由派也有人大不以為然，譬如，美國哲學家羅蒂 (Richard Rorty) 在《成就我們的國家》一書中，抨擊這種強調差異的多文化主義，並主張提倡愛國主義和一些進步的美國主流價值。英國與荷蘭是歐洲最落實少數民族多文化主義的國家，但現在因國境內的極端份子的恐怖主義行為，該兩國政府也分別提出要境內少數民族遵從國族主流共識的「英國性」、「荷蘭觀點」。

然而，針對羅蒂的主張，另一自由派學者努斯鮑姆 (Martha Nussbaum) 則在《愛國主義與世界主義》一文中提醒大家說，糾正多文化主義的，不是愛國主義，而是抱有對人類共同體更高理想的世界主義，她正確的指出，如果推到國際層面，所謂愛國主義和民族主義，其實就是多文化主義的變奏，只不過主體不再是某一國內的某一族羣，而是國家民族。

的確，多文化主義對身份認同的強調，如果沒有世界主義的普世價值作為補充，推到極端就是國與國之間、族羣與族羣之間的互不相容。對文化相對主義者和西方多文化主義支持者來說，在多民族的前南斯拉夫解體後，或非洲的盧旺達，本來住在同一地區的不同族羣出現種族清洗，是一個必須反省的歷史事

實。這時候，有些論者認為應該重提世界主義。

3. 雜種世界主義

現在我們再看看，雜種這個概念，是如何比多文化主義更符合世界主義的要求。

波斯裔印度學者巴巴 (Homi Bhabha) 就是以英文寫作，從左翼「後學」觀點，以雜種來一併消解民族、國家與多文化主義的論述建構。他認為大城市裏的雜種文化，是不能用單一的國族文化——譬如說「英國」文化——來說明，但也不能靠多文化主義或少數民族文化來涵蓋，因為這些都只談身份、風土習俗與原味，假設了先存的國族或族羣身份，並帶決定論色彩，單向設定了文化只是這些身份的表達而已。用這些範疇來看大都會區的文化實況肯定是不足的——當代大城市是一個人種、文化、生活方式不斷摻混的場域，它的文化是雜種的世界主義文化。上世紀八十年代的多文化主義思維，強調身份的多樣性，當時是為了破解強調身份同一性的國族論述，但因為兩者都是把身份放在討論的中心，結果都包含不了大城市的雜種世界主義文化。

雜種世界主義的文化跨越了國族疆界，既是傳統也是現代、既是東方也是西方、既是本國也是外國和跨國的，既是本地的也是跨域的，既是國內多數民族的，也是國內少數民族的，不光是多文化並

57

列，而且互相混雜。

雜種世界主義是對多文化主義的改造，既重視身份認同，也歡迎溝通交雜。

我們可以看到在世界各地旅遊的人，越是有這種多文化雜種世界主義精神的，越尊重和欣賞別個地方的文化和生活方式，而不會以為自己的文化是唯一了不起的和正確的。除了老牌的世界主義組織如紅十字會、奧運會之外，現在眾多國際非政府組織，如無國界醫生、綠色和平，都可以說是帶着多文化精神的世界主義組織。新的思潮如環保人士強調的星球思維和發展經濟學裏面的社會能力發展觀，都是世界主義的，同時重視地方上的差異和資源。

甚至在西雅圖各地反全球化示威的人羣，除了經濟保護主義者外，更多是來自各地的世界主義者，沒有世界主義精神，他們何必為了後代的環境或遙遠的發展中國家去反對經濟全球化。

瑞典學者漢納茲 (Ulf Hannerz) 說：「真的世界主義首先是一種取向，即願意交往他者」。他強調世界主義是「對反差而不是對劃一的尋找」。

多文化雜種世界主義可說是新形態的世界主義，拒絕了各種原教旨、排他和文化沙文主義，消解了歐洲中心主義或其他種族中心主義，卻是懂得欣賞特殊和本地、尊重各種社羣、傳統、邊緣和弱勢文化。多文化雜種世界主義並非拋棄國族文化、傳統文化、地

方文化、社羣文化、特殊文化，而是從中吸收多過一種養份並作出不同的組合；並非追求一種抽象的世界或現代，而是有根的、有身份認同的、有嵌入性的，只不過不是一種而是承認了一個人可以同時有多種根、多重身份、多重嵌入。

或者可以說，今天的世界主義，是受過多文化主義洗禮的；同時，今天的多文化主義，也在世界主義的質疑下要自我修正，而大城市的雜種化既是成果也是催化示範。要強調的一點是，不論是並列的多文化或是混合的雜種文化，背後都需要寬容、開放、自由、交流、合作、睦鄰、和平這些世界主義價值觀。

沒有世界主義的支撐，城市的多元和雜種文化都會凋謝。

這就是為什麼我在下文要用很大力氣去談世界主義，並在這個民族主義復興的年代，談它與民族主義的關係。

4. 什麼是世界主義

世界主義，古已有之。

中國傳統和先秦儒家思想的天下觀，有它「中國即九洲」謬誤的華夏中心主義一面，也有天下大同的理想一面，孔孟皆曾作跨國游說，以普世仁義替代邦國利益。佛教更是徹底的世界主義，眾生無分別的平等，人無國界皆有佛性。

西方世界主義最早誕生於公元前四世紀，希臘哲學家德謨克利特說：「全世界都是我的故鄉」，認為對一個智者來說，世界是開放的，一個善靈魂的故土是整個世界。犬儒第歐根尼被問是哪裏人的時候，回答「我是世界的公民」。世界主義的歐語字源由此而來。

早期有世界主義想法的希臘人，多是曾經出外旅行或被放逐的人，見過非我族類，故對自己城邦的成規有所反思。

不過古代世界主義最強力的思想來自三世紀希臘羅馬時期的斯多噶學派，以助人為己任，他們往往離開自己的城邦，去服務異鄉人。他們認為每個人首先都是人，只是在附帶的情況下才是政體的成員。塞涅卡說：「我來到世界並非因為想佔有一塊狹小的土地，而是因為全世界都是我的母國」。

希臘悲劇裏安提戈涅認為有比城邦法律更高的法律，基督教裏也主張凱撒歸凱撒、上帝歸上帝的理念。不過，早期基督教雖受當時盛行的羅馬斯多噶學派影響，但作出了很微妙的變化，分開了人間的國度與天國，而不是按古希臘世界主義者一向的分類，即自己出身地的邦國與外面的世界。世界主義基本上是種世俗的主張。

早期的自由主義思想尚未引進世界主義，早期的自然法學雖偏向個人權利，卻沒有人類四海一家的含義，而社會契約論者以單獨國家為主體，而把

國際歸為無政府領域。

不過，因為旅行和國際貿易的擴充，道德上和文化上的世界主義在啟蒙時期再次冒現。孟德斯鳩、伏爾泰、狄德羅、休謨、杰佛遜都以世界主義者自居。

斯多噶學派在十八世紀再受到重視，被作為是人類共同體的一個理想來提出。這時候世界主義成了啟蒙道德哲學的重要資源。邊沁指出人類盡有去苦取樂的共通性，康德則認為人皆有理性，同屬一個共同體，個體既是世界公民也是現存國家的公民，每個人的自由是所有其他人自由的基礎。康德並提出永久和平的構想，主張友愛好客，每個人有權移民，國家不能把人民當作私產，異鄉人到了別人的屬土，也有權不受敵意對待，世界上任何一角侵犯了人權，普世都會感同身受。

這種平等思想延伸至抗拒封建等級、殖民主義與奴隸制度。

美國革命與早期法國大革命都是世界主義精神體現的高峯期，美國世界主義革命家潘恩 (Tom Paine) 除了策動美國革命外，也參加法國大革命，並死在歐洲。他說：「哪裏沒有自由，哪裏就是我的故鄉」。

當然，也有啟蒙思想家對世界主義存疑，如盧梭就問如果你愛所有人，不就是什麼人都不愛？

這時期經濟上的世界主義與資本主義的變化是分不開的，經濟上的世界主義者都反對國家的重商主義

而皆支持自由貿易，密爾1848年的《政治經濟學》首先指出資本越來越世界化，馬克思與恩格斯在《共產黨宣言》說資產階級通過對世界市場的剝削使每個國家的生產與消費有了世界主義的性質。

馬恩所談的世界主義，一方面有現在所說的世界資本主義體系的意思，另方面也指各國的無產階級看到了共同的階級處境，創造了國際主義工人運動的契機，所謂工人無祖國，最終國家將消失，建立無階級的社會。

啟蒙時代是世界主義的黃金年代。歐洲雖在十七世紀中已建起了以民族國家為主體的威斯伐里亞秩序，但佔思想主流的是世界主義。至少有一派學者認為直到十九世紀前，民族主義並不成氣候。

5. 世界主義與民族主義

世界主義與稍晚出現的民族主義有什麼關係呢？

由啟蒙時期到二十世紀一次大戰前，世界主義遇上過三次大逆流：

第一次逆流是1792至1794年法國大革命後期。

第二次逆流是1806年後德意志啟蒙人士的「變臉」，由世界主義轉向種族的浪漫民族主義。

第三次逆流是1914年社會主義運動由國際主義轉向民族主義。

不過就算在十九世紀，民族主義與世界主義一樣

大行其道之際，很多知識份子仍兼備兩種身份，或遊移於兩者之間而不認為自相矛盾。他們可能是自由主義者或社會主義者，但他們都兼有着一種當時的民族主義者的特徵，認為自己的國族文明可以是進步的載體，將引領全球其他地方進入世界主義的紀元。

把世界主義與民族主義看成對立，只是二十世紀的事。

一方面，上世紀初至一戰前，西方自由主義者和社會主義者大致都已認定民族主義是反動的，故與世界主義是對立的。其後發生的兩次大戰更證明這個想法。

另方面，非西方國家和殖民地的一些政治思想家也分拆的對待世界主義與民族主義，但取向迥異，認為民族主義是革命的：這些地區想學西方國家一樣，轉化自己成為獨立的現代民族國家，那些已立國的強調主權獨立，尚未獨立的或想分裂出去的則強調民族自決，都以民族主義作為是正面和建構國家的意識形態。他們用民族主義建立了自己的西方現代式的民族國家，卻為了生存而有必要反對西方列強的民族主義，即帝國主義、殖民主義、霸權主義。

雖然非西方和新國家的民族主義者裏也有傾向世界主義的，後者往往只被看成一種遙遠的理想；更多時候，民族主義者是排斥世界主義的，反殖理論家法農 (Frantz Fanon) 就是反世界主義的著名例子。

　　魯迅也說過不論是民族主義者或世界人，皆是偽士。

　　列寧和斯大林皆曾嘲笑過世界主義者，認為他們是無根無忠誠的人。斯大林口中的無根世界主義者，被認為指的是蘇聯境內的猶太人。

　　受蘇聯影響，四九年後的中國，世界主義地位比自由主義好不了多少。中國一度主張過的輸出革命，雖有社會主義國際主義意味，但當時是以第三世界主義的話語來作框架的。中國更貫徹的是不結盟、強調主權不可侵犯的民族主義。

　　到了今天，中國特殊論的論述大為流行，大國崛起的民族主義情緒高漲，如果你到中國重點大學談世界主義，那些已經變臉的人文學科老師和大學生，大概也會對你一臉不屑。

　　世界主義最廣泛的定義是指超出自己族羣的傳統（時間）與土地（空間）的界線，在這個意義上，羅馬帝國、中國朝貢制度、奧圖曼帝國、拿破崙歐洲、日本大東亞共榮圈和蘇維埃共和國都有着類似世界主義的跨域跨民族的表象，難怪許多要求主權獨立或民族自決的民族主義者會抗拒世界主義，而世界主義往往被聯想起異族入侵、強國霸權、帝國主義、殖民主義、歐洲中心主義、外來文化、崇洋媚外。孫中山就說過：「帝國主義天天鼓吹世界主義」。

6. 反帝國主義的世界主義

在一些民族主義者的心目中，世界主義與帝國主義和殖民主義是分不開的，因此是有罪的。這正如有些學者會認為基督教、貿易、啟蒙思想、科學、西方人文學科以至整個西方開始的「現代」都是跟帝國主義的侵略連在一起的、儒教與中國專制是有共生關係的、日本禪佛教是支持過軍國主義的，因此也都是有罪的一樣。

用同樣的邏輯，跟帝國主義分不開的民族主義更應是有罪的——歐洲列強和日本都不是老牌的多民族帝國，而是民族國家，它們的帝國主義侵略行為其實是一種民族主義的表現。中國共產黨人瞿秋白早就說過：「我們今天知道，帝國主義鼓吹征服，並不屬於世界主義範疇。掠奪他人，乃是真正的狹隘民族主義」。

不過，頭號犯、元凶若是帝國主義，那麼世界主義、民族主義之流，只是從犯，犯了窩藏犯人之罪，罪不致死，正如我們不必把儒家與中國王朝專制一起埋葬。

如果現在連民族主義都能重見天日，世界主義更應恢復名譽。

用學界的說法是：它們與西方大國的某段歷史在時間上有着聯繫，但我們不要把各種思想的歷史經歷

65

與它們的有效性混為一談。事實上，從世界主義裏，我們可以找到對治帝國和霸權的資源。世界主義的代表性哲學家康德就曾強烈反對殖民主義，批判「我們大陸上的文明國家⋯⋯造訪他國時所施加的不公正」。現在，用以制衡單邊主義的多邊主義主張，也是世界主義在國際政治上的體現。

因為歷史理由，許多民族主義者以為民族主義與世界主義是不可調和的，甚至把後者等同帝國主義。可是，世界主義不單不等同帝國主義，並且是反帝國主義的。

這裏，我提出一個論點，就是：非西方民族國家的反帝國、反霸權主張，豐富了世界主義的涵意，恰恰能讓民族主義與世界主義重新走在一起。

這方面，中國一些思想家如王韜、李大釗、林語堂，就曾經超前的提倡過一種世界主義，即反帝國主義的世界主義。這種反帝的世界主義，可以配合另外兩種超前的主張：自由主義的民族主義，如梁啟超所倡導者，和反帝國主義的區域主義，如孫中山的亞洲主義。【註】

中國學者李歐梵在《上海摩登》一書中形容的上世紀前半段用中文寫作的上海作家：「他們那不容質疑的中國性使得這些作家能如此公然地擁抱西方現代性而不必畏懼被殖民化」。同樣的，晚清到1949年以前的一些思想家也有同等氣度，做到反帝反殖卻不離棄

世界主義。這段時期才是中國思想的豐收期，是不可忽略的當代傳統。

就是這種反帝國主義的世界主義，加上前文所說的受過多文化主義洗禮的多文化雜種世界主義，讓我們看到世界主義與民族主義是可以調和的。

7. 世界主義的民族主義

在全球化的今日世界，世界主義的有效性更形突出，重要學者如康德傳統的哈貝馬斯、斯多噶傳統的努斯鮑姆、功利主義傳統的辛格 (Peter Singer)，都在主張世界主義。

令人矚目的是法國哲學家德里達 (Jacques Derrida) 晚年重拾啟蒙價值，包括世界主義。除了提出寬恕與好客原則外，他在2001年的訪問裏強調以國際法和國際刑事法庭來推進基於世俗化人權觀的世界主義。

以往的自由主義論述，包括羅爾斯 (John Rawls) 的正義論，一向都假定了論述是發生在一個民族國家範圍內的，而國與國之間仍是霍布斯式的無序。近期的重大進展，一是以世界主義視角來處理全球治理，二是自由主義的論述更注意到了民族主義這個隱蔽的命題，提出了「自由主義的民族主義」這個重要的說法 (其實梁啟超在上世紀初已有此主張)。

無論是從世界主義的角度切入，還是站在自由主義的民族主義立場，雙方又回到可以對話的距離。

英國學者赫爾德 (David Held) 以論述世界主義民主治理而著名，他指出兩種錯誤的想法：一種以為過去一百年無甚改變，當今世界跟金本位的大英帝國年代沒大分別。另一種則是狂熱全球派，以為民族國家已無關重要，赫爾德認為這派人誤解了全球化的性質。現在站在世界主義立場的政治學者其實甚少主張成立世界政府，並大多認為民族國家和各國政府在全球化時代仍扮演不可或缺的角色。

曾對赫爾德的世界主義民主觀點有所批評的加拿大學者金里卡 (Will Kymlicka)，被認為是少數民族研究和自由主義的民族主義主要論述者之一，不過金里卡也認為：「啟蒙世界主義者和自由民族主義者之間的爭論是十分有限的。我認為，如果把自由民族主義描述為是對世界主義的拒絕，這將是一個誤導。假定在自由民族主義和啟蒙世界主義之間存在許多共同之處，並且他們都認可自由平等的普遍價值的話，我寧願說，自由民族主義包含了一種重新定義的世界主義。」

金里卡並說：「在國際關係層面，自由民族主義者已明顯同意建立以自由貿易、國際法發展、包括廣泛尊重人權和禁止領土侵犯為基礎的世界秩序，而在國內層面，認同了自由民主憲政、機會平等、宗教寬容以及更廣泛地向多元主義和文化交流開放的觀點。」

以我看來，正如自由主義重新被認為可以與民族

主義共生，被重新定義(多文化雜種、反帝國主義)的世界主義也可與多種型態的民族主義互補。

我更進一步想補充一點：世界主義固然可以與自由主義的民族主義互通，亦可以與不完全是自由主義的民族主義並存。不完全是自由主義的民族主義，如社會主義的民族主義、國家主義的民族主義、合作主義的民族主義、儒家民族主義，都可以同時帶有世界主義成份。

甚至，啟蒙世界主義在加入了二十世紀的多文化雜種主義與反帝國主義後，我們幾乎可以想像一種新組合，就是世界主義的民族主義，或叫民族主義的世界主義。

民族主義者要認識到，民族主義與世界主義不能互相排斥。

世界主義成份稀薄的民族主義(或文明主義、本地主義)是危險的，上世紀的種族主義、極端民族主義、法西斯主義和軍國主義，本世紀的主戰原教旨主義，都是例證。

讓世界主義缺席的民族主義，是不符合國家民族的利益的。

現在，華文圈有兩種民族主義論述是缺乏世界主義信念的，一種認為大國崛起難免一戰，一種預設了二十一世紀必將再出現文明與文明之間的衝突。當然，美國方面也有同樣的言論，雙方互為鏡

像，貌似對立，實乃同出一轍。

　　站在中國立場，我們可以接受甚至肯定有世界主義成份的民族主義，這樣的民族主義講民族自尊、國家富強、文化認同，同時有促進國際交流與維繫和平的強大意願；我們要警惕的是宿命的認為終須一戰的民族主義與「文明衝突論」的民族主義，因為它們沒有世界主義的價值觀，不相信文化和文明可以並存甚至交融，不努力尋求和平的選項，只為戰爭與衝突提供正面反應，結果步入製造敵人的路徑依賴而最終可能是自我實現了預言。沒有世界主義成份的民族主義，將是戰爭與死亡的民族主義。這是為什麼，在到處都是民族主義論述的時候，我們也要多談世界主義。

[註]

　　A：王韜因上書太平天國事，遭清廷通緝，1862年至1884年避居香港，做了二十二年香港人，其間曾去過英國和日本。他很清楚歐洲或西方不是鐵板一塊，而是處於民族國家的爭霸時代。他說：「歐洲諸國之在今日，其猶春秋時之列國，戰國時之七雄」，但因為「西人之輕我中國也，日深」，中國必須自強，但他的識見高於魏源「師夷長技以制夷」那種華夷內外秩序觀，指出「自世有內華外夷之說，人遂謂中國為華，而中國以外統謂夷，此大謬不然者也」。他已明

白到「中國即九洲」是錯的，必須承認別的民族國家。他認為「當今之世，非行西法則無以強兵富國」，「試使孔子生於今日，其於西國舟車槍炮機器之制，亦必有所取焉」。但他知道馮桂芬的中體西用論是不足的，自強需要變法，他僅晚於李鴻章而是民間第一個提倡變法的。他主張君主立憲制──「我中國……一人秉權於上，而百姓不得參議於下也……今我朝廷能與眾民共政事，同憂樂，並治天下，開誠公布……我中國自強之道，亦不外乎是耳」。他認為「至於富強之法，宜師西法，而二者宜先富而後強，富則未有不強者也」，而「商富即國富」。民族國家的富強，實為「六合將混為一」的世界主義做了基礎：「東方有聖人焉，此心同此理同也。西方有聖人焉，此心同此理同也。蓋人心之所向，必有人焉融會貫通而使之同。故泰西諸國今日所挾以凌侮我中國者，皆後世聖人有作，所取以混同萬物之法物也。」

　　B：李大釗提倡「人類一體的生活，世界一家的社會」，並於1919年《大亞細亞主義與新亞細亞主義》一文中說：「我的新亞細亞主義有兩個意義：一個是在日本的大亞細亞主義沒有破壞之前，我們亞洲的弱小民族應該聯合起來共同破壞這個大亞細亞主義；另一個是在日本的大亞細亞主義既經破壞以後，亞洲全體民眾聯合起來加入世界的組織──假如世界的組織那時可以成立」。

C：孫中山在 1924 年 11 月 28 日的演講提議用亞洲主義來對抗帝國主義：「東方的文化是王道……講王道是主張仁義道德……講仁義道德是用正義來感化人……只有用仁義道德做基礎，聯合各部民族，亞洲全部民族便很有勢力」。他質問「你們日本民族既得到了歐美的霸道文化，又有亞洲王道文化的本質。今後，面對世界文化的前途，究竟是做西方霸道的鷹犬還是東方王道的幹城，就在你們日本國民去詳審慎擇了」。不過孫中山對世界主義是保留的，有時候他說「帝國主義天天鼓吹世界主義」，但他並不認為世界主義與民族主義是對立的：「我常聽見許多新青年說……現在世界上最新最好的主義是世界主義」，「近來講新文化的學生，也提倡世界主義，以為民族主義不合世界潮流」，「我們要知道世界主義……是從民族主義發生出來的。我們要發達世界主義，先要民族主義鞏固才行。如果民族主義不鞏固，世界主義就不發達。由此便可知世界主義實藏在民族主義之內」。在當時中國的情況，把民族主義放在世界主義之上是可理解的。

D：世界主義者林語堂往往簡單的被理解為幽默（「道理參透是幽默」）和性靈（「性靈解脫有文章」）的作家，只是「兩腳踏東西文化」的把外國文化介紹給中國人，又把中國文化介紹給外國人——尤其是1935年後他以英文寫作使他在美國聲名大噪。不過我們若看他

在1943年二戰後期用英文寫的《啼笑皆非》，就看到他其實也寫外國事給外國人看，並且是言正詞嚴的站在反歐洲中心主義和反西方帝國主義的立場，預先參議着戰後世界的新秩序——「亞洲的出現簡直就是帝國主義時代之末日」，「西方國家必須計劃與亞洲合作，或計劃不合作而準備一次更大的戰爭」。他自己為此付出代價——近期的研究認為他一邊反西方帝國主義，一邊反中國共產主義，結果後來他在美國是左右不逢源。

E：梁啟超是中國自由主義民族主義的奠基者。他在晚年時候曾為世界主義說話：「我們須知世界大同為期尚早，國家一時斷不能消滅……我們的愛國，一面不能知有國家不知有個人，一面不能知有國家不知有世界。我們是要托庇在這國家底下，將國內各個人的天賦能力盡量發揮，向世界人類全體文明大大的有所貢獻。我們國家，有個絕大責任橫在前途。什麼責任呢？是拿西洋的文明，來擴充我的文明，又拿我的文明去補助西洋的文明，叫他化合起來成一種新文明。」

(2005年)

粵港澳創意文化共同體*

我在上海出生，但對上海沒有記憶，記憶可說是從香港開始的，我從童年到成年都在香港，這裏要感謝來自番禺的家傭，和小時候看的黑白粵語片，讓我對廣東文化感到特別親切。

今天的題目是珠三角的文化想像。

讓我先談一個有趣的對照例子，來幫助我們理解珠三角兩個主要城市廣州與香港的文化關係。

十九世紀中，上海如二十年前的深圳，沒有自己的文化身份。當時上海屬於吳語文化的地區，而吳語文化的中心卻是在蘇州，寫上海的小說《海上花列傳》用的並不是那時候已經成形的上海方言，而是標準吳語，可見一斑。

七十年代光緒早年，對外通商才有二十多年歷史的上海，突然吹起了北京熱，京貨、京裝流行一時，帶動這股熱潮的是一種雜戲，從徽班進北京六十年後算起，真正成形也才只有二十多年歷史，原來叫二黃、西皮、皮黃、甚至被貶稱亂彈，名稱上尚未能統一，倒是上海人把這種「文武昆亂不擋」的花雅交雜戲

＊ 本文係「交易場域：珠江三角洲的文化想像」研討會發言稿

曲統稱「京戲」，有「滬人趨之若狂」之說，連長三書
寓堂子的高級校書要找情人，據說也首選京戲戲子。京
班代替了的姑蘇文班崑曲，上海人寧聽二黃不聽彈詞。

美國學者戴沙迪說這是上海對蘇州作出的文化
挑戰。

這過程中，沒有自己文化身份的上海接受了地域
的吳文化、清朝中央的京文化、加上進口的洋文化，
經過競爭與交易──交是交雜，易是變易──而編出
了自己的文化組合。

有一個關鍵是：沒文化的上海成了經濟中心後，
不止成為文化的主要消費城市，到了上世紀初幾乎全
國文化更要通過上海才能再呈現再發散，因為上海成
了書籍、報刊、電影、音樂的生產城市。經濟崛起，
文化身份更顯著、文化認同更確定，上海成了全國文
化中心。

上海和北京的文化中心地位是不斷在更變的，京
劇的演變恰恰最能說明：

首先是同治死後兩三年的光緒年間，中央政府禁
止演戲，演京戲的只能到上海租界謀生，自此上海成
了京劇的主要消費市場，清末在京「好腳僅僅夠吃
飯，次等腳連生活都不夠」，故必「視海上為外府」，
所謂「到上海唱紅了，才算真紅」。梅蘭芳在回憶錄
《舞台生活四十年》中說：「我第一次到上海表演，是
我一生在戲劇方面發展的一個重要關鍵……上海舞台 75

上的一切，都在進化，已經開始衝着新的方向邁步朝前走了」。梅自上海返北京後，1915年起開創了「新式古裝戲」，成為「京戲裏一個大波瀾」（歐陽予倩語），可見與當時在京的老式京劇有點緊張，也是上海報端最早界定這股新風為「梅派」。

1927年後中央政府定都南京，北京改名北平，有記載「北平繁華一落千丈，堂會大見減少，名伶們賺錢，只有靠出門跑外碼頭了……名伶去一次天津，能吃半年，去一次上海，能吃一年」。

當然，熱愛京戲的上海，自然自己也在發展京戲，開始的時候是地位較低的所謂南派京戲，然後因為出現優秀的人才，例如麒麟童周信芳，綜合了更多中西舞台手法，同時對北京的大師尊崇有加，交雜變易而自成一家所謂整體戲劇，即海派京劇中的麒派，吸引了更平民化的受眾與新一代的知識份子。

到1949年後，中央政府設在北京，全國文化中心的地位隨政治回到北京，京劇中心也如此，有所謂五十年代以來海派京劇萎縮及向京派皈依之說，這又是後話。

上海和京劇的故事說明什麼？大概有三加一個觀點：一、文化的中心是轉移不定的；二、文化身份不是古已有之恆久不變的，而是演變建構出來的、交雜變易出來的，是要不斷被重新想像、重新界定的，上海文化如是，北京文化亦如是；三、文化中心的地位

76

和文化的身份都受到政治和經濟實力的影響，經濟中心一般都是文化消費中心，往往更是文化生產和散發的中心。一個觀點是：出色人才、奇人異士如梅、周，有助於創造歷史時勢。

用上述三加一個觀點對照廣州與香港，可看出類似轉折。廣州是歷史名城，十六世紀開始與西方貿易，香港開埠之前，已是成熟華南重鎮；而香港，在割讓後仍有英國殖民者認為香港棄之不可惜，但不久到了1876年中文評論已有所謂自香港興而四大鎮遜之說，接下來的一句是自上海興而香港又遜焉。有英文報導上海英商自認為高香港英商一等，而許多香港的英資去了上海設公司，並都以上海業務為重。相信香港到四九年前經濟地位並無超過上海。但香港華人的文化，一貫與廣東關係密切，廣府、潮汕、客家等三大主要廣東文化深入香港民間，粵劇團自稱省港戲班，以珠三角南北兩城為定位。省港文化一體的想像在上世紀民國時期相當強，大致，省在港之前，省府廣州在文化上較為強勢。抗戰開始則文人一度集港，直至太平洋戰爭止，為時很短。

變化出現在四九年後，省港一體想像雖沒中斷但已減弱，香港漸自成地區的經濟中心，並且是文化生產的中心，連粵劇以至嶺南畫派都要以港、澳為庇護港，譬如嶺南畫派的主要宗師高劍父就於四九年移居澳門並在 1951 年逝世。

四九年後香港的文化，在原有傳統文化特別是廣東地域文化、英語殖民文化、以京滬穗為中心的當代國族文化與世界文化等基礎上，加上二戰後進口的跨國文化，漸漸交雜變易出自己的特色。例如很有文化身份代表性的香港粵語流行曲，就可能是用了日本美國原創歌曲，加上香港的編曲、歌詞、歌手，甚至配中國樂器演奏，是交雜變易然後自成風格，被稱為cantopop。

到了改革開放，頗長的一段時期，香港流行曲、電影、電視劇雄霸鄰近地區，香港無線電視台的節目，一度佔珠三角地區九成的收視。但廣州及珠三角經濟力量隨改革開放浪頭而起，部份當地文化產業也有出色表現，現在香港電視台在那邊的收視只佔百份五十，雖仍然強勢，但不容否認長期是在滑落，慢慢又回到兩中心的局面。

可見每隔一段時期，廣州和香港也都要被重新想像、重新表述。現在又到了這樣的一個時候，因為兩者都感到焦慮：香江動人的舊故事已說完，新故事尚編不成章；廣州作為得風氣之先的改革先鋒故事也快變陳腔濫調，深圳更有誰拋棄了深圳之說。香港廣州深圳都在問，下一章令人振奮的情節將是什麼？其中一個有潛力的框架就是可以連起穗港澳鵬城的珠三角、大珠三角以至泛珠三角，或我下文主張的粵港澳。

今日珠三角幾乎是連綿都會區，令人有了去建立一個地域共同想像的衝動。暫時，珠三角給大家的只是一個經濟區域的想像，內含行政籌區域的可能。對它的文化想像仍是有待建構的。一個區域可以有自己的文化身份，讓人有文化想像嗎？我想或許是可以的，譬如美國矽谷，是一個產業區域和鬆散行政鄰區的統稱，也可生成自己的文化，引起世人的想像。

有一點要提出，如果矽谷有中心城市的話，應是指地理上在矽谷北端的三藩市，矽谷文化身份再強，也不可能掩蓋三藩市鮮明的身份，很明顯兩種身份，地域的與中心城市的，可以長期並存。當我們說珠三角文化時，不一定要消減香港、廣州、澳門的文化身份。當珠三角成了新故事主題，香港廣州澳門仍然要有自己的故事，其中澳門似最清楚自己的新故事如何開頭，如何經營自己的城市品牌。

湊巧矽谷除了北面的三藩市外，在南端也有個以矽谷首府自居的 San Jose，但是 San Jose 雖然很努力的尋找自己的文化身份，建體育館劇院博物館，可是與三藩市究竟有很大距離，許多矽谷人只為了看球賽、修車才去 San Jose。San Jose 大不了是一個嘉年華式旅遊城市。

一個經濟區域可以有兩個或更多文化中心城市嗎？我想沒有說一定可以或不可以，以省港的共用文化和緊密的過去，及眼前各有利基，問題恐怕不是這

兩個文化中心能否並存，而是如何合作互補。

如果我們轉換一些符號，再擴大一點想像範圍，省港的省不是指省城廣州而是全廣東省，用現在說法是粵港澳。粵港澳，小於華南、嶺南、泛珠三角、兩廣的說法，但超過了大珠三角。用粵港澳來包住珠三角，我們又有了更大的想像空間，因為更有文化底蘊、歷史共用性，並有現存成熟行政區分。

為什麼不各自為政，而要在這時候去談粵港澳一體的文化想像？要知道這樣一個地區人口上是兩個韓國，多過英法德任何一國，GDP是長三角的兩倍半，整體而言是中國最接近已發展的地區，深圳預估2020年人均收入美元兩萬。這地區這時候不能只限在世界工廠、前店後鋪、GDP增長這些純經濟論述。這時候，生產業要升級，服務業要提高附加價值，消費要增加內需講究品質，居民要求改善生活，人民亦會對權利有所期待，這樣的地區正要進入一種知識經濟甚至體驗經濟，要重視人力資本、社會資本、文化資本，就是說經濟成長固然非常重要，但就是以經濟發展來說，也不能只有過往的單調經濟思維，要注入文化價值考慮，把廣義的創意提上日程，來發動新想像，或叫新願景。用今次「廣州三年展」的關鍵詞，是別樣 (beyond) 的想像，beyond 單線經濟想像，去想像別樣。就算是經濟想像，也應多強調這地區是歡迎外來人才，人人有機會出人頭地的移民創業地區，這類

已經有現實社會基礎的經濟想像。

另外，粵港澳現階段已應該認真地提出的別樣想像至少包括：

一、可持續生態共同體的想像，而不只是世界工廠、前店後鋪，我們是一個生態共同體，因為污染不認邊界。

二、宜居優質生活共同體的想像，要安居樂業、要出入平安，要路路暢通，要安全高質的當地新鮮食物，不要毒菜毒魚、偽劣商品，不要無節制向郊野蔓延的土地開發、低質建築。

三、和諧公正公民共同體的想像，要社會保障、法治善治，而不是貪污腐敗和貧富兩極化。

四、創意文化共同體的想像，這點很有前瞻性，很有企圖心，是說韓國可以做到的，我們粵港澳地區已足可以做到，不用勞煩驚動到整個中國。如果能理順粵港澳的文化創意產業體制、政策、產業鏈，給點時間，我們粵港澳以地域的實力就可以做出等同一個韓國、英國或法國那些在國族名義下的創意產業。不過，關鍵在粵港澳本身先要形成一個創意文化共同體。

在經濟區域化之後，文化的區域化是可以搶先於區域行政制度的出現。

一個區域成了文化生產中心後，是會在交雜變易中促生自己地方的特色文化身份與認同。

我在這裏再多講一點創意產業，以作為結束的建

81

議：我曾寫過粵港創意產業的潛在合作空間，具體不多說了，總言兩地互補處甚多。

但正如許多中國事情，需要政策的支援，我要強調的是粵港文化創意產業是可以將餅做到好大，既可鞏固區域內市場，兼顧到國內市場，並因此可延伸至出口市場。但這裏的關鍵在廣東，在於廣東的體制與政策，是否依科學發展規律辦事，要做到這點，背後需要中央政府繼續一個行之有年、證實有奇效的做法，就是以廣東為試點，給廣東特殊政策、讓廣東做文化創意產業的改革先鋒。粵港政府應共同攜手，說服中央，撤除粵港文化創意產業方面的邊防，促成粵港文化創意企業、資金、人才、產業鏈、內容、市場的暢通以至一體化，以發揮規模效應、聚集效應、強強聯手這些競爭優勢。

同時，從事文化工作的各位粵港澳奇人異士，可開始試試為自己開闢多一個想像空間，繪畫一張別樣的文化心智地圖，認領一種超前的文化身份，縮小地緣與行政障礙做成的心理距離，以期在競爭、交雜、變易中建構一個粵港澳創意文化的共同體。

(2005 年)

兩岸三地一中文*

跟兩岸三地的朋友交談，常常感到三地慣用的詞
有些是不一樣的，挺有意思。

譬如：香港的民間粵語，常用一個「搞」字，有冇
搞錯、搞掂、搞搞震，而大陸官方用語有一陣子也用
「搞」，搞革命、搞生產、搞男女關係。倒是台灣人好
像是本來不怎麼搞的，可能正是如此，台灣音樂家羅
大佑在九十年代移居香港後，大概整天聽到香港人搞
這個搞那個，遂想出「搞搞新意思」這樣的歌詞，這用
法並不是香港固有的用法，但香港人也樂於接受，可
見我們多喜歡搞，或搞搞。

能廣為流傳的方言用詞大概反映了地方的特色，
特別是地方的強項，譬如早就流行全國的廣東話是
「生猛」，反映廣東人的愛吃，特別是吃海鮮。現在大
陸有些年輕人學周星馳說「我走先」，也反映香港電影
一度的強勢。

政治中心的強勢當然也起作用。譬如，前國家主席
江澤民說「與時俱進」，前香港特區首長董建華就在施
政報告說「與時並進」，現國家主席胡錦濤說「以人為

＊ 本文係香港「探索跨越疆界寫作的秘密」論壇發言稿

本」，董建華就在施政報告説「以民為本」，有創意吧！

北京人很喜歡説：是嗎？譬如我説：你叫我辦的事，我辦好了！北京人會回應一句，是嗎？他並不是在懷疑我。但是大陸許多地區不習慣説「是嗎」？他們喜歡説「真的」？台灣人就特愛説「真的」，我們可以想像如果北京人對着台灣人説「是嗎」？説不定有些台灣人會以為北京人在懷疑他。有時候語言引起誤會還真容易，是嗎？真的。

英國反諷名作家王爾德 (Oscar Wilde) 有兩句名言，第一句是「英國和美國是被一種共同的語言所分裂的兩個國家」。第二句更清楚：「我們英國人現在其實一切跟美國人都是共通的，當然，除了語言」。

當然，這是搞笑之言，英美的英文再不一樣，也沒有互相看不懂。兩岸三地中文情況也接近：不完全一樣，但也不會完全看不懂。

八十年代我在香港搞電影，香港電影都有中文字幕的，那時候台灣市場很重要，除了國語版請香港説國語的北方人配音外，字幕也是請那些操國語的中文比較好的香港北方人，把粵語對白改寫成國語字幕。我們以為做得很周全了，但後來我才知道，台灣連説國語的外省觀眾都一直覺得我們香港電影裏的字幕有點怪怪的，原來香港説國語的人的標準中文跟台灣説國語的人的標準中文已經是不一樣的。

我常發現用中文寫作的香港人，心裏面往往有個

陰影，怕自己的中文不夠標準、不夠正宗，過去更曾經有學者拿這來說事，鼓吹所謂純正中文。香港不少文化精英很努力的想把自己的中文純正化，因此也最焦慮。大陸台灣固然也會試着規範中文，但只是為了用字符號的標準化，而不是懷疑自己的慣用中文是不正宗的。相反，它們都認為自己才是正宗的，結果，看看兩岸應該是最規範的書面語，那些公文，官方文句，還真的不太一樣。

香港的作家是挺可憐的，你看看許多香港的小說，裏面的人物明明是當代香港人，但他們的對白，基本上是白話文國語普通話，而不是現實生活裏他們身份應說的生猛廣東話。

這方面北京作家心裏最踏實。那些寫現在的北京的小說家，把北京的流行話語都寫在小說裏，從來沒想過其他地方的人看不看得懂。老舍這樣做，叫京味、到了王朔叫新京味。有一次我說，你們北京作家多幸運，說得出就敢寫，別人看不懂就得學。他們說，還真沒想過存在着這樣的問題。

可憐地方上的中文作家，要在上下文自明的情況下，在想像的標準中文書面語之下，加點特色方言俗語，作為風味點綴。對地方作家來說，寫作中的方言俗語只能適量，多了其他地區讀者就看不懂，有點像改良過的地方風味菜，太原汁原味倒怕別地方人不愛吃。

不過，在上世紀白話文建構之初，卻對方言文學另有期許。當時有人說：「今日的國語文學在多少年前都不過是方言的文學，正因為當時的人肯用方言作文學，敢用方言作文學，所以一千多年之中積下了不少的活文學，其中那最有普遍性的部份逐漸被公認為國語文學的基礎。我們自然不應該僅僅抱着這一點歷史遺傳下來的基礎就自滿足了。國語的文學從方言的文學裏出來，仍需要向方言的文學去尋他的新材料，新血液，新生命。」(《吳歌甲集序》)

說這話的不是別人，而是白話文的創導者胡適。

甚至到了 1930 年，胡適還在替吳語小說《海上花列傳》寫序，他說：「中國各地的方言之中，有三種方言已產生了不少的文學。第一是北京話，第二是蘇州話吳語，第三是廣州話粵語。」

他又說：「方言的文學所以可貴，正因為方言最能表現人的神理。通俗的白話固然遠勝於古文，但終不如方言的能表現說話的人的神情口氣。古文裏的人物是死人；通俗官話裏的人物是做作不自然的活人；方言土話裏的人物是自然流露的活人。」

我們國族的白話文國語倡導者竟如此肯定地域特殊主義，實在不可思議，原來白話文要替代的是文言文，而不是針對方言，並且方言是被認為可以豐富白話文和國語寫作的。

胡適對方言文學的肯定是很清楚的，但是他對方

言文學寄望過高，方言文學在中文文學的歷史發展中並沒有如胡適所料的扮演重大的角色，國語白話文文學是遠蓋過方言文學的，方言連對白話文寫作的影響，也不如文言文，恐怕還不如日本翻譯新詞和歐化翻譯語體。但有一點可看到，在胡適1930年的觀念中，白話文和國語並沒有一種不變的標準，沒有預設一種其他人只准模仿、學得最像者得最高分的所謂正宗中文。胡適所持的是一種動態發展觀，期待着中文的演變。

半個世紀後，張愛玲覺得有責任將胡適認為「是蘇州土話的文學的第一部傑作」的《海上花》，改寫為國語。她在「譯者識」裏說：「全部吳語對白，海上花是最初也是最後的一個，沒人敢再蹈覆轍……」。

全部吳語對白，沒人敢再蹈覆轍，可見那怕是最傑出的方言小說，要讓更多人接受，還是要翻譯成國語。

不過張愛玲還帶着跟胡適一樣的一廂情願，她竟說：「……粵語閩南語文學還是生氣蓬勃，閩南語的尤其前途廣闊，因為外省人養成欣賞力的更多。」

張愛玲是中文寫作的大家，卻對方言文學有着錯愛，只是她也完全高估了地域方言閱讀的習慣，事實上，雖然台灣有人提倡土語寫作，但粵閩方言文學怎麼看都說不上生氣蓬勃。

全部用方言寫作，譬如用香港粵語寫作，別地

區人不說，連香港人也看不懂，除非他一個字一個字的念，但這違反了閱讀習慣和效率，甚至謀殺了閱讀樂趣。

純方言的寫作會趕跑絕大多數的人，包括說那種方言的人。

當然，個別寫作人可以用任何方式寫作，包括方言寫作，那是他的自由，只要他忍得住寂寞。

可以說，除了北京方言外，其他中文方言文學從來沒有起來過。可以說，有的只是帶着地方色彩的書面語寫作，沒有大規模的方言文學風潮。

白話文書寫，作為當代中文書面語寫作的原生態，本來就是沒有單一標準的，並且一直是有限度的有着方言俗語入文，特別是北京方言俗語入文，然而更多是文言文入文，外來新詞入文，洋化句子入文，更不說網絡中文，嘻哈音樂中文等情況。

但是兩岸三地的中文仍有着很大的共通性，雖沒有想像中的統一純正，可是也沒有走到另一極端，即全面方言化、部落化或洋涇浜化至互不理解——分裂主義是不成氣候的。

中文內部存在着差異和混雜，只表示了中文是活的、文化是活的。中文的轉變，也表示着操這語文的人的轉變。我們不能往後退，退到自己的鄉村的竹籬笆內，或退回大一統的鐵籠裏——純粹主義也是站不住腳的。

88

我們應該包容、尊重，甚至享受，互相混雜卻有差異的中文書寫、搞搞新意思的中文。

巴基斯坦裔英國作家哈尼夫·庫雷西 (Hanif Kureishi) 有一篇小說的名字叫：你的舌頭在我的喉嚨。

沒錯，如果我願意，我歡迎甚至享受你的舌頭在我的喉嚨，但如果我不同意或心情不好，請不要硬將你的舌頭塞進我的喉嚨。

總結：中文從來都是在轉變中，不用過份擔心中文會分裂。

現在政治上，有所謂兩岸一中。

套到文字上，兩岸三地的中文是：一種中文，多種款式，可稱為「多款一中」，這情況下，方言寫作不可能急獨，標準中文也不必強求急統，最好是不統不獨，求同存異、只要承認一中，順其自然的等時間來搞定。

多款一中的意思是：從來就是混雜和多樣的當代中文，在一種想像中的所謂書面語共同標準下，並在白話文和普通話約定俗成的歷史發展軌跡、讀者的認受局限等多種制衡下，各地方、階層、族羣、性別、世代、載體、以至個別寫作者，仍然可以有限度的作出「一種中文，各自表述」。

(2005 年)

城市建設與創意產業*

我在北京前後已經有九年，一直都住在朝陽區。

大家都知道北京很有文化，多少百年來老祖宗的東西，加上上世紀至今的當代文化和有關產業，都大規模的匯集在這裏，這毫無疑問是北京的一大財富，也可以說是北京的幸運，以至不管我們怎麼毀它滅它，它還剩下太多太多有意思的東西，不管我們在過去犯了多少有意無意的錯誤，它依然是華人世界的文化首都，依然吸引着最多的創意人才，依然是最有條件發展文化創意產業的地方。

或許我們可以做得更好，但今天在朝陽區的研討會，我就不談政策法規體制、不談文化創意產業的改革，當然這些也很重要，但不是今天談的。今天，我只集中談一個對創意產業來說可以說是隱藏的命題，就是城市或城區的建設，如何可以更適合創意產業。

現在看，就創意產業來說，朝陽區也是幸運的，中央電視台要搬到朝陽區來，估計將有以千計的電視有關企業也會搬聚在本區，製作公司、後期工作室、廣告代理、私人作坊，加上北京電視台也在本區，朝

＊ 本文係北京朝陽區「文化產業規劃研究」國際研討會論文

陽將是中國電視業的中心，地位無可替代。加上既有的報業、其他媒體和文藝團體、院校，給了朝陽區很大的文化產業優勢。

朝陽又因為是使館區、首都機場與建設中的奧運村所在，加上商務中心區、展館、高級商廈和高檔住宅，使朝陽變得很洋氣。如果北京是一個世界城市的話，其中很多印象大概是來自朝陽區的。可以想像，許多廣告公司和文化傳媒外企都會選擇在朝陽落腳。

近年，本區大山子那邊的798工廠，部份出租，吸引了藝術家和咖啡館的進駐，漸成規模，聚集眼球人氣，連歐美媒體都爭相報導，豐富了北京的世界城市形象，更大大的充實了朝陽區的波希米亞文化內容。

朝陽區的文化優勢很多，我打算在這個基礎上，說明怎麼樣的城區建設，或者是不建設，才更適合創意產業的持續發展。答案對有些人來說是違反直覺的，但對另一些人來說是明顯不過的。簡單而言，我想提出三點：

一、混合城區比全新城區更吸引創意人才：這裏包括城區功能的混合、階層的混合、建築物年代和價格的混合。

二、有本地色彩的城區才算是世界級的創意城區。

三、地域營造(place-making)比個別建築物更重要。

創意產業除了大企業外，還有數目更多的小公

司、小工作坊和自由職業者；除了高薪資管理者之外，也有更多薪資偏低或初入行的編寫人員、設計師、多媒體工作者、行政助理(清潔工、盒飯提供者更不用說)。在一個混合城區，一個年輕創意工作者可以在一個舊居民樓找到租金較低的房子，離公司只有步行距離，可以晚點下班，因為不用花太多時間在交通上，他們可以在附近的舊大廈內，找到一個教多媒體技巧的小工作坊來進修，旁邊小巷內還有一家小咖啡館，放着很多雜誌，飲料收費低，喝一杯可呆整個晚上，並可碰到很多志同道合的年輕人。如果一個城區在一個大範圍內只有新的高檔房子，上述人等與小企業都活不下去，或要搬到城區邊緣的睡眠小區和農村，甚至搬離城區，那麼，創意產業的原創性、多元性、互補性與持續性都會受損。

要保持功能和階層的多樣性，一個城區必須有不同價格、不同年齡的建築羣。反過來說，如果不同檔次、有新有舊的房子能緊湊拼貼在一個區，那麼只要政府放鬆功能限制，界定產權容許租售，該區的階層混合和功能多樣化可以說就能市場化的慢慢自然形成。故此，關鍵在區內房子的組合。

全新城區在文化上是同質性較高的，故此也是較單調的。反觀那幾個大家耳熟能詳的創意城市如紐約、倫敦、巴黎，都很重視既有的本地色彩。關鍵不只是保留文物建築和歷史區域如北京四個老城區的胡

同片，更強調保育朝陽區也不缺的、已成形的舊社區和整片的現存建築，哪怕是只有五十年、四十年、三十年、二十年、十年的所謂普通的居民房、舊街、老商業樓。那不只是審美和情感的偏好，還有很實在的需求。並不是説城市的房子都不能拆，真的危房與先天不足的簡易房、平房更應該拆，但我們的態度應是留舊添新，在舊街區盡量避免整片拆建，漸進的改良成熟社區，才能兼顧本地與國際，多元並存，有機混合，是保育創意人才的城建法門，這是很有難度的，並不能聽由發展商的意願辦事，必須有遠見的政府作出引導和規範，前題是政府要有這樣的識見，否則將比發展商獨力而為更糟糕。

全是新的同期建築的城區，往往不如混合城區有文化特色，而有創意的人最怕什麼？最怕沒特色。

創意產業是人才產業，創意產業落腳的地方，也應該是創意人才願意待的地方。要創意人才對一個城區有認同和親切感，願意長期生活在其中，那城區一定有些區域經營得很好，很有生活味道，這不是一兩幢地標建築或一兩處文娛設施的問題，而是整個社區、街區以至城區的問題、是地域營造的問題。

我想，你要是能在一個較大範圍的區域內做你喜愛的活動——逛街、購物、閑適、會友、娛樂、學習、居住甚至工作，基本上可以靠步行完成多種功能的綜合目的，那你自然會對該區有歸屬感，甚至愛那個區。

這就說到我對北京的抱怨，就是越來越少可以大面積穿行漫遊的的綜合區域。北京如一個奇異的沙漠，佈滿單一功能的綠洲，或名為飛地 (enclave)，但顧名思義，綠洲與綠洲之間是隔的，是不鼓勵你徒步穿行的，中間都是沙漠，就算做了中看不中用的景觀化，仍然是城市學界所說的模糊地帶、沉悶地帶或失落空間，幾乎每次去一個飛地，只為了完成一種功能，然後你就要坐一次車再去另一個飛地。這是一種浪費空間時間、浪費能源的城市形態，而且無法使人對任何一個地點有親切的生活感與歸屬感。

建築學者張永和稱這樣的北京為「物體城市」，他說物體不會自己組成一個城市，城市肌理被割裂，城市即將消失，剩下的只是物體。

現在，北京有像樣的物體，即個別場所與建築物，包括商場、寫字樓、住宅、餐館、公園和公共設施，以飛地形式散佈全城，但很少有整片有連續肌理的生活地域。

這就是為什麼 798 工廠區這樣的小自發區域值得我們珍惜。

地域營造是一種城市建設的藝術，但不是無軌電車，是有一些基本技巧的，譬如說街區要小、路網要密、馬路不要太寬、鼓勵步行、混合功能、建築物不要太龐大而應符合人的尺度 (human scale)、商業區建築物最好形成緊湊「街牆」(street wall)，即在馬路同一

邊的各建築物與馬路的距離最好保持一致，而不是為了突出自己、各自為政、左凸右凹——在遵守街牆原則的前題下，建築師和發展商其實仍有很大的空間去發揮個別建築的特色，如曼哈頓、三藩市、巴黎、阿姆斯特丹闌市成熟商區的佈局。

在朝陽區的商務中心區，我們終於看到密路網，路面的密度是北京市平均的兩倍，因為路網密，街區也就比較小，有些橫馬路也比較窄，加上相對的混合功能，希望可以鼓勵步行，讓整個區的街道有行人，甚至晚間仍有人氣。可是，它沒有要求各建築物緊湊貼近，共同去形成街牆，而是各自表述，自顧自精彩，很多大樓都沒有面向街道的商店，這將減低大家的步行意願，尤其在大太陽天、下雨天、下雪天——沒有緊湊街牆也就無法提供實用的連綿有蓋人行道。

最令我不解的是藍島百貨往西到豐聯廣場一邊的商業街，大部份由朝陽區政府有關企業統一開發，卻不考慮街牆，各建築物體隨意凸凹，行人道高低不一，過馬路要穿低爬高，就是不讓你好好逛街。

其實這責任不完全在個別發展商和只想突出自己作品的建築設計師，除了要看政府規劃部門懂不懂提要求外，北京早該反思的城市規劃指標包括建築覆蓋率、容積率、日照間距、退紅線等，加上主要馬路太寬而路網卻遠遠不足的歷史遺留問題，都使得一個緊湊步行城市變得不可能，而只能造就要依賴私人汽車

的飛地城市或張永和説的物體城市。

另外，市政府和區政府在建設城市的時候，可能也沒有把營造生活綜合地域作為優先考慮。

這兩天我們知道朝陽區的雄圖大計，如八大文娛主題園區和產業密集園區的建設，相信將進一步成就朝陽區以至北京作為景觀城市、嘉年華城市、文化體育娛樂中心、創意產業節點的地位，確是令人興奮，我這裏補充的是另一種願景，屬於宜居城市、可持續城市、和諧城市、有連續肌理生活城市的想像，我不敢代表創意階層，我只相信很多在朝陽區居住的創意工作者會感激不盡，如果朝陽區終有一天能營造出一些讓我們能穿行逛街、有社區氣息、感到親切和有歸屬感的生活地域。

(2005 年)

II

坎普・垃圾・刻奇
——給受了過多人文教育的人

杜魯福 (François Truffaut) 在當導演之前是影評人，他的影評集叫《我生命中的電影》，書的開始引用了亨利・米勒 (Henry Miller)《我生命中的書》的一句話：「這些書是活的而且它們在跟我說話」。杜魯福評論集談到的是一些跟他在說話的電影、他生命中的電影。當年——上世紀70年代末——我讀到杜魯福的影評集，覺得裏面的影評在跟我說話。

某些電影、某些書，好像一直是在某處等待，等你去看，等着跟你說話。

文章也一樣。我是要到了1970年代中，才看到本文將提到的兩篇1960年代的文章，它們像是在跟我說話，為當時的我而寫，直觀的感到在解答我朦朧的求索，如生命中其他重要的文章、書和電影一樣，你如獲灌頂，如開天眼（「如」而已，並且這經驗可以是眾數的），哪怕當時只是看個似懂非懂，卻成了解放你的思想的過程部份，不管文章本身是否經得起時間的考驗。

這兩篇文章是紐約知識份子蘇珊・桑塔格 (Susan Sontag) 的《坎普札記》(Notes on Camp) 和美國影評人

寶琳‧凱爾 (Pauline Kael) 的《垃圾，藝術，和電影》
(Trash, Art, and Movies)。

40 年前 (1964)，美國期刊《黨派評論》用了 20 頁
篇幅，發表了 31 歲、幾乎名不見經傳的桑塔格的文章
《坎普札記》，該文章於 1966 年被收進桑塔格著名的文
集《反對闡釋》，而該文集於 2003 年由程巍翻譯成中
文並經上海譯文出版社在中國出版。

《垃圾，藝術，和電影》刊於 1969 年 2 月的美國
《哈潑》雜誌，後被收在凱爾 1970 年的影評集《穩定
往來》，並再被收進她的 1994 年影評精選本《供收
藏》。《垃圾，藝術，和電影》發表時，凱爾已 50 歲，
才剛當上美國《紐約客》週刊每年 9 月至翌年 3 月、
半年輪替的影評人不久。

1999 年，紐約大學新聞系全體教授加上 17 名外間
評判，選出「20 世紀美國 100 佳新聞作品」，上世紀
是新聞學大盛的世紀，美國是新聞大國，名作如林，
但《坎普札記》(第 74 名) 和《垃圾，藝術，和電影》(第
42 名) 竟雙雙入選，那一定是該羣評判的偏愛，因為兩
文並不屬於一般認知中的「新聞作品」。如果選的是有
影響力的文化評論或美學單一文章，兩文當選則該算
是眾望所歸。

談論坎普和垃圾的時候，常會鏈結到另一重要美
學觀念「刻奇」，為此下文將引進另一著名文章作為對
比：克萊門特‧格林伯格 (Clement Greenberg)1939 年

在《黨派評論》發表的《前衛與刻奇》(Avant-garde and Kitsch)。

坎普、垃圾、刻奇，這三個當代美學範疇，互有滲透，又往往被混為一談，但若要保留三個範疇的有用性，最好還是把它們分得細一點。

以下是摹仿《坎普札記》的體裁（是為了致敬，並且是作為一種寫作策略，而無戲仿之意），把文章分成58段札記。

1. 坎普這詞，給中文用者很大的困擾。創意的譯法有田曉菲的「矯揉造作」、沈語冰的「好玩家」、董鼎山的「媚俗」(可能是借坎普與刻奇的近親關係)、王德威的「假仙」(台灣用語，指行為上的假裝)，但都只突顯了坎普某些特性而最終未能達意。本文選擇用顧愛彬、李瑞華、程巍等的普通話音譯：坎普。

2. 桑塔格開宗明義說：世界上許多事物還沒有被命名，儘管已命名，也不曾被描述，坎普這個精妙的現代感覺即為其一。感覺——配合英文可譯成「感覺力」(sensibility)——不同於思想，本來就難說得清楚，何況坎普並非自然的感覺——坎普是對某些非自然的人為造作的偏愛。

3. 在桑塔格之前，克里斯多夫·伊舍伍德(Chistopher Isherwood)是少數用文字提到坎普的作家。在1954年的小說《夜晚的世界》裏，伊舍伍德借一個叫查理斯·甘迺迪的角色，花了兩頁說：坎普是極難

定義的，你要沉思它，用直覺感受它，像老子的道；一旦你這樣做，你會發覺無論什麼時候談論到審美或哲學或幾乎任何事情，你都想用這個詞。他強調一個重點：「你不能坎普那些你不認真的事情；你不是在開它玩笑；你是從它那裏得到樂趣」。

可推想在上世紀中或更早，英美甚至歐陸城市某些美藝和同性戀的文化圈子已經愛用這詞，詞的源出 (一說源自法國俚語 se camper，意思是擺出誇張姿勢，一說始於英國維多利亞時代) 變得不重要，賦與的新涵義由小共同體約定俗成自我演變，成了共用的、秘密的感覺、審美標準、態度、行為、經驗、代碼和身份認同，卻還沒有用文字來論述成為知識。

4. 桑塔格是第一個把不好說的坎普當一回事寫長文章談論的，哪怕用的是短警句形式的札記。32 年後，桑塔格在《反對闡釋》的西班牙語譯本前言裏說，《坎普札記》是她鍾愛的文章之一，只是當初她是驚訝的，因為人們認為她是在談一種新感覺，好像她是這樣的感覺力的先鋒，她不能相信自己這麼幸運，在她之前竟沒人碰這題材——「我思忖，妙哉，奧登 (W. H. Auden) 竟不曾寫過類似我的坎普札記的文字」。她說自己只是把當哲學和文學的年輕學生時，來自尼采 (Friedrich Nietzsche)、佩德 (Walter Pater)、王爾德 (Oscar Wilde)、奧特加‧伊‧加塞特 (Ortega y Gasset)——《藝術的非人化》——時期及喬伊思 (James Joyce) 的審美

觀點，延伸到一些新材料上。(桑塔格在以上引述中突然聯想到詩人奧登，可能是因為奧登是伊舍伍德的密友。順帶一說，奧登與伊舍伍德於 1938 年曾同到中國，翌年出版《戰地行》一書，支援中國抗日戰爭，同年隨伊舍伍德遷居美國。)

5. 坎普是：蒂凡尼燈、比亞茲萊 (Aubrey Beardsley) 的畫、《天鵝湖》、貝里尼 (Vincenzo Bellini) 的歌劇、維斯康提 (Luchino Visconti) 導演的《沙樂美》和《可惜，她是一個婊子》、大猩猩愛上美女的電影《金剛》、舊飛俠哥登連環畫、1920 年代的女服 (羽毛披肩、有流蘇和繡珠的套裝)、讓·科克多(Jean Cocteau)、拉菲爾前派的畫和詩歌、理夏德·斯特勞斯(Richard Strauss) 的歌劇，但瓦格納(Richard Wagner)卻不是坎普。

17 至 18 世紀初是坎普年代：蒲柏 (Alexander Pope)、沃爾浦爾 (Horace Walpole)，但不包括斯威夫特 (Jonathan Swift)、法國才女、慕尼黑洛可可風格的教堂、大部份的莫札特 (Wolfgang Amadens Mozart)。

19 世紀則有唯美主義、佩德、拉斯金 (John Ruskin)、丁尼生 (Alfred Tennyson)，當然還有跨到 20 世紀的王爾德。

法國的藝潮《新藝術》是「發揮坎普最完整的風格」。「新藝術通常將一種東西轉化為另一種東西：例如花朵植物形狀的燈飾、弄成洞穴似的客廳。一個值得一提的例子是：在 1890 年代末，赫克托·吉瑪爾

(Hector Guimard) 把巴黎地鐵入口設計成鐵鑄蘭花梗形狀」。

電影明星是很容易成為坎普對象的，一種是性感得誇張的如珍曼斯菲 (Jane Mansfield)、珍娜露露布列吉坦 (Gina Lollobridiga)、珍羅素 (Jane Russell)；一種是風格化如梅惠絲 (Mae West)、比提戴維斯 (Betty Davis)；一種是又風格化又雌雄同體如嘉寶 (Greta Garbo)、瑪蓮德列治 (Marlene Bietrich)。

「坎普是斯登貝格 (Josef van Sternberg) 和德列治的六部美國影片裏令人咋舌的唯美主義，六部全是，但尤其是最後一部《那魔鬼是個女人》」。

由達西爾．哈米特 (Dashiell Hammett) 小說改編，約翰．休斯頓 (John Houston) 導演、堪富利保加 (Humphrey Bogart) 主演的黑色偵探經典《梟巢喋血戰》(馬爾他之鷹) 是「最偉大的坎普電影」。但比提戴維斯主演的名片《彗星美人》(全關乎伊芙) 則有佳句卻因太蓄意要坎普，反而亂了調。

「高迪 (Antonio Gaudi) 在巴賽隆納的耀眼和美麗的建築物是坎普的，不僅因為它們的風格，還因為它們突出了——最顯見於薩格拉達．法米利亞大教堂——一個人的雄心，要去完成一整代人、一整個文化才能完成的事」。

以上是桑塔格在 40 年前文章裏舉的部份例子。

我補一個較新的自覺坎普例子：電影《紅磨坊》

裏，妮可基曼（Nicole Kidman）和伊旺麥奎格（Ewan McGregor）穿着 19 世紀古裝，卻情深款款，互唱多首 20 世紀的情歌，都是些濃情密意、歌名老派的金曲（"Come What May"、"All You Need Is Love"、"I Will Always Love You"、"Don't Leave Me This Way"等），又在戲裏混唱瑪利蓮夢露（Marilyn Monroe）的《鑽石是女人最好的朋友》和麥當娜（Madonna）的《物質女郎》。(原版麥當娜的《物質女郎》音樂錄影，就是戲仿夢露的《鑽石是女人最好的朋友》。)

6. 如果外國例子幫不了你，試試國產：

電視台大型節目主持的聲調和套句。

中央電視台春節晚會(不用罵，既然要看，用坎普的眼光去看)。

當領導的，演講到了想別人鼓掌之時，突然提聲，等待掌聲。

北京長安街上和往機場路上的一些單位的巨型建築，如綠色小屋頂的國旅大廈。

上海懷舊美女月份牌。

北京絨線胡同老四川飯店和香港舊中國銀行大廈頂樓的《中國會》。

舊鴉片煙床做裝飾傢俱。

把自己稚齡兒子的頭髮剪得像年畫裏的小孩。

在卡拉OK包廂內，與友人唱罷靡靡之音後，選唱革命歌曲和戲擬跳忠字舞。

香港老世家第二代周啟邦夫婦的粉紅色勞斯萊斯和金色馬桶。

上年紀的上海夫婦，穿起端正西服，畢恭畢敬的去看通俗舞台演出。

靳羽西本人的髮型和面部化裝。

台灣王文華小說《蛋白質女孩》的那些押韻句子。

武俠小說裏的怪異女高手如李莫愁、滅絕師太、梅超風。

王安憶《長恨歌》的第一節，即建國前的那段故事，文字與情節的對仗與華麗，像百老匯劇。

電影《英雄》裏梁朝偉和張曼玉那條「愛情線」，和陳道明演的秦王滴下同情淚那刻。

（這樣看來兩岸三地還真是坎普的沃土，我們需要做的只是敞開坎普方面的感覺力。）

再舉一猛例：

電影《大話西遊》對白：曾經有一份真誠的愛情放在我面前，我沒有珍惜，等我失去的時候才後悔莫及，人世間最痛苦的事莫過於此……如果上天能夠給我一個再來一次的機會，我會對那個女孩子說三個字：我愛你。如果非要在這份愛上加上一個期限，我希望是———一萬年。

（至於北京的大學生每年集體重看《大話西遊》，對着畫面齊喊熟悉的對白，更是最有代表性的坎普行為）。

7. 如果你對以上某幾項的反應是覺得好玩，或有

想笑出來的感覺，甚至眼中帶淚，你就是在坎普中得到樂趣，說不定你已「直覺」到什麼是坎普。但記住伊舍伍德所說：「你不是在開它玩笑，你是從它那裏得到樂趣」。

如果你沒反應，請繼續讀以下八段。

8. 坎普欣賞的是某一類人為造作，可以出自電影、音樂、小說、表演、設計、建築物、服飾……可以是各種儀態、行為、積習……可以是人物，如桑塔格認為前法國總統戴高樂在公眾場合的儀態和演說是最坎普的。(我可以補上列根總統，相信桑塔格不會反對。)

9. 真正坎普的人為造作，必然是認真的、賣力的、雄心勃勃的，而且最好是華麗的、誇張的、戲劇化的、充滿激情的、過度鋪陳的，甚至匪夷所思的，但卻不知是在哪裏總有點走樣、略有閃失、未竟全功。最好的坎普是那些未成正果的過份用心之作。故此，平庸、溫吞或偷工減料的東西不會是坎普的好對象。另外，完全成功的產品也沒有了坎普味道，譬如愛森斯坦 (Sergei Eisenstein) 的電影也很鋪張，卻不坎普。同樣，威廉·布萊克 (William Blake) 的繪畫並不坎普，但受他影響的新藝術卻非常坎普。

10. 坎普看的是風格，不是內容。所以桑塔格說芭蕾舞劇和歌劇是坎普的寶藏。

11. 坎普的風格是過度的風格。坎普是「一個女人

穿着三百萬條羽毛做成的衣服到處走」。

12. 純粹的坎普是天真的，它們並不知道自己是屬於坎普，它們都是一本正經的。新藝術風格的工匠在製造一座蛇雕紋的枱燈時並沒有想到坎普，他們只想做好一台可以取悅人的燈。巴斯比‧柏克利（Busby Berkeley）在1930年代替華納兄弟拍那些以數目字為片名的大場面歌舞片的時候，也不是開玩笑的，只是經過歲月後，我們覺得這些電影好坎普。不自覺的坎普才是坎普趣味的上品。而諾爾‧柯沃德（Noel Coward）的劇作則是自覺的在搞坎普。

13. 許多坎普的對象是舊事物，但坎普並不是為舊而舊，只是有些事物是要有了時間距離才讓我們看到它們的坎普。(譬如說：樣板戲？話劇《切‧格瓦拉》？)

14. 桑塔格指出，高雅藝術是基本上關乎道德的；前衞藝術則通過極端狀態去探討美與道德之間的張力；第三類藝術——坎普——則全然是審美的感覺，即：風格在內容之上、審美在道德之上、反諷在悲劇之上。坎普繞開了道德判斷而選擇了遊戲。

15. 坎普是樂趣、是鑒賞、是「慷慨」：一種對人性的愛和享受、對某些物品和風格的愛和享受。坎普是一種解放，讓有良好品位和受了過多人文教育的人也可以享受到樂趣。

16. 坎普只有在富裕社會才出現，是這個沒有貴族的年代的品位貴族姿態。

17. 如果還是一丁點也感覺不到坎普大概是什麼回事，又不願意聽伊舍伍德的建議去「沉思它，用直覺感受它，像老子的道」，那麼請試試看桑塔格原文，或去交個同性戀的朋友。

18. 當然，誰都不能說自己對坎普的理解是唯一正確的理解，正如誰都沒權說自己的感覺是唯一的對的感覺。桑塔格這個美國重點大學出來的紐約猶太女人，爭議性可大。有人說她崇歐成性，看了太多現代主義的書，喜炫耀學問大拋名詞。有人則說她的學問基礎只不過限於她那時代那地域的文藝精英那一套。有人說天鵝湖絕不是坎普；有人說莫札特怎可能算坎普；也有人說桑塔格如果看過蒲柏更多作品而不只是《奪髮記》一篇長詩，才不會認為蒲柏是坎普。(更多更重要的爭論見下文。)

19. 桑塔格的舉例尚被質疑，本文所列亦當被挑戰。品位與感覺的不確定性很大，何況還有如下情況：

a. 坎普這種很難說清楚的感覺，在跨域傳播時是可以完全變形的。1980年代的香港，坎普這感覺通過《號外》雜誌開始滲入美藝文化圈，周潤發不知道哪裏聽到這詞，在他主演的一齣喜劇片裏加進一句對白：「camp camp 地」，但他指的是陰陽怪氣，暗示着同性戀。自此，「camp camp 地」變了稍稍時髦的詞，對較廣大的港人來說，坎普是指「camp camp 地」。

b. 每個地方的人有自己的一套坎普。上文提到的

《大話西遊》，裏面是有許多坎普對白，實際上，坎普是香港電影特別是喜劇片常用的元素，而其中最自覺的坎普喜劇片是《大話西遊》導演劉鎮偉的另一作品《92黑玫瑰對黑玫瑰》，但其中的港式坎普恐怕逗樂不了其他地區的觀眾。

c. 不同地域對同一坎普事物的判斷也不同。吳宇森導演、周潤發李修賢葉倩文主演的《喋血雙雄》，是不自覺的純粹坎普。該片在香港上演時，一般觀眾把它看作認真的警匪動作片，並沒有用坎普的角度去看它；但當它在聖丹斯電影節美國首映時，觀眾是邊看邊大笑，同時愛死這坎普電影。可見兩地受眾的解讀不同。不過，我相信吳宇森式的設計，如慢動作雙手開槍、白鴿飛出槍戰現場、墨鏡和黑長大衣等，將來（或許已經）是普世公認的坎普經典。

20. 坎普這種感覺力自1960年代後在北美的某些圈子流行起來，《坎普札記》功不可沒。《反對闡釋》出版後，桑塔格更聲名大噪，成為極精英的紐約知識份子小圈子最年輕的成員，而且是少數的女性成員。桑塔格在書封面的那張黑白照——黑眼珠，黑頭髮，沒樣子的短髮型，沒化妝的大臉——廣為流傳，使她成了東岸男讀書人的「掛貼女郎」。後來她承認，那幾年受男性知識份子的凝望，叫她延後了公開承認自己是同性戀者。

21.《坎普札記》在時間上比象徵美國同性戀權益

運動濫觴的紐約「石牆」事件早五年。當時的「前石牆時期」的同性戀者認為桑塔格是在替他們仗義執言，把他們的感覺力和品位放到當代文化地圖上。他們一直認為自己是屬於一個重要而充滿創意的少數族羣，而桑塔格現在似乎替大家確認了他們是一種新鮮感覺力的主要承載者。據說有同性戀者把《坎普札記》視為品位指南手冊。而紐約儀態的幽默作家弗蘭・拉波維茲 (Fran Lebowitz) 更在1970年代中替安迪・華荷 (Andy Warhol)《工廠》創辦的《訪問》雜誌寫了一篇戲仿《坎普札記》的很坎普的文章：《趣愛客札記》。

22. 在《坎普札記》裏，桑塔格說坎普品位並不等於同性戀品位，但兩者有雷同之處。坎普是一種消解道德的、唯美的和遊戲的感覺力，而同性戀則指望社會倡導唯美和遊戲因而容易接納他們。桑塔格說：「猶太人和同性戀者是當代城市文化中出眾的創意少數⋯⋯現代感覺力的兩大開拓力量是猶太人的道德嚴肅性和同性戀者的唯美主義和反諷」。同性戀者往往自封為品位的貴族，很自然成了坎普品位的先鋒、媒介和最善自我表達的受眾。不過，桑塔格說就算同性戀者沒有發明坎普，別人也會發明，「因為與文化有關的貴族姿態不能死」。

23. 桑塔格雖曾獲同性戀者捧場，但亦有批評者。她說同性戀者喜歡遊戲（並說是因為他們的留住青春的欲望），有批評說是把同性戀者模式化了。較嚴厲的批

評來自酷兒理論家如莫‧瑪雅 (Moe Meyer)。在一般人口邊掛着坎普這個時髦詞之前，同性戀圈以坎普的行為如男扮女、女扮男的戲仿表演來建構自己的身份認同，是一種顛覆主流正常性和爭取社會能見度的手段，但在「後桑塔格」時期，坎普被審美化和非政治化，不再是同性戀亞文化的專利，正如同性戀圈的其他符徵被主流商業文化挪用了一樣。(桑塔格 1989 年出版的《愛滋病和它的隱喻》也曾受到一些同性戀者批評。)

24.《坎普札記》有一句話是主要爭論的關鍵：「一個人可以嚴肅的對輕浮、輕浮的對嚴肅」。對桑塔格來說，坎普是以遊戲的態度對付一本正經的人為造作，她所謂的「摘嚴肅的冠」，而懂得坎普的品位貴族因此而得到樂趣。換句話說，是輕浮的對嚴肅。但那些一本正經的人為造作不只限於嚴肅藝術，坎普的對象可說是來自各方各面、有高有低的，即桑塔格說的「所有對象的等同性」(作「對象的不分等級」解)。另外，桑塔格說：「坎普主張，好品位不只是好品位，此中的確存在着關於壞品位的好品位……關於壞品位的好品位的發現可以是十分解放的。堅持高級和嚴肅樂趣的人是在剝奪自己的樂趣；他是在連續的限制自己所能享受的」。換句話說，桑塔格也肯定了樂趣來源的多元性。

25. 這裏桑塔格很嚴肅的看待了坎普先驅王爾德的輕浮，王爾德就曾宣佈自己做人的宗旨是要「配得上」

他的青花瓷器，又曾表揚領帶、椅子和紐花，並說門把可以跟油畫一樣令人讚賞，換句話說，是對象的不分等級，是嚴肅的對輕浮，英語原文更有這樣的意思：「認真的對待不重要的」。(順便一說：桑塔格當時的丈夫菲力浦‧利伊夫 (Philip Rieff) 曾寫過一篇被忽略的文章《不可能的文化：王爾德作為現代先知》。)

26. 對後來一些坎普純粹主義者如約塞亞‧格蘭 (Joshua Glenn) 來說，桑塔格說歪了。相應着輕浮的對嚴肅，格蘭說坎普不是一種輕浮的態度，而是一種揉合嚴肅和幽默而帶批判性的反諷感覺力——伊舍伍德不是說過「你不能坎普那些你不認真的事情」嗎？相應着嚴肅的對輕浮，格蘭認為這很容易淪為另一種1990年代在美國開始的新感覺力：「芝士」——故意反時髦，反好品位，穿醜衣服，嗜愛垃圾文化，很張揚的擁抱刻奇，對任何嚴肅事採取疏離、輕浮和犬儒的態度，認為這樣的「反嬉普」(anti-hip) 的感覺力才是真的酷，昆汀‧泰倫天奴 (Quentin Tarantino) 電影《低級小說》被認為是這種芝士品位的代表，紐約時報書評人米芝可‧卡古坦尼 (Michiko Kakutani)1992年的文章《首先此間了坎普，現在有了芝士》(First There Were Camp, Now There's Cheese) 可能是最早的論述。當然，坎普作為一種品位精英對認真的人為造作的遊戲式欣賞，是應該跟故作沒品位的民粹的芝士不一樣甚至是互相排擠的才對。

27. 為公平計，我必須強調一點：桑塔格再怎麼説嚴肅的對輕浮、輕浮的對嚴肅，她始終是個認真的現代主義者，所以她才有這樣一説：「我為坎普所強烈吸引，又幾乎同樣強烈的被它冒犯了」。坎普的對象可以是高是低，那些人為造作從某些品位制高點看來可以是藝術、垃圾或刻奇，但桑塔格從來沒有直接去肯定垃圾和刻奇。她的許多其他文章是介紹艱澀嚴肅的現代作品和觀念 (大部份是來自歐洲的)，維護的往往是前衞的、現代主義的感覺力和那一代通才文化精英的嚴謹品位。這點上桑塔格是名副其實歸屬於紐約猶太嚴肅知識份子的傳統的。

但嚴肅的對輕浮、輕浮的對嚴肅這樣的感覺力，到了上世紀60年代是有了自己的生命力的，所謂是時機已到的一個觀念。這樣的新普及感覺力，是跟現代主義感覺力有着很大的張力的。桑塔格的《坎普札記》確是1960年代引領新感覺力潮流的重要論述之一，但她個人主要的感覺力是現代主義的，故她在感覺力更替的順時歷史上是個過渡人物，正像她説王爾德是新舊品位文化的過渡人物。

(她的《反對闡釋》亦可被視為一篇有代表性的過渡文章：告別了知識份子的着重作品內涵、站在闡釋制高點、意圖對作品意義一錘定音的話語，預期了把風格和樂趣放在內涵之上的後現代觀，卻未料到一切文本都將被認為是「不了義」的全闡釋遊戲。)

28. 桑塔格自言好一段時間以至 1960 年代初她每個暑假都在巴黎過，「每天都光顧電影資料館」。她那時期的創作亢奮，與所處地紐約和巴黎「每月都有新的傑作面世」有關，其中電影是主要媒介之一。1960 年代的新感覺力，往往是跟電影有關，或許是因為電影的新傑作最能擺脫當時依據文學和其他藝術而制定的固有審美框框。

29. 鑽同一個電影資料館的杜魯福在成為與高達 (Jean Luc Godard) 齊名的法國新浪潮導演之前，是法國《電影筆記本》雜誌的影評人。他大概受他恩師安特利‧巴贊 (Andre Basin) 的名言「所有電影皆生而自由平等」所影響，對各種類型或屬性的電影皆不會先入為主的否定，因為「最誠懇的電影可能看上去是虛假的」，「一齣帶能量的完全普通影片是可以比一齣有『智慧』意圖但執行得無精打彩的影片更能成為好的電影」。當其他評論家認為希治閣 (Alfred Hitchcock) 的《觸目驚心》的題材微不足道時，杜魯福指出它與英瑪‧褒曼 (Ingmar Bergman) 的《處女之泉》是同一主題而皆應表揚。他在推介歐日導演時，也尊崇美國商業片導演比利‧懷爾德 (Billy Wilder)，喬治‧庫可 (George Cukor)，尼古拉斯‧雷 (Nicholas Ray) 等。他怪自己為什麼這麼走眼，當初竟沒看出約翰‧福特 (John Ford) 的優點。他讚賞真凱利 (Gene Kelly) 的《萬花迎春》（雨中曲）。「不論它們是否被稱為是商業，我知道所有

電影皆是有買有賣的商品。我看到的是大量程度上的分別，而不是在本性上的」。他認同巴辛所說的：電影如奶油，攪拌起來有的乳化得好，有的乳化得不好。杜魯福也是在引進一種電影屬性不分等級的新感覺力。

30. 在大西洋彼岸，電影評論也將立奇功。來自美國西岸的中年婦人寶琳‧凱爾會在1960年代結束前，憑她的犀利筆鋒和爭論性觀點，在東岸三下兩下聚焦了北美整代電影迷的新感覺力。從此，不少二戰後嬰兒潮一代受過大學教育的、有文化水平的影迷，不光是看了她的評論才去看電影，而是看完電影後要看她的影評來印證自己的感想，才算完成了一次觀影經驗。甚至有作家說自己當時年紀小，只能追看凱爾的影評，卻無緣去看被評的電影。她的忠實讀者以「小寶」自稱。而她的批評者也同樣激動，美國影藝學院主席曾稱她為「可悲的母狗」，1980年《紐約書評》一名作者說她的東西「每一篇、每一句，無中斷的沒有價值」。從1953年第一篇影評寫給三藩市《城市之光》期刊，至供稿給《黨派評論》，至1965年開始替紐約的大雜誌撰影評，直到1991年在《紐約客》連寫了22年才封筆時，愛她惱她，她已是美國眾望所歸的桂冠影評人。凱爾在晚年的訪談中說她寫影評是為了好玩和對電影的愛，她的寫作風格廣被摹仿，閱讀她的影評本身就是樂趣，《紐約時報》在1995年說：「她發明的鑒賞姿態已成了普及文化評論的標準姿態」。

31. 為什麼我們愛看電影，明知道它們絕大部份算不上「藝術品」，有些更只是垃圾，或只能說是「好垃圾」？可能就是因為我們不把電影當作藝術品來看。凱爾說：「電影的最大吸引之一是我們不用對它們太認真」。「不用負責，不必乖」。「符合了好品位，那我們很可能原初就不會真正開始去關心電影」。

32.「因為媒體的影像性質和低入場價，電影從偷窺戲、狂野西部劇、歌舞廳、連環畫——從本來是粗糙的和普通的——取得動力，而不是對歐陸高等文化的乾枯摹仿」。「折衷的藝術如歌劇和電影包含了很多種和很多組合的樂趣可能性」。「電影藝術不是我們一直以來電影享受的對立：它是不能在回歸正統高級文化中找到的」。

33.「或許看電影最集中的單一樂趣並非是審美的而是逃避我們的正統學校文化要求我們作正確反應這樣的責任」。「電影觀眾會接受許多垃圾但叫我們為教育而排隊是有點難」。「但可理解，因為美國人對藝術的想法，我們作為美國人是較容易在外來的而不是自己的電影中看到藝術。藝術仍是如教師和基金會女士們相信的，文明和精緻，教養和嚴肅，文化的，美麗的，歐洲的，東方的，它是美國所不是的，特別是美國電影所不是的」。

34.「電影是神奇的方便藝術」。「不負責任是所有藝術的部份樂趣」。「沒有遊戲感和我們從中獲取

的樂趣，藝術完全不是藝術」。「所有藝術都是娛樂但不是所有娛樂都是藝術。這可以是值得記住的好想法：如果一部電影被稱為藝術而你不愛看她，毛病可能在你，但或許是在那電影」。「垃圾的樂趣是智性辯護不了的。但為什麼樂趣需要辯護理由？」

35.「如果我們不能欣賞最好的垃圾，我們有非常少理由對電影有興趣」。「你可以期望在垃圾中有些生動感是你可以相當肯定在受尊敬的藝術電影中得不到的」。「垃圾不屬於學院的傳統，而這是垃圾的部份樂趣——你知道或你應知道你不需要嚴肅對待它，而它從不企圖在輕浮、猥瑣和娛樂之外有更多」。

36.「我們是有普通感覺的普通人，而我們的普通感覺並不是全壞」。「我不相信一種人的品位，即他們出生就有好品位故無需通過垃圾來尋他們的路」。「我不相信那種不承認他一生中有些時間曾享受過垃圾美國電影的人」。「垃圾讓我們對藝術有了胃口」。

37.「垃圾令人腐化？一種傻清教徒主義仍在藝術裏滋長」。「這幾乎是階級歧視的假定，即粗糙電影，沒有藝術外觀的電影，是對人不好的」。「最低級的動作垃圾比健康家庭娛樂可取」。「當你淨化它們，當你令電影受尊重，你殺了它們」。

38. 好犀利的筆，語不驚人死不休，義無反顧的顛倒了有教養社會的文化層階，光是好垃圾和她另一詞「好的爛片」，就讓我們腦筋急轉彎，從此海闊天空，

沒有先決不能看的電影，所有類型和屬性是不分等級的，而看電影是為了娛樂，那怕是看垃圾也百無禁忌，甚至理直氣壯。沒有上課一樣的心理負擔，電影回到好看不好看的點上，自然各有各樂趣。她解放了觀眾，讓觀眾覺得自己是能分辨電影的好壞，並有權選看為自己帶來樂趣的電影。

39. 凱爾有驕人的戰績來支撐自己。她甫到《紐約客》，就獨力挺亞瑟潘 (Arthur Penn) 的《雌雄大盜》(邦妮和克萊德)，終逼使其他影評人回頭重估該片。類似情況還出現在《窮街陋巷》和《教父》第一集等初期影評反應一般的經典。她是1970年代「新荷里活」電影的號角手，她最喜歡的電影都是那年代的：羅伯特‧奧爾特曼 (Robert Altman) 的《風流醫生俏護士》、《雌雄賭徒》(麥克普與米勒夫人)，哥普拉 (Francis Coppola) 的《教父》一、二集，馬田‧史高西斯 (Martin Scorsese) 的《窮街陋巷》、《的士司機》。她認為1970年代是上世紀美國電影最輝煌的年代。

40. 要分得出好的垃圾與垃圾的垃圾，其實需要鑒賞的真功夫。凱爾並沒有說爛片就是好，她不會認同那些垃圾文化癮君子。她不無感歎的說：「老一代人被游說去唾棄垃圾，現在較年輕一代開始把垃圾說得像非常嚴肅的藝術」。凱爾的要求可高了，要討好她可難了，她覺得沒趣的電影可多了，我們可以想像多少片子在她筆下是被傷到體無完膚，當然包括那些扮

作藝術樣子的高級垃圾片和裝滿「昂貴垃圾」的大製
作。她讓我們感到在電影裏,藝術與垃圾之間隔得很
薄、很薄,或更精確的說,藝術與垃圾很難作本質上
的界定,尤其在敘事影像藝術這一塊。

41. 凱爾貶電影為垃圾(哪怕是好的垃圾),反諷着
那些看不起娛樂電影的人,潛台詞是:不要架着其他
所謂高等文化的眼鏡來看電影,電影就是電影,好壞
自有標準。

42. 凱爾更不是只捧垃圾片或美國片,她發掘了奧
森威爾斯 (Orson Welles) 的《歷劫佳人》(狂野生死戀、
歷劫名花);她是高達在美國的熱情支持者;她喜歡雷
諾亞 (Jean Renoir);她推介褒曼時候,褒曼尚未在美國
高檔電影迷之間大紅;她認為貝托魯奇 (Bernardo
Bertolucci) 的《巴黎最後的探戈》在電影史上的重要
性,可比美音樂史上斯特拉文斯基 (Igor Stravinsky)
1913 年的《春之祭》(不錯,很多時候她很主觀)。

凱爾的《垃圾,藝術,和電影》跟桑塔格的《坎普
札記》有異曲同工之妙:不以類型、屬性或載體來分
文化的高低雅俗,衝擊了傳統上對什麼是嚴肅什麼是
輕浮的成見,打破了娛樂與教誨、商業與藝術、普及
與高級、大眾與精英等等二元分界。兩篇文章肯定了
樂趣的重要性,解放了許多人的審美觀,並參與釋出
了 1960 年代後日益高漲的普及新感覺力。

43. 上世紀 60 年代前的紐約知識份子,在政治上

雖多是帶着不同程度的左傾，在文化上則是精英主義的，大部份很抗拒大眾文化和後來的「反文化」。1950年代美國另類青年的垮掉風潮已令大部份紐約派深感不安，1960年代的整體蛻變更為他們帶來認知的挑戰。以格林伯格為例，他曾是美國前衛——抽象表演主義——最重要的闡釋者 (另一大旗手是哈洛德‧羅森伯格 (Harold Rosenberg)，提出「行動藝術」之說)，但到了1960、70年代，他卻完全無法理解波普藝術和極簡藝術為什麼受重視，對前者的受歡迎感到迷惘，並對其後的觀念藝術充滿敵意，把一切說成是馬賽爾‧杜尚 (Marcel Duchamp) 的遺害。他更不會想到，被他貶為刻奇代表的 1940 年代《星期六晚報》雜誌封面插圖師諾曼‧羅克威爾 (Norman Rockwell) 會在 1990 年代被新一代的評論家捧為大師。

格林伯格是圍繞着《黨派評論》的那羣紐約知識份子中最早向大眾文化發難的人。他在 1939 年發表《前衛與刻奇》時，美國本土的現代主義還沒出現，他追索前衛在 19 世紀的源起，藝術家與法國布爾喬亞決裂而成波希米亞，遁入非政治化的「為藝術而藝術」及「純粹詩」，然後發覺由摹擬外在轉到藝術形式的本身探索，很必然是走進抽象，即格林伯格所說的「主要靈感本自他們所下工夫的媒介」。他指的抽象包括畢卡索 (Pablo Picasso)，布拉克 (Georges Braque)，蒙德里安 (Amedeo Modigiliani)，康定斯基 (Wassily

Kandinsky)，甚至克利 (Paul Klee)，馬蒂斯 (Henri Matisse)，塞尚 (Paul Cezanne)。與之背道的都是刻奇，包括流行的、商業的藝術、文學和電影等。「刻奇假裝對顧客毫無要求除了要他們的錢——甚至不要他們的時間」。刻奇是二手經驗、假裝激動，花樣常變但本質是一樣的，享受刻奇是毫不費力的，因為是預先消化好的。「刻奇是這時代我們生命中所有虛假的縮影」，是美學的失敗。資本主義、共產主義和法西斯主義都是生產和使用刻奇產品的大眾社會，或以商品形式，或以官方主旋律形式。只有一小羣體制外的孤獨自覺的精英從事着沒人要的抽象藝術是例外。格林伯格自己在1940、50年代一直在推動抽象畫 (他是要有畫家在作畫，故此不能接受後來的「去畫家」觀念藝術)，同時攻擊刻奇，把非抽象的畫歸為刻奇，以突顯抽象畫，「不要碰具像，否則你就會變成刻奇」。他的堅持後來得到很大成果，促使美國的現代畫風——抽象表現主義——首次被放進世界藝術史中，本應是化外的孤獨抽象畫家反諷的成了明星，而刻奇這詞也因他而在英語世界廣為文藝界所知。

46. 格林伯格屬於反大眾文化的那脈歐美文化精英，其中甚多大家，有右有左，包括西班牙的奧特加·伊·加塞特，英國「文化與文明」傳統的馬修·阿諾德 (Mattew Arnold) 和利維斯派，第一代法蘭克福學派的阿多諾 (Theodor Adorno)、霍克海默 (Max Horkeimer)、利

奧‧洛文塔爾 (Leo Lowenthal)，紐約知識份子德懷特‧麥克唐納 (Dwight Macdonald)、歐文‧豪 (Irvin Howe)等。稍微願意替大眾文化說幾句好話的紐約和芝加哥名家只有悉尼‧胡克 (Sidney Hook)、大衛‧里斯曼 (David Riesman)、愛德華‧席爾斯 (Edward Shils) 等少數。

貶抑刻奇的論述，比格林伯格稍早的有奧地利小說家赫爾曼‧布洛赫 (Herman Broch)1933 年的文章《刻奇問題札記》：刻奇被看作是對藝術的失敗摹仿，「是藝術價值系統裏的邪惡元素」，是寄生在藝術的內在敵人──「反基督看似基督，行動和說話像基督，但依然是路西弗」。布洛赫還說過後來為法國捷克小說家昆德拉 (Milan Kundera) 激賞的一句話：「現代小說英勇地與刻奇的潮流抗爭，最終被淹沒」。(「刻奇問題札記」後被收集在吉洛‧多爾弗雷斯 (Gillo Dorfles) 1968 年的反刻奇文集《刻奇，壞品位的世界》)。

刻奇是對優秀上品文化的侵蝕，阿多諾說的刻奇是「對淨化的戲仿」，麥克唐納和歐文‧豪說的刻奇就是二戰後大眾消費社會的中品──英文直譯是中眉──產品 (在 1960 年代前，連《紐約客》、《哈潑》、《大西洋》這類雜誌都被認為是中眉，麥克唐納說的是給精英的刻奇)。刻奇是虛幻的替代經驗，凡登哈格 (Ernest van den Haag)說的「使個體失去追求真正的滿足的代替滿足」，阿多諾說的「用更加空虛來填滿空虛的時間」和「它釋放了一瞬間的閃光醒悟，即你已浪

123

費了你的生命」。刻奇是逃避是蒙騙，羅森伯格說的「此間沒有抗衡刻奇的概念，它的對手不是一個觀念而是現實」，刻奇是對現實的否認，提供舒適，無視殘酷真理，麻醉了真的痛苦。刻奇是控制是操縱，洛文塔爾說大眾文化就是意識形態，麥克唐納說的是「上面強加影響」，布洛赫說的「不僅是美學的邪惡，而且是社會和政治的邪惡」。刻奇是奉迎是因循是媚俗，伯納德‧羅森伯格 (Bernard Rosenberg) 說的「已建立規則的藝術，可預期的受眾，可預期的效果，可預期的報酬」，昂貝托‧艾可 (Umberto Eco) 說的刻奇是藝術的代用品，湯瑪斯‧寇克 (Thomas Kulka) 說的「刻奇是要來支撐我們的基本情感和信念，不是困惑或質疑它們」。寇克提出刻奇三特徵：

a. 刻奇形容的物件或主題高度充塞着現成情緒。

b. 刻奇形容的物件或主題可以不費力的立即辨認。

c. 刻奇並沒有實質的豐富我們對被形容的物件或主題的聯想。

刻奇 (與大眾文化) 因此是與藝術不可調和的，特別是指求新求瀏求自主的現代主義藝術。

48. 但上述論者也知道刻奇是大眾所欲的。寇克說「如果藝術用民主評判，即依喜歡它的人數，刻奇很容易擊退它所有的競爭者」。阿多諾解釋：「只有那些生活沒有壓力者，全神貫注和有意識的藝術經驗才有可能」，「人們想玩樂……在他們的多餘時間他們想將沉

悶和費神同時解脫」，「廉價商業娛樂……導致鬆弛，因為它是有套路的和預先消化的」。這一點，托克維爾 (Alexis de Tocqueville) 早在 1830 年代已預料到：「由於他們能夠用於文學的時間很少，他們就想法充分去利用這點時間。他們偏愛那些容易到手、讀得快而且無須研究學問就能理解的書。他們尋求那些自動呈現、可以輕鬆欣賞到的美；最重要的是，它們必要有新的、出乎意料的東西」。

49. 格林伯格對刻奇的論述，把自己推到一個沒有彎可轉的角落，即除了抽象畫外其他都是刻奇，有點像阿多諾退到無調性音樂而其他都是文化工業的極權操控。其實，視藝術為自我指涉、無利害的全盛現代主義藝術觀，到 1960 年代在藝術圈內也快整體守不住了，我們幾乎可以預見到新一代的藝術家——依然抱着反舊創新這種現代藝術觀——很快要把格林伯格顛覆掉，由華荷至後來正面鼓吹刻奇的策展藝評家戴夫·希奇 (Dave Hickey) 或「後現代」刻奇藝術家傑夫·昆斯 (Jeff Koons)。

50. 除了格林伯格對刻奇在審美上的極廣定義外，我們用語中還有一個窄定義和另一個廣定義。窄定義是指蒙娜麗莎煙灰缸，即那些誰都知道的廉價小玩意，你到旅遊景點買紀念品、或去春節廟會、舊貨市場就可以看到一堆。這窄定義可能比較接近刻奇眾說紛紜的詞源，包括德語 kitschen 意在街頭收垃圾，或

德語方言 verkitschen 意促使廉價，或英語 sketch（素描畫）的德語錯誤發音，或法文 chic（趨時）的德語錯誤發音，甚或俄文 keetcheetsya（裝大頭）的德語錯誤發音；它最早是 1860、70 年代慕尼黑的藝術販子的行話，用來說廉價、容易銷售的趨時藝術品如素描畫。這窄定義很聚焦，對象頗易理解，大部份說英語的人平常用刻奇當名詞時也是照這意思，是一個有用的詞和應保留的用法，只是現在不會有人誤會一座塑膠螢光自由女神像是藝術哪怕是低級的藝術。

51. 另一廣定義是昆德拉對刻奇的理解，不只是美學上的，更是存在的和形而上的。他從 19 世紀中德國浪漫主義看到人類的兩滴刻奇的淚：「刻奇導致兩淚快速連續流出。第一淚說：看到兒童跑在草地上多好。第二淚說：看到兒童跑在草地上，（我）與全人類一起被感動，多好。是第二淚使刻奇變成刻奇」。刻奇是「將這種有既定模式的愚昧，用美麗的語言把它喬裝，甚至連自己都為這種平庸的思想和感情流淚」，是「傻瓜的套套邏輯」：對情感的情感、對濫情的傷感，「刻奇者對刻奇的要求，即是對着一面會撒謊又會美化人的鏡子看自己，並帶着激動的滿足認知鏡中的自己」，同時「將人的存在中本質上不能接受的一切排斥在它的視野之外」——如糞便、屁眼、死亡、玫瑰花一樣形狀的癌細胞——「刻奇是對糞便的絕對否認」。昆德拉數出各式各樣的刻奇：天主教的、新教

的、猶太教的、共產主義的、法西斯主義的、民族主義的、女權主義的、民主的、歐洲的、美洲的、國際的，「極權國家發展了這種刻奇，因為這些國家不能容忍個人主義、懷疑和嘲笑」。他說「我們之間無一是足以完全逃脫刻奇的超人。無論我們如何鄙視它，刻奇是人類境況的一個組成部份」。這樣的人為造作，幾乎無處不在的刻奇做人態度，可說是濫情又自滿的集體自我完謊。

昆德拉所說的刻奇，比其他有關刻奇的說法更為中國知識界所知，主要是 1987 年韓少功和韓剛譯的《生命中不能承受之輕》在中國內部發行公開銷售(2003 年許鈞翻譯的新版叫《不能承受的生命之輕》)，加上昆德拉 1985 年在耶路撒冷文學獎上的發言和《小說的藝術》等提到刻奇的作品陸續有了中譯，對部份知識界來說是一次長達十多年的開天眼經驗。在大陸的翻譯中，昆版刻奇都很精彩的被譯成「媚俗」(之前台灣曾譯作「忌屎」)。不過，塵埃落定，為兼顧刻奇的多源多義性質，而且因為它多是個指涉實物的名詞，我建議還是回到以音為主的普通話譯法，即景凱旋在2001年文章《大眾與壞品位》裏用的「刻奇」(我故意不用「刻齊」，以免助長以為當代社會走向劃一性的這樣一種決定論思想)。

52. 基於媚俗（刻奇）這個詞在這邊接受的情況，策展藝評家栗憲庭把1990年代中的畫風叫豔俗藝術而

不叫媚俗藝術，是明智的選擇，否則會跟之前的政治波普甚至玩世現實（潑皮）混在一起，因為三種風格都可以被視為是對不同維度的刻奇的反諷和戲仿。他撰文說一度曾用了媚俗這詞，後認為不能同意格林伯格式觀點把昆斯之類的作品歸為媚俗等等原因，終在跟一些人交流後，定了豔俗藝術之名，英文為含反諷意味的 gaudy art。

53. 從中世紀民間慶典到蘭波（Arthur Rimbaud）的「詩的妄語」、「蠢的繪畫」，以至現在，一直有藝術家利用粗俗、壞品位和刻奇以達到創作的目的，這潮流無疑也是構成現代的一部份，正如馬泰・卡林內斯庫（Matei Calinescu）的書名《現代性的五副面孔：現代主義、前衛、頹廢、刻奇、後現代主義》。而由杜尚、達達開始，經超現實主義——如費南多・萊歇（Fernando Leger）就自覺的把刻奇廣告和包裝形象放進畫內），再到轉捩點的波普藝術，加上文化論述趣味的轉移等等因素，1960年代後大家對大眾文化和刻奇有了新的感覺。本文所介紹的《坎普札記》和《垃圾，藝術，和電影》恰逢其時，在北美自各有影響。有一點特別要指出並加以肯定的，就是不管桑塔格與凱爾在兩篇文章裏怎麼說，她們在現實裏並沒有只俗不雅、只低不高、只輕不重、只淺不深、只甜不澀；換句話說，她們沒有媚俗。事實上，她們都很着意找出為時人低估、忽略以至不理解的好作品。換言之，她們要

求大家提高品位，培養鑑賞力，磨練反諷意識，並要做出獨立判斷，這樣才算有敏銳的感覺力，才能分得出藝術、坎普、垃圾、刻奇。這個值得讚賞的態度——對象不分等級、品位自強不息——套用利奧塔 (Jean François Lyotard) 的說法就是人人皆應成精英的「人人精英主義」(elitism for everyone)。

54. 刻奇與藝術的相對性 (而非對立性) 現已被廣泛認知，卡林內斯庫說一幅掛在百萬富翁家用電梯中的倫勃朗真跡無疑是刻奇。英國評論家彼德‧沃倫 (Peter Wollen) 更指出，時間令藝術品變刻奇，只要想想蒙娜麗莎，以至梵高 (Vincent van Gogh) 和莫內 (Claude Monet) 某些名畫的情況就知道——「刻奇，對我而言，是偉大藝術品的無可逃避的伴侶」。在學界，在英國開始的文化研究，特別是亞文化的研究，和美國的普及文化社會學，糾正了之前反大眾文化的論者的決定論傾向，察覺到亞文化族羣並不是完全被動的受眾，更紀錄了他們主動的文化和意義創造。布迪厄 (Pierre Bourdieu) 則識破了高級文化是無利害的自主假像，指出了品位與不同階層所取得的文化資本有密切關係，他雖然不一定用上刻奇這詞，但他所說法國工人階級因經濟能力較低而採用的「需要的品位」，即美的藝術要表現美的東西如「花朵、落日、兒童」，很像是某種定義上的刻奇，相對於富裕文化精英的較自覺和抽離的「反思的品位」，即美的藝術拒絕直接的

樂趣而要讓大家驚訝的去看「髒物、捲心菜、枯樹」。班雅明 (Walter Benjamin) 雖然把刻奇放在藝術的對立面，但他對憂傷與懷舊的分辨，和機械再生產的提法，啟發了不少後學：薩拉斯特·奧拉奇艾加 (Celeste Olalquiaga)1999年的《人工王國：刻奇經驗的寶藏》一書就是用班雅明來肯定刻奇的人文價值並以此批評格林伯格、布洛赫、多爾弗雷斯等的反刻奇觀。卡林內斯庫說：「如果我們承認刻奇是我們時代的『常規』藝術，我們就必須承認它是任何審美經驗的必然起點」，「在看過許多複製或仿造的倫勃朗作品後，一個觀畫者也許最終有能力接受一位荷蘭大師所繪真品的藝術」。凱爾突然冒出的那句「垃圾讓我們對藝術有了胃口」大概也有此意。

55. 現在我們可以試試綜合一下各家之言，建構刻奇這個在今日世界有用的美學範疇和生活領域，不廣不窄，既可以認得出用得上，又不至於陷入本質主義的窠臼；試試不擺高姿態作鄙視狀，也不唱反調故作粗俗，不對眾人所好有偏執狂式的惶恐厭煩，也不為投眾人所好而大捧媚俗(我想起桑塔格和凱爾的榜樣)。

這裏不再說窄義的常用詞刻奇(蒙娜麗莎煙灰缸)；也不包括假冒偽劣產品——那是另一個題目。

在容易被察覺的一端，刻奇是：生日賀卡、手機音樂鈴聲、情人節的玫瑰花和心形巧克力、電梯和經營場所的背景音樂、速食店、茶餐廳、迴轉壽司、波

霸奶茶、聖誕歌和聖誕裝飾、鄧麗君的歌、金曲合輯、大部分流行情歌、大部份廣告詞；刻奇是寇克所說的影像：「各種小狗小貓、流淚的小童、抱嬰孩的媽媽、有性感咀唇和勾魂眼的長腿女人、有棕樹的海灘和彩色的日落、鳥瞰叢山的瑞士田園村莊、歡愉的乞兒、悲傷的小丑、可憐忠誠的老狗」。

在較易被遺忘甚或被嚮往的一端，刻奇是：以紅白綠作裝飾的義大利餐館、侍應生穿民俗服飾的風味食肆、仿古中式裝潢的茶藝館；刻奇是老外穿唐衫旗袍、中國人家裏放仿意法宮廷傢俱；刻奇是門前有羅馬柱的別墅(如果建得很誇張倒可以變成坎普的對象)。

刻奇是放煙花歌舞昇平，是胸前別了領袖章、臉上洋溢幸福的神情，是一幢洋房兩部車的中產形象。

刻奇不單是迪士尼、拉斯維加斯、電視塔、卡拉OK、幾乎所有主題公園，不單是各景點自我打扮的假古董和地方色彩，還是去景點旅遊兼拍照留念的心態。

刻奇是城市酷人類想像自己開着越野車到偏遠地區看原汁原味的土人；刻奇是拍婚紗照；刻奇是高檔樓盤的名字，什麼中心、什麼廣場、什麼城。

刻奇不僅是酒店房間那幅不難看的行貨畫，還是大部份五星酒店很舒服很制式的房間裝潢和服務。

或許我們真的要分辨好的刻奇和刻奇的刻奇，如凱爾的好垃圾、好爛片，桑塔格的關於壞品位的好品位（在紐約知識份子攻擊刻奇最嚴厲的時期，還真有

「精巧的刻奇」一說)。

　　就算自認為很有文化很有品位的人，嚴格來說每天仍得過一點刻奇的生活，不再是梵高向日葵咖啡杯，而是一切穩定的、可期待的、可重複的、沒有增加我們新認識的、不費我們神而滿足我們的生活，其中包括受大家認同的好生活。

　　刻奇是絕大部份人的生活，但卻不是全部的生活。

　　誰還敢鄙視它？(昆德拉：「我們之間無一是足以完全逃脫刻奇的超人」。凱爾：「我們是有普通感覺的普通人，而我們的普通感覺並不是全壞」。)

　　56. 刻奇曾被認為是現代藝術和革命的失敗，但通過了近年對現代性的再認識，社羣傳統、共同體價值、個人嵌入社羣等觀念備受重視，也替刻奇帶來意想不到的新評價。紐約新學院的森姆‧賓斯基 (Sam Binkley) 就是用安東尼‧吉登斯 (Anthony Giddens) 的「本體上的安全感」來看刻奇的一個重要特質：事物與情感的重複性和熟悉性。現代的其中一個特徵是傳統共同體的解體導致個人失去可嵌入的社羣：生活、價值與精神的顛沛流離，而刻奇是這個年代個人在日常生活中的安全網：求穩定求熟悉求重複以求重新嵌入社羣(用時下流行說法是找到自己的定位)。到底，現代主義藝術要求的獨創、反思、自主等是很累人的，現代革命的亢奮、不穩定和人性改造是難以長久的。現代主義藝術家是孤獨現代人的代表，但不見得其他人

都想或都應以他們為榜樣。人們需要存在層面的合羣。熟悉的、重複的刻奇其實是現世最普及的(也是必需的)日常生活和文化消費模式，它以重複、隨俗、日常的當代消解變異、自主、普世的現代以便現代人尋回一點本體上的安全感。

57. 藝術註定孤獨，合羣必然重複，兩者的對照只是觀念上的，在現實世界中許多人可以突破而不歸屬任何一邊。設想一名退休長者獨自在海邊寫生，總不至於有人指着他說：這是刻奇、這是垃圾吧！其實只要我們不抱有高傲精英的藝術本質主義態度——只有獨創才算是藝術、只有自主天才型的人才算是藝術家——我們就可回到杜威所說的藝術即經驗的廣闊天地。長者在寫生，一名嬉皮在做陶藝，一對中年夫婦在彈鋼琴自娛，一羣維吾爾人在編地毯，幾個年青人在玩樂隊，河南朱仙鎮的老師傅在畫年畫，宮崎駿在制動漫，海德格 (Martin Heidegger) 在林中散步，雖然各人的水平和旨趣不同，但都屬於生產意義的、生活與藝術連貫的經驗，即美的經驗。然後，長者在老幹部活動中心的繪畫班上，學到了更好的技巧，他很高興自己與生俱來的個人潛力得以發揮，他越畫越加深了對藝術的理解，周邊的人皆喜歡他的畫(是架上的具像畫又如何？)，替他自己帶來了不少樂趣，並鼓動了旁邊幾個長者也開始作畫。長者以行動體驗了藝術，並因為屬於一個共同體(老幹部繪畫班)的成員，接受

到教育（一項終生的志業）而促進了個人成長，從而進一步建構了自己的身份。這樣一種既個人又社羣的淑世進取經驗，在各層次的共同體裏被廣泛享有是可能的。美國美學家理查‧舒斯特曼（Richard Shusterman）在《實用主義美學》一書內，用同樣的道理去「將藝術從它那高貴的修道院中——在那裏它與生活隔絕，與更通俗的文化表現形式對立——解放出來」，從而替普及文化如拉普音樂找到「藝術合法性」。（大秘密：原來「大眾」的生活並沒有我們文化精英的某些批判論述中想像的那麼蒼白、被動、鐵板一塊。）

58. 很大部份的刻奇不能算是垃圾，也談不上是藝術，更不足以成為坎普的對象。刻奇是刻奇、垃圾是垃圾、坎普是坎普，它們肯定有交叉，卻不是一回事。分清楚這三個有用的當代感覺力，有利我們自覺甚至創意的活着，並可從不斷學習中、從美的經驗中，得到樂趣和自我完善，或許兼能惠及社羣。讓我再提桑塔格和凱爾的人人精英主義榜樣，一方面她們打破藝術的固有界限，認識到對象的不分等級和樂趣的多元性，另方面她們是自我要求極高的評論家，該怎麼說就怎麼說的直面對象本身，並嘗試分辨和分享什麼是好。

謹將本文獻給受了過多人文教育的人，並很坎普地說一聲：共勉之。

(2004 年）

現在讓我們捧台北

最近五年我住在北京，常有人問我最喜歡哪個華人城市，問的人以為我會說北京、上海或香港，我總說，以居住來說，台北最好。

我在大陸更常碰到些老外，曾在台北學漢語，大家對台北生活都懷念不已，每次我說台北是華人城市中最適合居住的，這些現住北京或上海的老外大概都要想一想，然後才說：是，還是台北好。

我很幸運在1994年至2000年間，曾在台北居住。

之前大部份時間我是在香港，然而1960年代末和1970年代初曾隨父親到過台北，1980年代因做電影的緣故又多次來台。那時候我覺得台北很醜。

1960年代中開始，香港城市正大面積的改建，移山填海建高樓，建起大型室內商場如 1966 年海運大廈和摩天樓如 1973 年 52 層的怡和大廈（當時叫康樂大廈），而我們這些 1949 年後才出生的嬰兒潮一代，剛長大成人，亢奮的覺得一個現代化的新時代到了。很明顯，當時我想像中的明日之城，是一個由光亮高樓和巨型室內商場組成的城市。

＊ 本文係第一屆台北學國際學術研討會論文

奇怪的是，配合着這種城市想像的，是從電影電視看回來的美式亞市區（郊區）獨門獨戶分隔的住房，內有巨大廚房、多個廁所、小孩一人一個房間、屋前或後兩部車、四周有綠化帶。上述兩種想像——高密度高座市區和低密度低座亞市區——構成我當時以為是代表現代化的城市美學。很不幸，至今很多人仍有着這樣的現代—光亮—花園—美化—明日之城的定形想像。

帶着這樣的城市審美指標，難怪那時候我會覺得台北不夠所謂「現代」，甚至很醜。但醜歸醜，年輕時候的我來到台北已經覺得好玩、好吃，燈紅酒綠，還可以買盜版書盜版唱片。到了現在，很多人，恐怕包括不少首次來台的大陸人以至一些勇於自責的台北人本身，仍可能會有同樣觀感，仍是這個帶點悖論的局，就是：台北不夠現代，醜，但生活質感不錯。

上世紀最後幾年住在台北後，我的生活的經驗告訴了我台北這個城市的好，為此我曾寫過：台北是一個被低估的城市。

在大陸到處跑了幾輪後，更體會到台北的好跟它的城市建設或不建設有密切關係。如果我的生活經驗是可靠的話，那我以前想像的那種現代化城市定形、未加反省的城市美學，就值得懷疑了。

回頭想一想，是，台北故然不可能是什麼都做對了，肯定也犯過不少錯誤，但它一定也大面積的做對

了很多東西，才會覺得它好。它的秘密在哪裏？

我這裏只用了一個看上去是常識的進路來解説：簡‧積各布斯 (Jane Jacobs) 在它 1961 年的經典《美國偉大城市的死與生》裏，扼要的列出一個好的生機蓬勃的城市在形態上的四個要點，就是：用途要混雜，街區 (街廓) 要小，不同年齡建築物要並存，密度要夠高。有意無意中，有為有不為間，甚至誤打誤撞下，台北大面積的做到了。

一、用途要混雜：城市生活有很多需求，是要交叉混雜在同一地區才能優化效應，才能每天大部份時間有人氣。用途管制最初是為了把不能兼容的活動如污染工業搬出市區，後來許多規劃者誤以為土地用途的界定代表了科學的現代化城市規劃，病變出一種近似潔癖的做法，認為總體城市生活不單可以而且應該以功能來分區，如分純寫字樓區、純住宅區和商業區，結果扼殺城市活力、製造生活不便，出現各市中心晚間死城甚至犯罪黑點，並因分區而製造了無法解決的交通擁擠。現在，規劃師大都理解過度用途分隔所造成的後遺症，只是政府和市民不見得有這樣的認知，易為好大喜功的主政者和為謀求利益極大化的發展商影響而作出大盤的功能分區的決定。回頭看台北是很幸運的，竟沒有被上個世紀的城市規劃教條所謀殺，仍有大面積地區是用途混合的。

二、街區小，街道就自然比較密，就是説一條縱

向的路很快就碰到橫向的巷或十字路口，如果兩旁都是混合用途的建築，行人道的使用率就比較高，商店就會存活下去，不容易出現積各布斯所説的沉悶地帶或其他學者説的模糊地帶和失落空間。街區小，街道路網密，給汽車用的馬路就可以相應較窄，鼓勵了步行，如果配以公共交通工具，就更進一步成就了城市生活。

台北經過滿清的政府行為，日本人參照歐洲近代化城市理念的改造，上世紀中及其後的重建和市區擴建，同時受到各族羣居民的添加補改，留下的幸好大致是一個路和街有寬有窄、街區不大不少卻摻含着汽車可穿過的巷子的方格網佈局，不純粹但卻實際上起了類似小街區密路網的效果——從今天的城市理念來説是一個難得的理想組合，加上混合用途，才有了我們印象中台北市區街頭的豐富感。

三、不同年齡建築物要並存，包括標誌性建築，包括有歷史或美學價值的建築，更包括所謂普通建築——普通建築是我這裏要強調的。為什麼呢？因為商業和政府行為自然會偏重標誌性建築，較聰明的政府——這裏包括台北市政府——也知道保育歷史美學上有價值的建築，可是對居民來説，他們工作居住的普通建築也是值得珍惜的。以我為例，我現在每次回香港，就住在小時候住過的一個地方，是一幢外貌很醜很不「現代」的普通大廈，有四十多年歷史，我不單對

它有感情，還堅信如果拆掉這樣的大廈將是香港的損失。比我年輕的人則可能對只有三十、二十或十年的建築有感情，如果都拆掉，整個台北變成信義計劃區，那台北還有什麼意思？可是，把構成一個城市特色的不同年齡的建築物拆掉，變成全新，往往正是商業利益所在，往往正是城市理念被誤導的政府所為——往往還用上市區更新和美化的名義。

我不是說城市建築不許變，其實城市是要變的，我們不能要求一個城市成為活博物館僅供外人欣賞，除了不可替代的建築應盡力資助保留外，舊建築要不斷維修和局部更新，我們甚至應該歡迎新建築的出現，但都應是逐一漸變而不是大規模突變，不是因為是所謂普通建築而濫拆。我稱之為附加法，新的附加在舊的之間，如有機耕種般講究不同的植物混雜的精耕，關愛的對象不光是歷史文物式建築，也包括五十年、四十年、三十年、二十年、十年的那些不起眼但與所在地居民共同成長和他們感情所歸屬沉澱的普通建築。

普通建築才是一個城市的主菜、城市的母體。

不同年齡的普通建築能聚在一起，複雜多元的用途功能才有可能真的混合，也表示了不同階層、族羣、職業和消費傾向的人能生活在共同空間並作出互補和分享，是有利社會資本和階層凝聚的。

台北拆拆建建這麼多年，竟還剩下不少有不同年

齡建築拼貼並存的有意思地區，有人跟我説是因為產權分散、公權不彰、和沒有真的成為國際金融資本的亞太營運中心等等理由，這説不定有點道理，不過我發覺其中還不完全是誤打誤撞，自1980年代末以後，台北學界文化界對城市發展的理念是有較多的反省和介入，而台北市民維權和社區意識就算沒有荷蘭阿姆斯特丹或美國波特蘭高，也是華人城市中最高的。要維護一個城市建築面貌的多樣性不是容易的事，是持續需要政府，專業規劃者、學者，發展商、業主和居民社區的積極介入而作出較聰明的羣己利益平衡的安排。

四、高密度不等於過份擁擠，後者是貧民窟特點，很多人擠住一個小空間，沒有隱私，這是叫過份擁擠，但如果是一種單層的簡屋，地區密度可以很低。

上世紀好一陣子城市規劃者誤把高密度老城看作貧民窟，不思逐步改進老區條件，念念不忘大規模拆遷，以便利光亮明日之城的一步到位的突起，並以把低收入者集中到公費補貼高樓和把中產者搬去郊野低密度住宅區為己任，成功的一舉謀殺了不少大城市和郊區。

城市密度一低，行人稀落，街上商店難以為繼，出現一種市區內的亞市區現象——地區用途分隔、汽車代步、高速路割裂市區、臥室睡眠小區住着同質性很高的居民、商店歸總在大型商場、模糊地帶失落空

間蔓廷。這樣，比較複雜多元的城市生活就為較單調寡頭的亞市區生活所代替。

台北一直保持着相對的高密度，而從我的觀察，台北一般家庭的居住面積要比香港大很多，説不上過份擁擠，除高樓大廈外，還有很多不同年齡不同高度密度的建築——包括四至六層的聯排屋，是較理想的密度組合。

台北的混合用途、路街巷密集造成的變相小街區、不同年齡建築物緊湊連綿拼貼並存，和相對的高密度，是它的優點、是它的幸運、是它的美、是它平易近人、其實更有智慧的現代，所以我們喜歡生活在其中——當然，這四點只是必要而不是全部的條件。

這樣的城市美學，欣賞的是城市生活的混雜性和多樣性，是完全顛覆了我以前那種不懂生活、不近人情的現代—光亮—花園—美化—明日之城的機械化規劃主義教條[註]。

有了生機勃勃的緊湊街頭和公共空間，才有可能出現波德萊爾、班雅明和李歐梵式的步行漫遊者，而我也經常把自己當作是這樣的一個漫遊者，但我會提醒自己，更關鍵的是，相對於投資者、政府、遊客以至漫遊者而言，在地工作和居住的人，他們站的才是道德權利上的最高點，城市是他們的。台北就是在這方面做得比北京、上海和香港都好太多，也解釋了它的生活質感。

話說回來，一個旺盛的大城市不可能只是一個居住城市，它必須要有經濟活力，只是，要成為全球經濟節點的城市，其實並不需要把自己大面積變身成為無特色的現代—光亮—花園—美化—明日之城。恰恰相反，真的世界城市如紐約、巴黎和倫敦皆特有自己的城市風采——大面積的用途混雜、高密度、不同年齡建築物並存。這種有茂盛城市生活的特色城市，更能吸引全球人才。

在重訪台北的台北學盛會上，就隱喻想像和賦形流轉，各學者先達發表了多方面的真知灼見，我未談隱喻，只說賦形，而且是單一的城市空間賦形，不厭其煩作出可能對大家來說已是常識的補充，因為我覺得再多說幾遍也不謂多。我說的只是三點：

一、台北是好城市。

二、台北的好，它的神韻風流，它的文化與文明，千頭萬緒，相信其中總有一部份是跟它的路街巷建築城市賦形是有關的，千萬不要破壞自己的好而去追他城的短或一些已破產的理念上的純粹的美。

三、古蹟名勝歷史建築的保育故然重要，應大力表揚，正如全城層面的景觀建設和各街區層面的地標也是不可少的，那怕只是一家老店，而在底氣厚的城市，我們也容得下一兩個信義計劃區和幾家——甚或幾十家——星巴克。然而，普通市民工作和居住的公共空間和私人空間，所謂普通路街巷、不同世代的所

謂普通建築，和歷來因時流轉混合用途的維護，其實是同樣重要的，如果不是更重要的話。

希望台北人能永續的替世界保育精耕一個好的城市。

[註] 因為喜歡城市生活，並在1976年辦了一本城市雜誌，對有關城市的論述也就比較注意，加上生活的體驗，慢慢察覺自己以前的現代化城市想像，有很大的誤區，可追溯至十九世紀末的烏托邦主義和上世紀的現代主義城市規劃，包括埃比尼澤‧霍華德(Ebenezer Howard)反大城市的「明日花園城」(田園城)，法蘭克‧洛伊‧萊特(Frank Lloyd Wright)的每戶一頃「廣頃城」，和其中最邪惡的科比意(C. E. J. Le Corbusier勒‧柯布西耶)——建築師可以是很糟糕的城市設計師。

科比意以進步和未來為名的「光亮城」(光輝城)是霍華德花園城和萊特廣頃城的高樓版，把城市當成機器和「製造交通的工廠」，主張在互相隔離的綠地中佇立獨幢的現代主義鋼筋玻璃巨型高樓，只是霍華德推崇步行和公共交通，科比意和萊特則要消滅行人，以車代步，如科比意說：「我們一定要殺死街道」，代之以純供汽車使用的高速寬路。不論是霍華德和科比意的集中主義，或萊特的分散主義，口頭上皆說是反亞市區的，可是他們的主張無可避免助長了亞市區的想

像，如科比意自鳴得意說的「我將住在我辦公室 30 英里外的一個方向，在一棵松樹下；我的秘書將住在它 30 英里外的另一個方向，在另一棵松樹下。我們倆都有自己的汽車」。科比意在 1925 年曾狂妄提議拆掉巴黎市中心區以實現他個人的狂想，幸好不得逞。今天如還有人介紹「大師」科比意的現代主義城市謬論而不加批判，就如推介斯大林式計劃經濟而不提它的人道代價。

這些「現代─光亮─花園─美化─明日之城」的論調影響了上世紀不少城市規劃者和決策者，遺害包括不必要的大片破壞老城區以實現所謂市區更新、大面積功能分區使珍貴市區地段在晚上和周末變沒救的死城、功能區之間出現模糊地段、市區的亞市區化、大型公共或炫耀性建築分隔獨處而四周是中看不中用的景觀化無人無用地帶、城市街道兩旁建築與馬路等距所形成的連綿性「街牆」被破壞、內向型同質居民小區把城市分割、消滅行人也即趕絕面向馬路的商店亦即城市生活的終結、私人汽車主導了交通系統從而進一步割裂城市佈局並後患無窮、人口分散主義的蛙躍式區域規劃、沒有就業安排也沒有高速公共軌道交通連接的衛星城、只有汽車才能到而四周是停車場的獨佇商場或辦公園區、瀝青邊緣城市和低密度亞市區無限蔓延侵佔切碎了郊區、真正公共郊野和農地消失等等。

上世紀受害最深的是美國，然而全球不少城市曾經、甚至仍在步其後塵。現在部份城市規劃者、市政府和市民已有所反省，包括老建築保護、並由關注個別建築進展到整片街區甚至整個城市核心區的保育、城市邊界限制以增加市區緊湊密度和保護郊野、城市與都會周邊區域整體協調、可持續聰明增長、重點考慮公共交通和善用密路網而不是讓高速路和私人汽車在城市佈局中有絕對優先權、精耕式分區管制如局部地區建築限高、獎勵式重新利用失落空間、尊重在地文化特色、市區內停止「大盤」式重建和批地給發展商、給低收入者的公費住房分散溶入市區其他住宅群內以減歧視、漸進的老區改善和「士紳化」(或更理想而且是可為的是維修改善老區同時保持原來的居民階層組合如巴黎古老的馬海區和紐約的昆士區，甚至仿效阿姆斯特丹的結合公費住屋與老建築保育)，以至「新市區主義」——雖然後者往往反諷的只是把新的亞市區小區建成小鎮模樣而無力改變亞市區蔓延的大局。

(2004 年)

較幽的徑

　　兩條路徑當前，我曾做選擇，也和眾人一樣，選過較幽的徑，每每只是看不透，起了步，及知道是難行道也回不了頭，或捨不得，當初何曾故意要成就後來的自圓其說？捨不得的理由因人而異，我的是停停走走、兜兜轉轉後的暈，是嵌入某個想像小共同體後、腦中釋出的分泌造成的一種感覺，像微醉。

　　暈的日子裏，想像中的小共同體（走幽徑也要有同路）比世界真實，甚至迷人，似泛黃紙印上糊掉的藍山咖啡漬——我忍不住胡說張腔。

　　我就是不慎看了幾本書，被罰走了三十年的幽徑。

　　那幾本都是台灣書，時維1971年下半年，我大學第一年。

　　之前，做為香港較正常的體育不出色的渴望有個性的教會名校學生，我與許多同代人一樣，聽英文搖滾民謠，上法國文化協會看藝術片，其中不乏受青春荷爾蒙主宰的浪漫衝動。那時候真可以說面前條條是大路，前途一片光明。好吧，我承認買過《中國學生周報》，甚至偶然偷瞄過《明報月刊》標題，僅此而已。買書？除教科書外，連武俠小說都是租看的，我

像自己掏錢買雜書的人嗎？

　　大概是突然當了大學生後，想與眾不同吧，我幹了一件跡近反香港的事：摸上藏在尖沙咀漢口道某大廈五樓的《文藝書屋》。那裏，幾乎只賣台灣書。

　　我掏錢買了，讀了，白先勇、余光中、李敖。

　　白先勇給我的是一本盜版書，含《紐約客》和《台北人》兩短篇小說集，先看的當然是《紐約客》部份，誰不想去美國留個學交幾個女生，故第一時間進入的是《謫仙記》、《火島之行》、《上摩天樓去》。不過，不要低估年輕人的同理心，我一下也理解了《安樂鄉的一日》的特殊華裔身份和普遍亞市區感覺──不無反諷的是當時的白先勇還真超前。接着，《台北人》開宗明義點了劉禹錫的《烏衣巷》，「朱雀橋邊野草花，烏衣巷口夕陽斜，舊時王謝堂前燕，飛入尋常百姓家」，這是我小學會考時只背不懂的一首唐詩，經白先勇這麼在書裏一放就全弄明白了，況味全出了，感覺全到位了，一個香港年輕人已經準備好了，誰還會怕白先勇？台北人？外省人？長官？大班？謫仙？永遠的驚夢的最後一夜？不是已經說了就是寄住在你我家的那個甚麼燕嘛，有甚麼不好懂！白先勇打開了我不知道自己擁有的沒落王孫審美眼睛。

　　余光中給我的是他年輕時洋氣的詩集《五陵少年》。「我欲登長途的藍驛車，向南，向猶未散場的南方」，觸動着我的青葱流浪夢；「一CC派克墨水的藍

色，可以灌溉，好幾個不毛的中世紀」，挑逗着我這個不知道自己想寫作的衣櫃裏的作家。

不求甚解的，我喜歡《重上大度山》：

> 小葉和聰聰
> 撥開你長睫上重重的夜
> 就發現神話很守時
> 星空，非常希臘

同年稍後買了《在冷戰的年代》，反覆看的還是青春洋氣的《越洋電話》（「要考就考托福的考試，要迷就迷很迷你的裙子」）、《或者所謂春天》（「所謂妻，曾是新娘，所謂新娘，曾是女友，所謂女友，曾非常害羞」）、《超現實主義》（「要超就超他娘東方的現實，要打就打打達達的主意，把卡夫卡吐掉的口香糖……」）。

念英文學校的我，尚且感到自己也能寫出這樣的中文，是開竅、是加持，謝謝余老師。

李敖給我的是《傳統下的獨白》雜文集，特別一再重看的是《十三年和十三月》一文，這李敖也真幸運，老子不管小子，喜歡就在家養浩然之氣，還叫老頭們把捧子交出來，原來是可以這樣玩法的，那我也來一下。不過，多年後回想，影響我最大的是其中一段不太像是李敖說的話：

> 多少次，在太陽下山的時候，我坐在姚從吾先生的身邊，望着他那臉上的皺紋與稀疏的白髮，看着他編織成功的白首校書的圖畫，我忍不住油然

而生的敬意，也忍不住油然而生的茫然。在一位辛勤努力的身教面前，我似乎不該不跟他走那純學院的道路，但是每當我在天黑時鎖上研究室，望着他那遲緩的背影在黑暗裏消失，我竟忍不住要問我自己：「也許有更適合我做的事，『白首下書帷』的事業對我還太早，寂寞投閣對我也不合適，我還年輕，我該衝衝看！」

是了，就是這段話，害我後來不去選學院的明的幽徑而去走更——幽——更——幽——更——幽的幽徑。

活該，李敖也回不了學院，他當時嫌「白首下書帷」太早，結果淪為立法委員。

啊，聰明的李敖，走過最多幽徑的李敖，讓我們一起重溫佛洛斯特《未走之路》的一段：

> Oh, I kept the first for another day!
>
> Yet knowing how way leads on to way,
>
> I doubted if I should ever come back.

啊，同學們，你們要小心大學的第一年，特別要小心那年看的書。

1972 年 3 月 13 日，大學第一年下學期，我買了傳奇的張愛玲的《張愛玲短篇小說集》，形勢越發險峻。其後，我還看了更多書，可能是太多書，如果我放聰明一點，就該知道收斂，但當時年少氣盛，難怪畢業後一出道就走上一條有路徑依賴的不歸小徑，連

149

後來好不容易的遇上兩徑當前，我總還是慣性的選較幽的徑。

說到頭，都是那些台灣紅作家惹的禍。

可笑的是到了今天，一說到中文作家，我第一反應不是在想香港，也不是大陸，而是台灣！一代接一代、在台灣出版、靠台灣揚名的廣義台灣作家們，毫不含糊的是我中文文學想像的母體，就是憑他們一ＣＣ派克墨水的藍色，灌溉了我好幾個不毛的中世紀。

(2005 年)

愛富族社交語言
──英文關鍵詞

* Affluent Class ── 富裕階層 (愛富階層)，後匱乏的富
  裕社會的中上階層。愛富階層一般而言財富在小康、
  雅皮和中產之上，富裕是富裕，卻算不上有巨大財
  富，僅是「愛富」，不是「巨富」。愛富一族我建議
  稱之為愛富族。使Affluent一詞普及起來的是美國經
  濟學家加爾布雷思 (John Galbraith)，他的 1958 年名
  著 *The Affluent Society* 曾經中譯為「富裕社會」、「富
  足社會」或「豐裕社會」，描述美國二戰後，連不少
  工農階級都不再匱乏，不過富裕資源花在私部門的消
  費品，而公部門的基建如教育、社會服務、環境保護
  的資源卻並不充足。這詞後被廣泛用來指涉已富起來
  的社會，失去加爾布雷思原有的反諷意味。

* Aficionado ── 發燒友，對某類消費、文化、趣味、生
  活有熱愛的人，西班牙原文常指鬥牛迷。

* Androgyny ── 陰陽兼株，雌雄同體，男女共身，形
  容詞是Androgynous，一般指生理肉體上，也可指風
  格精神上。一般不分性別、男女適用的風格、服務和
  物品只叫 Unisex。

* Anglophile ── 崇英派，非英國人但熱愛一切英國的

151

人、語言、文化、事物。崇法為 Francophile。

* Arriviste — 剛剛加入或努力接近上流社會或富豪圈的人，是略帶貶意的法文，近Social Climber（向社會上層爬的人）。終於成為上流社會一份子的人被認為是 Arrived（抵達了）。

* Bar Hopping — 一個晚上混幾家酒吧，亦叫 Pub Crawling。連去幾處電子舞廊叫 Club Crawling。每晚呆同一酒吧至醉、直呼酒保名字的叫Barfly（酒吧蒼蠅）。

* Bling Bling — 形容巨大閃亮搶眼首飾的俚語，從非裔 Hip-hop嘻哈、Rap拉普饒舌樂手圈流行開來。亦作 Bling。

* Blog — 博客，是在網絡上的一種流水記錄形式，源於 Weblog（網誌），1997 年約恩·巴杰（Jorn Barger）首次使用這詞，1999 年 Peter Merholz 首次縮稱 Blog。使用者叫 Blogger。

* Bobo — 波波或布波，經濟上 Bourgeois 布爾喬亞，文化上 Bohemian 波希米亞，生活價值消費上各取所需，出自美國新保守派文化評論家大衛·布魯克斯（David Brooks）2000 年的《布波們在地樂園》一書。布魯克斯認為這些混合嬉皮和雅皮的高學歷富裕「實力精英」是新統治階層。波波的服裝風格叫 Bobo Style，混合新舊、貴平於一身。城市的流浪者叫 Boho。

* Botox — 注射小量可以致命的「肉毒杆菌毒素」入臉部以除皺增光滑，是愛美人士天大喜訊，全稱Botulinum Toxin Type A，Botox 是美國品牌，英國的叫Dysport。

* Boutique — 精致高級的小時裝店、飾物店等。可作為形容詞，如 Boutique Hotel 精雅小酒店。

* Breakfast Meeting — 上班前邊吃早餐邊開會的加班，美國企業專喜歡這套。

* Business Class — 航班飛機上的商務艙，亦作 Executive Class，比 First Class 頭等艙便宜，比 Coach 大艙、Economy Class 經濟艙舒適。亦指商業階層。

* Camp — 坎普，一種欣賞某些過份事物的審美態度，評論家桑塔格 (Susan Sontag) 所說的坎普「是一個女人穿着三百萬條羽毛做成的衣服到處走」，那態度是反諷的，輕浮地對待嚴肅的事物，嚴肅地對待「輕浮的」事物。

* Caviar — 俗稱魚子醬，實為鹽泡過的大魚的卵，如珍貴的俄羅斯 Beluga 鱘魚子。

* Celebrity — 名流，當時得令、廣為人知或在某個圈子備受矚目談論的風頭人物。

* Champagne — 香檳，原產自法國東北香檳區，帶汽、淡色的白葡萄酒，及其模仿者。

* Chef — 廚師、餐館的廚房主管。現有名廚是社會名流，並有名校如巴黎 Cordon Bleu。

* Class — 階級，也指階層，另可形容上等風格或風度，上海話「老克臘」可能源於此字。

* Cliche — 因重複和濫用而變成老套的事物，包括曾經是新鮮的或時髦的。

* Clubbing — 去播電子舞曲的俱樂部玩。

* Cognac — 法國西部的白葡萄釀出的Brandy白蘭地，被稱為「液體的金」，現較常分 Vs、 Vsop、 Xo 三級，而其中確是干邑區出產的有標明 Cognac， Fine Champagne 之字，由歐盟法律保護。另一同樣有法律認可的白蘭地是 Armagnac。

* Connoisseur — 鑒賞家，對某類物品或經驗有豐富認識？能作出高品味的辨賞。那本領叫做 Connoisseurship。

* Conspicuous Consumption — 顯眼的消費，帶炫耀和競爭性質，源自美國經濟社會學家凡勃倫(Thorstein Veblen) 1899 年的名著《有閑階級論》，凡勃倫認為自古以來的社會，有人從事財富生產，另有人只揮霍財富來顯示地位，炫耀則可分價錢的炫耀、空閑的炫耀、浪費的炫耀。後有美國社會學家貝爾說時裝和前衛藝術是勇氣的炫耀。

* Cool — 酷、冷靜、冷姿態、處變不驚，在上世紀30年代美國黑人爵士樂手的俚語裏，用來表示夠棒，二戰後演變出更多含義，表示夠時尚、世故得體、懂擺譜、這人可被接受等。時尚俚語此消彼長，但酷越演

越烈已全球化。另一與酷幾乎共生但稍欠普及的是Hip（嬉），酷、嬉的人叫Hipster（嬉客）。上世紀中亦作 Beatnik 垮掉一派。

* Costume Party —— 化裝舞會，也叫 Masquerade 。

* Country Club —— 鄉村俱樂部，位於郊區的運動、休閒、社交的高級 Membership 會員制會所。另有主倡一種活動的如 Golf Club 高球會、 Yacht Club 遊艇會。在市中心的叫 City Club 。

* Cuisine —— 菜系，烹飪的特殊方法和風格，法文原意是「廚房」。兩種菜系糅合出新的創意菜叫 Fusion Cuisine 或單稱 Fusion ，如越南法國菜、日本意大利菜，上世紀90年代一度是 Fine Dining 精致進膳的新潮，現一方面廚藝和原料混合更普遍了，另方面作為招徠卻不再吸引，甚至有負面效果。同樣名重一時但作為時尚則早已退潮的是 70 年代開始的新法國菜 Nouvelle Cuisine ，用油和醬比傳統的高級法國菜 Haute Cuisine 為輕淡，卻更重視香料和視覺上的創新。各地有地方菜系，如California Cuisine(美國加州菜)、 Tex-mex Cuisine（美國德州墨西哥菜）、 Provencal Cuisine（法國普羅旺斯菜）。相對於 Fast Food (快餐) ，現有 Slow Food (慢餐) 運動，着重當地材料與地方食譜。

* Cowboy —— 當代用法是指美洲牛仔，或魯莽不可信的的人。因電影名稱而流行的有 Drugstore Cowboy（在

藥房外街頭消磨時間的吸毒者），Midnight Cowboy（午夜牛郎、男妓）。一些美國鄉村西部樂手因其萊茵水晶石衣飾被叫 Rhinestone Cowboy。在網世界指 Hacker 駭客和 Cyberpunk 賽伯朋克。

* Dandy — 19世紀末及20世紀初的英國詞，現一般指揮霍、愛玩、愛打扮的上流社會痞男人。

* Debutante — 原指首次被皇室接見的貴族少女，或正式參加貴族或上流社交舞會的年輕名媛，現泛指初涉足社交場合的名門閨女。

* Decadent — 頹廢。美學上有過度精致的意思。尼采說頹廢是病狀，但令你有敏銳眼光去理解道德「在神聖的名義和價值準則之下暗藏着什麼：貧困的生活，終結的意志，高度的倦怠」。

* Designer — 現在什麼產品都講究設計，往往在前面加設計師三字，如 Desinger Watch 設計師手錶、Designer Lingerie 設計師內衣、Desinger Kitchen 設計師廚房、Designer Luggage 設計師行李袋。這個全球化現象濫觴於皮埃‧卡丹(Pierre Cardin)。

* Detox — 清體內毒素，全稱 Detoxification，一般要靠服用一些藥品，現下時髦的是服 Sun Chlorella。有認為斷食也可清體毒。

* Dink — 同居或已婚男女各有收入沒有小孩，Double-income-no-kid 的英文縮寫。

156　* Diva — 帝娃，指在歌唱、舞台以至模特兒等演藝領

域裏有地位有影響有魅力也有了一定年齡的女人，一般還要在外貌衣着上是極有派頭的。年事再高地位再穩一點就上了殿堂，叫Doyen (宗師)。類似對極資深女強人的誇詞還有 Prima Donna (主唱花旦)和 High-priestess (女高級神師)。

* Diy — 自己動手合成或製造，全稱 Do-it-yourself。現有專為 Diy 市場而做的半成品。

* Dogging — 新近英國現象，可譯作「狗交」，指在公共場所特別是公園裏與陌生人交歡，任人旁觀，並用手機短信臨時邀人加入。

* Dress Code — 高級餐館和社交場合的衣着規定，如 Black Tie 禮服，Formal 正服，Lounge Suit 酒廊服和現在常見的Smart Casual醒目便服。有些地方明文不准穿短褲、球鞋或裸露上身，或倒過來說沒有衣着規定。男禮服叫 Tuxedo，簡稱 Tux。

* Dress Down Day — 美式企業作風，在周末甚至周五 (Casual Friday) 不穿正裝改穿休閑服上班。

* Elite — 精英，崇尚精英的理念叫 Elitism 精英主義，自抬精英身價的人為 Elitist。

* Epicurean — 一般指追求樂趣享受，尤其指美食。字源是伊壁鳩魯學派，認為人生應去苦求樂，不過該派認為樂是來自有節制的簡單生活。感官享樂主義者叫 Hedonist，希臘字源是甜美之意。

* Espresso — 特黑的意大利式強濃咖啡，添加熱奶成

Caffelatte，簡稱 Latte，上再加熱奶泡變 Cappuccino。在巴黎，加奶咖啡往往只叫Cafe Creme 而不是全球流行的 Cafe au Lait。

* Esthete 或 Aesthete ── 以美為尚、唯美主義者。

* Etiquette ── 社交禮節。

* Eurotrash ── 歐洲派頭、時尚富裕、自認為有品位有文化、飛來飛去、不事生產的享樂主義者，被譏為歐洲垃圾。

* Exclusive ── 獨有，別人得不到，現往往指限量而已。

* Expatriate ── 簡稱 Expat，廣義是僑民，一般指外企裏享有海外僱員待遇的人，自費到處混的老外不在此列。

* Factory Outlet ── 工廠出口剩餘的現貨平賣零售點。

* Fake ── 假，人可以假，貨更可以假冒偽劣。亦作 Counterfeit（偽造），相對於 Authentic（真）、 Original（原）。

* Fan ── 迷、現常諧音譯作「粉絲」，如球迷、樂迷、影迷、碧咸迷。對電影着迷的也叫 Film Buff 或 Cineaste（影癡）。

* Fashion Victim ── 時尚或時裝的受害者，帶嘲諷或自嘲意味。

* Femme Fatale ── 有要命的誘惑力、足以令男人不顧後果去追求的女人。外貌和風格誘人、擅用性手段來套男人的女人叫 Vamp。

* Fetish — 迷戀、崇拜某些物品。那戀物的人叫
  Fetishist，理念叫Fetishism。弗洛依德認為戀物狂明
  知故犯的以實物或身體某部份來代替慾望和狂想以消
  解閹割情結。

* Finishing — 物品的修飾完工；物品是否精致，要看
  局部細節，所謂上帝在細節　。

* Finishing School — 年輕女子修習禮儀和家政的專門
  學校，現在嚴格來說全世界只有一家，在瑞士。

* Flaneur — 大城市內、有時間無目的、帶着美藝或哲
  思眼光的步行漫遊者，19世紀上葉的巴黎詩人波德
  萊爾(Charles Baudelaire)是一個原型。

* Flea Market — 跳蚤市場，街頭露天舊貨市集。

* Flirt — 調情，用語言、眉目和身體語言勾引對方，
  卻沒說白或全接觸，進可攻退可守。

* Foie Gras — 法文，音法瓜，原意肥肝，一般指Goose
  Liver 鵝肝。

* Fraternity — 這裏指大學生的兄弟會，成員嘲稱 Frat
  Boy。新生往往要經過 Hazing 的刁難和儀式才成會
  員，故有些大學不鼓勵成立兄弟會。姊妹會叫
  Sorority。

* Gigolo — 一般指賺女人錢的異性戀男妓、現常譯作
  「鴨」。

* Globetrotter — 足跡遍全世界的忙人。以前流行的詞
  是 Jet-set — 坐噴射客機到處飛的一輩，那人是 Jet-

setter。

* Gossip — 八卦，聊他人私事，西洋戲語：如果真相將造成更大的破壞，人們就絕不會去說謊。原意是指宗教上的教父教母，莎士比亞用此字指涉熟朋友、製造愉悅和聊得太多等義。

* Gourmet — 懂美食的人。可用作形容詞如 Gourmet Food，指高級美食。特別要吃好的人亦叫 Foodie 或 Gourmand。一般美食叫 Delicacies，出售美食的小店叫 Delicatessen。

* Guilty Pleasure — 有內疚的樂趣，永遠覺得自己不夠瘦的女人摸去吃 Haagen Dazs，電影學院老師在家看《霹靂嬌娃》。

* Guru — 上師，一般用在南亞、中亞、北非或西藏的靈修或技藝的授師，在日本的叫 Sensei（先生），中國的叫 Sifu（師傅）。事業或學藝上指導提拔你的叫 Mentor。

* Gym — 健身館，全稱 Gymnasium 原指體育館。

* Has-been — 曾經是個風頭人物、或曾經是時尚，但已過氣。更損人的說法是 Has-been-and-never-Was（已經過氣卻從來不算一個人物）。

* Haute Couture — 原意高級縫紉。用這法文詞的人絕不肯用中譯，19世紀中後開始的服裝傳承，1945年後只有不到20家受法國工業部法律規範的時裝設計所才准用這兩字，其他量身訂造的衣服，不管多貴，

都只能叫Tailor-made（裁縫訂造）或Custom-made（量身訂造）。當然，現在誰管這些自說自話的法國規矩，訂造的高級服裝都自稱 Haute Couture。

* Highbrow — 從高等文化精英的視角，在上位靠智聰者叫高眉，在底層靠本能者叫 Lowbrow 低眉，不高不低兩頭落空、最被看不起的是 Middlebrow 中眉。以高眉自許的弗吉尼亞‧吳爾芙(Virginia Woolf)稱之為「眉的戰爭」。現在三種稱呼都可帶有反諷或貶意。

* High Society — 上流社會。在涉指社交界時，常簡稱 Society(社會)，如王爾德 (Oscar Wilde)名言：「永遠不要對社會說不敬的話。只有進不去的人才這樣做」。

* Homosexual — 同性戀，亦作 Gay，是沒有貶意的稱呼，現一般指男同性戀者，另以 Lesbian 指女同性戀者，簡稱 Les。雙性戀者是 Bisexual，異性戀者是 Heterosexual。

* Impulse Buying — 眼見心喜、臨場臨時決定的衝動式購物消費。亦作 Impulsive Buying。

* In — 當時得令的時髦，相對於Out，剛過時的時髦。In 的事物就叫 The In Thing 或 The Thing。不過這 In 字本身已經 Out 了。

* Jewelry — 珠寶首飾，英式拼法是 Jewellery，用貴重金屬製成，可鑲上 Gem 珍寶如 Diamond 鑽石、Ruby

紅寶石、Sapphire 藍寶石、Pearl 珍珠以至 Semi-precious Stone 半寶石。非貴重首飾叫 Costume Jewelry。

* Kitsch — 刻奇，曾譯作媚俗，一般指廉價產品如用蒙娜麗莎之類名畫像製成的煙灰缸，亦可擴大到小說家昆德拉 (Milan Kundera) 所說的刻奇是「把愚蠢和現成觀念翻譯成美和情感的語言」。

* Limited Edition — 限量發行，賣完即止，以稀有來提價促銷，如限量的某款時裝或首飾、印數有限的名畫精裝複印版、作者親筆簽名的精裝書。

* Lounge Lizard — 賴在酒廊、尋覓女人來養自己的男人。

* Lover — 情人。一般指配偶或固定關係之外的談情做愛伴侶，而其中至少一方是已婚或有固定關係的。那不完全公開的關係叫 Affair (俗稱曖昧關係、私通)。公開而沒有結婚的只叫 Companion (伴侶) 或男朋友女朋友。

* Luxury — 奢侈品，原義非必需的享樂品，現指有奢華的感覺、一般是 High-end、Up-market、Upscale (高檔) 和 Deluxe、Luxe、Plush (豪華) 的貨、服務或環境，但對忙碌的有錢人來說時間才是奢侈品。拉丁文字源是過度之意，現可作褒貶兩用。

* Macho — 同另一西班牙字 Machismo，貶意指誇張的男子氣概或雄性外表，人叫 Macho Man。突出雄性特徵的男人亦叫 Stud (種馬)、 Alpha Male (頭號雄

性，在族群裏有權有地位，如猩猩王）。

* Mall — 商場，亦作 Shopping Mall，多商店室內行人購物場。

* Malt Whisky — 用純大麥芽發酵蒸餾法的蘇格蘭威士忌，相對於用 Grain（小麥或玉米）蒸餾法的威士忌，若只用一家釀酒廠同年出品的叫 Single Malt（單大麥芽發酵），若來自單一木桶的叫 Single Cask（單桶），相對於 19 世紀出現的 Blended（混調）威士忌，後者混合不同釀酒廠不同年份的 Malt 和 Grain 威士忌以調出自己產品的味道，現仍佔絕大部份市場。蘇格蘭威士忌叫 Scotch，美國本土威士忌叫 Bourbon（砵本，因肯德基州 Bourbon 縣得名）。美國和愛爾蘭亦有把 Whisky 拼成 Whiskey。近年單大麥芽發酵威士忌的受落，引發出 Single Barrel Bourbon（單桶砵本）、Single Village Tequilas（單村龍舌蘭酒）、 Single Distillery Single District Cognac（單釀酒廠單區干邑）等高檔產品。

* Man Of The World — 見過世面的男人，亦有 Woman Of The World 之說。

* Melange A Trois — 三角戀關係。現腳踏兩頭船叫「劈腿」，可譯作 Two-timing（有人譯為 Split Legs）。亦指三種葡萄混在一起的酒。

* Metrosexual — 都會性感男或都會玉男，指喜愛大城市生活、帶點自戀的男人，一般是指異性戀者，卻如

163

同性戀者和女人一樣講究性感服飾打扮健美，渴望別人凝視目光，1994 年由英國馬克・辛普森（Mark Simpson）提出，而 2002 年他在美國 Salon.com 再撰文後被時尚媒體廣泛引用。

* Middle Class — 現一般指中產階級或中收入階層，舊歐陸定義是指布爾喬亞或資產階級。

* Mistress — 情婦。中文的二奶、阿二有Concubine(妾)的暗示和舊式Kept Woman(被養的女人)的含意。至於女人花錢，男人埋單，那不是老爸不是老公、援助交際的年長男人叫 Sugardaddy 糖爸。

* Mix And Match — 混合配搭，可用於服裝、傢俱等。配件叫 Accessory。

* Most Eligible Bachelor — 最好條件的單身異性戀男人，鑽石王老五，結婚的最理想對象。受寵的王老五一不小心易成 Playboy 花花公子，新中國舊稱流氓。

* New Ager — 新紀元份子，美國 1960 年代 Counter-culture(抗衡文化) 的衍生，認為人類開始進入 New Age (新紀元)，主張性靈追求、個人發揮、整全醫療、注重生態，以至學習冥想、水晶療法、星座和各種玄學。

* New Poor — 新貧族，中國媒體用詞，指收入已脫貧卻因消費過度致貧的年青城市族羣。

* New Rich — 新富族、新富人，在後發國家脫貧地區一般是指先富起來的族羣。中國新聞媒體在網路熱期

間常用來形容科網管理層。

* Nostalgia — 懷舊。

* Nouveau Riche — 法文暴發戶、新發財，帶貶意，往往是指格調品位庸俗卻愛炫耀揮霍的新有錢人，英文 New Rich 也可以作同樣貶意解。

* One-night-stand — 中文美其名為一夜情，指與陌生人一夜了的性。

* Organic Food — 有機食物，植養生產過程沒有滲染農藥、化肥、促長激素、抗生素、色素、人工附加劑、離子放射和基因改造。健康食物總稱 Health Food，自然食品是 Natural Food。

* Orgy — 集體狂飲、嗑藥和性交的聚會，舊義 Orgies 是指希臘羅馬時期的對酒神之類作狂野儀祭。

* Over-dressed — 去公眾場合或聚會時，穿得過份隆重。若穿得過份隨便，叫 Under-dressed。

* Paparazzi — 狗仔隊，一個或一羣拍攝名人私生活以換取金錢的人。

* Party Animal — 派對動物，逢重要派對必到的人。

* Personal Trainer — 本是指受你獨家僱用、只替你一個人全職服務的健身教練，現往往是指你只找他/她來教，而練習時是單對單的。

* Pet Psychologist — Pet (寵物) 心情不好，要帶去看寵物心理醫生。紐約儀態幽默作家拉波維治 (Fran Lebowitz) 說那些常換情人的人皆有寵物，因為每個

人總需要一個跟自己水平差不多的長伴作為談話對象。

象。

* Petit Bourgeois — 亦作 Petty Bourgeois，小布爾喬亞或小資產階級，舊義是指小店主、小買賣老闆、小經理以至技工，屬中產階級的中下層，用來形容生活風格的時候是帶貶意的，而中國媒體用的「小資」一詞，指城市裏講究情調品味享受的年輕人消費姿態，是對舊義作中國特色的創意的誤讀。

* Plastic Surgery — 外科整形手術，亦作 Cosmetic Surgery 裝飾性外科手術。

* Power Dress — 權服，讓人以為你是有權有勢的，男的是指穿配套西裝，往往打鮮紅色或鮮黃色領帶以加強效果。

* Power Lunch — 上世紀80、90雅皮年代流行的詞，能量壓縮在 45 分鐘商業午餐，也曾流行說 Let's Do Lunch (我們幹中飯)。

* Pre-nuptial — 婚前之意，結婚前已說明Divorce離婚條件或死後財產分配的法律契約叫 Prenuptial Agreement，贍養費叫 Alimony。

* Pret-a-porter — 成衣，即 Ready-to-wear，相對於訂造的 Haute Couture。時裝名牌常舉辦成衣時裝表現展。

* Preppie — 不賴痞，昂貴著名中小學，在美國叫 Private School 私學校，亦叫 Preparatory School，簡稱

Prep School（準備學校），準備什麼？準備進昂貴著名大學；一直保持那種昂貴私學校儀態打扮、生活不賴的叫不賴痞。在英國，好家庭子女寄宿的文法中學則叫Public School公學校，準備進公學校的小學也叫Prep School，但沒有 Preppie 之説。。

* Promiscuous — 性方面很隨便。濫交的女人叫Slut，但不等於壞女人，有「道德的濫交女人」一説。

* Queer — 酷兒，現泛指同性戀者、雙性戀者、變性者、反串者等對異性戀主流的逾越者。酷兒接受自己的性傾向和身份認同，要求社會承認，故此身段是歡樂的挑戰的，不是悲情的含蓄的。中國性學者李銀河説酷兒原是西方主流文化對同性戀者的貶稱，後被性別激進派借用來反諷自稱。現有女同性戀者不介意被稱為 Dyke。

* Recreational Drug — 娛樂用而不是醫療用的藥品，可分為：在大部份國家合法的酒、煙、咖啡、茶，和在大部份國家不合法的「毒品」，包括有機軟性藥品如迷幻蘑菇和大麻，合成藥品如迷幻藥 (Lsd) 和以中國為主要生產地的木察樹油所衍生的Mdma(ecstacy 搖頭丸)，硬性藥品如海洛英和可卡因。有關名詞：Club Drug (俱樂部藥品)、Designer Drug (設計師藥品)、Street Drug (街頭藥品)、Soft Drug (軟性藥品)、Synthetic Drug (合成藥品)、Hard Drug (硬性藥品)、Substance Abuse (藥品濫用)、Overdose (過量)、High

（飄然）、 Hallucination（幻覺）、 Addicted（上癮）。

* Resort —— 休閒娛樂 Vacation（渡假）的地方，為渡假娛樂而建的酒店是 Resort Hotel。滑雪渡假地是 Ski Resort，主要為打高爾夫的是 Golf Resort，熱帶水世界勝地是 Tropical Resort，有賭場的是 Casino Resort。

* Retro —— 回潮，舊潮重熱，仿舊潮，如有關上海摩登的想像，大家不一定當年身歷其境，不同於對自己生命中某一段經歷的懷舊。

* Sadomasochist —— 簡稱 S&M，癖好從虐人和被人虐中得到樂趣。單是虐待狂叫 Sadism，因 19 世紀初作家薩德侯爵（Marquis de Sade）而得名。法國左翼情色思想家巴泰夷（Georges Bataille）預告了後結構的福柯（Michel Foucault）而說：通過薩德變態的拐路，暴力終於進入意識。

* Savoir-faire —— 應對得體的社交能力。

* Second Line —— 時裝名牌的二線副牌，價格較正牌低，往往款式較年輕或較運動型，如 Donna Karen 的 Dkny，Calvin Klein 的 CK，Prada 的 Miu Miu，Armani 的 Emporio Armani、 Armani Exchange 和 Armania Jeans。

* See and Be Seen —— 打扮得漂漂亮亮去些場所，為的不就是看人和被看。

* Signature —— 名家的署名式代表作，作為形容詞來用，

如Signature Building署名式房子、Signature Project署名式項目、Signature Dish 署名式大菜。

* Shop 'Til You Drop — 拼命逛買直到倒下，大陸愛富族女人的香港自由行就是這麼過的。

* Shrink — 心理醫生。

* Snobbish — 死腦不屑，一般叫勢利、白鴿眼，由財富、社會地位、品味甚至學識技藝衍生的高人一等姿態，名詞為 Snobbery 或 Snobbishness，人叫 Snob。字源19世紀20年代英國伊頓學校。美國經濟學指出兩種促進銷售的進路：勢利效應的消費者要的是別人買不起或還沒懂的東西，而「趕大隊」(Bandwagon) 效應的消費者則怕跟不上會錯過什麼，故人家買自己也非得買。

* Social Butterfly — 社交蝶，一般指在社交場合活躍得特耀眼的女人或男同性戀者，微帶調侃意。上流社交場合的名人叫 Socialite。

* Soho — 在家辦公，Small Office Home Office 的英文縮寫。

* Sophisticated — 原意狡假，現指見多識廣、有精密的鑒賞力和豐練的品味，能分辨微異 (Nuance)。當然，小布殊這樣的牛仔就會以粗為榮的說「我不理微異」(I Don't Do Nuance)。相關的有用形容詞：Classy、Cultivated、Cultured、Debonair、Elegant、Fine、Polished、Posh、Quality、Refined、

169

Seasoned、Soigne、Suave、Tasteful、Urbane。相反的貶詞：Cheesy、Coarse、Gaudy、Kitsch、Plebeian、Shoddy、Sloppy、Trashy、Vulgar。

* Spa — 礦泉療浴，也指提供這種服務的地方，現在是享受美膚目的多於醫療目的。使用者往往半炫耀半自嘲的說這種享受是Pamper Yourself（寵縱你自己）。現在更演變出另一種形態，叫Health Farm（健康農場），給有錢人過一陣子斯巴達式嚴格的自然、有機、規律化的克己生活。

* Stretching — 拉伸運動，可用機械，也往往就在地板上鋪一塊墊。中國以前也有柔軟體操、廣播操和工間操，而太極、鶴翔功之類則已超出此範圍。現下美國重新流行的一種方法叫Pilates，發音是普拉蒂茲，在上世紀20年代由身心訓練家約瑟·普拉蒂茲所創，舞蹈大家瑪莎·葛蘭姆和喬治·巴蘭欽皆曾習此技。

* Supermodel — 成了名流的名模，年收入由百萬美元起跳才稱得上超級，Kate Moss 在 2000 年的身價是2630萬美元，Naomi Campbell是2890萬美元，Linda Evangelista 是 2980 萬美元，Elle Macpherson 是 4030萬美元。

* Suv — 運動型綜能車，全稱Sport Utility Vehicle，糅合 Pickup 皮卡小貨車和其他車種(Jeep 吉普越野車、Station Wagon旅行車、Minvan廂型客貨車)的較新車種，五門高身四輪驅動，在美國歸在輕貨車類，上世

紀80年代後大為流行，因耗費能源和安全理由備受批評。現有接近Sedan轎車的城市用小型Mini-suv。注意環境保護的歐美日本新時尚是節省能源的Hybrid Car（二源車）——用兩種能源驅動、一般指電動引擎和內燃機並用的車。現更有Hybrid Suv。

* Taboo —— 禁忌、忌諱，不能言、不許碰。出自19世紀對大洋洲文明的人類學研究。一般認為現在社會的Social Taboo社會禁忌越來越少。

* Taste —— 品味/品位，格調，涉鑒賞力。法國社會學家布迪厄（Pierre Bourdieu）根據法國情況，指出階層之間的差異足以反映個人對品味鑒賞的差異，有特定品味的人，知道如何選擇能夠表現自己社會地位的商品與活動，也知道哪些消費行為是屬於自己階層，在商品選擇上遵循一種階層特有的習性，表現出風格類似的共用品味。

* Tastemaker —— 品位製造者。

* Tasting Menu —— 試菜菜譜，讓你一頓裏盡嘗名廚各道拿手名菜，每道菜份量較小，配以適當的酒。

* Tattoo —— 紋身，往往連帶談到Piercing穿膚，由穿耳至穿眉、鼻、唇、舌、乳頭、性器官。用者統稱兩者為Body Art身體藝術。

* Tiramisu —— 意大利很普及的多層奶油甜點，後在北美和全球大城市也流行起來，電影Sleepless In Seattle（西雅圖夜未眠）裏說追求女孩子要懂得說

Tiramisu。

* Theme Park ── 主題公園，亦作 Amusement Park 娛樂公園。

* Toothing ── 可譯作「牙交」。據說這新俚語是由英國想找快性的火車旅客開始的，利用藍牙 (Bluetooth) 技術的手機和掌上電腦上網在長途火車或輪船上找同車或同舟臨時性伴，是無線移動和博客的新應用，Bluetooth + Moving + Blog，叫 Toothing Blog。

* Transexual ── 變性者。

* Transvestite ── 有反串和穿異性服癖好者。男人裝扮成女人亦叫 Drag，炫耀性和帶誇張表現性的男扮女裝者叫 Drag Queen。只是打扮行為像男孩的女孩統稱 Tom Boy。外貌打扮男性化的女同性戀者叫 Butch，也反指故意裝扮得過份雄性的男同性戀者。

* Trend-setter ── 為趨勢潮流立標竿的人。

* Trick ── 趣愛客，一般是受僱於年齡較長、喜歡換性伴的男人或女人。幽默作家拉波維治曾寫《趣愛客札記》，戲仿紐約知識份子桑塔格著名文章《坎普札記》。

* Truffle ── 這裏是指法國和意大利最珍貴的美食品 Black Truffle 黑菌和 White Truffle 白菌，產於西歐某些點如法國 Perigord 森林和意大利 Pietmont 區，野生藏於地下，要靠受過訓練的豬狗去尋覓。也指菌形狀的朱古力。

* Trunk Show — 原意是箱貨展示，上世紀初指推銷員拿着一箱貨直銷給客人，及後有精品店將新貨預展給熟客挑選，1980 年代開始有百貨公司辦小型時裝展推銷某一牌子新貨，展完裝箱運到另一分店照辦，近年有美國郵購公司外聘顧問拿幾箱貨到高級住宅區親向熟客推貨，另有名牌預展讓熟客先挑尚未在專賣店上架陳示的新貨。

* Trustfund Baby — 信託基金嬰兒，一出生就不愁沒生活費的人，因為有錢的家族設了基金來關照子女。往往指本身缺才能和事業的富家子女。

* Upper Class — 上等階層，舊義是指 Aristocracy(貴族階級)，現往往只是說巨富族羣或上流社會。有閑階層是 Leisure Class，有錢階層是 Moneyed Class，統治階層是 Ruling Class。

* Vegetarian — 素食，亦指素食者。任何動物的肉和製成品都不用的人叫 Vegan。

* Vintage — 特別好的年份或陳年有價，如紅酒或其些高價車。

* Vogue — 時髦、時尚、當時得令的外表、行為、現象。相關的有用形容詞：Chic、Chichi、Dapper、Dashing、Faddish、Fashionable、Flamboyant、Foxy、Gorgeous、Hot、In、Mod、Modish、Sassy、Sharp、Sleek、Slick、Smart、Stylish、Swank、Swish、Tony、Trendy。相反的貶詞：Corny、

173

Dated、Demode、Has-been、Low-end、Obsolete、Out、Out-of-date、Out-of-fashion、Out-of-style、Outmoded、Old-fashioned、Passe、Unfashionable。

* Well-off — 小康一詞在中外媒體的正式英文譯法。原意是富裕，與 Well-to-do 同義。

* Wine — 這裏只指葡萄酒，酒精在 14 度以下，色素來自葡萄的皮，分紅、白、玫瑰紅。佐膳用而價錢低的叫 Table Wine，餐館一般有常用的 House Wine (店酒)，社交上宜知道一些產酒區如法國的 Bordeaux，Burgandy，Beaujolais 和美國的 Napa Valley，葡萄種類如紅的 Cabernet Sauvignon、Merlot、Pinot Noir、Zinfandel 和白的 Chardonnay、Sauvignon Blanc、White Zinfandel，以至酒莊名稱、分區、級別、年份等。葡萄酒可能有 Sediment (沉澱物)，故開瓶後可先 Decant (倒隔) 到一個寬頸玻璃瓶 (Carafe) 或盛酒水晶瓶 (Decanter)，並讓酒 Breathe (呼吸、透氣)。

* Wine Tasting — 試嚐葡萄酒，或指集體試酒的行為。

* Work Hard Play Hard — 拼命工作拼命玩，兩頭都不放，被認為是雅皮行為。

* Yoga — 瑜伽，意「結合」，源自公元前 2500 年的印度。

* Yuppie — 雅皮或優皮，是英文縮寫，全稱是 Young Upwardly-mobile Professional (年輕、向上移動的專業人士) 或 Young Urban Professional (年輕、城市的專

業人士），1980年代中流行詞，常帶貶意。華人雅皮被叫 Chuppies。

(鳴謝：鄧小宇、周采茨、WK、呂明、
黃源順、金玉米、沈清提供部份內容)

上海超時尚夜店的誕生

要成為城中無可爭辯的最時尚夜店，並不容易，可說是可遇不可求。

台北仁愛路的 Opium Den 和香港跑馬地的 Green Spot 曾經是。北京的 Vogue 88 扮演過這樣的角色——近期 Suzie Wong 算有點接近，卻還得跟 99 較勁。

而過去四個月，無可爭辯，上海是官邸的。

* * * * *

上海官邸在復興公園裏面，與蘭桂芳 97、錢櫃卡拉 OK 鼎足而三，當新天地晚飯後人潮開始離散之際，復興公園人氣卻節節上升，輕易成為上海夜生活聖地。

而到了凌晨一、二點，部份蘭桂芳97的舞客一如以往的開始轉移到茂名南路的Pegasus去幻舞，而官邸的音樂，則在日本籍的 DJ 調校下，由 Funky House 演變為Progressive House，那些躲在裏面的時尚先鋒、美麗人士、快樂族羣，卻越夜越風騷，大有不到天亮誓不休的氣概——劉嘉玲還在喝香檳，你們急什麼？

176

（或許在場的還有許茹芸、林心如、莫文蔚、周杰倫、蘇有朋、吳大維、許晉亨……或許你說：那又怎樣？）

每個大都會，至少需要一處時尚名人避風港、see-and-be-seen joint。名人也是人，不能每晚呆在家，要跟朋友在外面聚，要看人和被人看，要喝到飄然，但他不能隨便去一些場所，怕被騷擾，被不對的人圍繞，更不想人家不知道他是名人、沒面子，美國明星所說的「我不會去我不被理解的地方」。他要跟他同樣的人、或任何比他更時尚、有錢或有權的人在一起，在一個理解他的場所、有面子的地方。

因為要超時尚，那場所還不能是輕音樂紅酒吧或商務會所、或跳交際舞的百樂門，那些地方也有名人去，但超時尚名人心裏惦掛着的是下一場。夜尚未央，對這些奇特的人來說，在2002年中以還的上海，下一場是上海官邸。

*　*　*　*　*

上海官邸今年5月17日軟開，6月8日正式。最上游是關文勝（含林雅萍）的無限可能有限公司，佔上海的合作公司60%股份，其他的股東有：

* 吳大維——對，就是那個David Wu；

* 邱黎寬——王菲和那英的經理人；

177

* 李國修——著名音樂人；

* Blue Society Venture Capital——是一些人物的第二代 (或第三代，看從哪數起)。

台北官邸是關文勝獨資的，上海官邸則引進其他投資者，組合作公司。上海之後，據關文勝說下一站是北京，計劃中有廣州和大連。

* * * * *

關文勝，人稱「阿關」，三年前可說是逼於無奈進入時尚夜店業。

1999 年，阿關在台北有一家製作公司，拍廣告片、MTV 和替電視台製作年青人流行文化節目。當年 9 月 21 日，台灣大地震，許多電視節目被取消，製作公司陷入困境，「連 cashflow 都有問題」，阿關說。

幸運的是較早前，他的製作公司搬了去一個特別有格調的市中心兩層花園洋房，裏面設了一個酒吧，平常有事沒事都有一大堆演藝圈的人在那泡，像陳德蓉、許如芸、范曉萱、許多滾石唱片的人，還有吳大維，當成自己半個家一樣。於是，阿關說他「毅然將一樓改 lounge」。

因為門外剛好有一個固定的警察站崗，遂名官邸，取其官關同音，後來許多人以為阿關姓官。

開始的時候，阿關說「方向不清」，「想比一般酒

吧舒服，適合高消費層，不想太吵」。是年 12 月 18
日，阿關生日在官邸請客，來人特多，「突然有了氣
氛：熱鬧、嘈吵」。原來本該如此——音樂一定是吵
的舞曲，這是秘訣。

在官邸之前，台北時尚人士有兩種夜店選擇，一
是酒吧/咖啡室/紅酒吧（能坐穩聊天，有音樂但不播舞
曲），另一是迪士高（坐不舒服，舞曲很吵），而坐得舒
服卻電子舞曲聲也大，啜香檳抽雪茄，這種在台北叫
lounge（台灣或香港人一般發音不准的會唸成launch）的
場所，據台灣的時報周刊說，官邸是第一家。

其後，阿關才發覺官邸還占了另一個地利：很近
當時台北最時尚的club（跳舞俱樂部）Opium Den，一般
叫OD。「OD有全台北最好的客人，我們官邸做的是
他們吃了晚飯後去OD之前的一輪，lounge做的就是
after dinner 9點到12點，這個定位很重要，12點之後
是OD的，之前這三小時對官邸已經夠了」。一個好
的晚上據說可做人民幣7萬元，最多人喝的是「黑方」
黑牌約翰走路，每瓶售人民幣 875 元。

像官邸這樣的俱樂部式酒廊，靠三種客人：

* 有錢又願意花錢的人，包括有錢第二代；

* 名人，那些常在雜誌上出現的，包括演藝圈幕前
幕後明星和大公司高級主管；

* 派對動物，每次出場都漂漂亮亮，情緒高昂，玩
起來特別盡興，到處主動認識人，那怕整個晚上他自

己付錢的只是一杯啤酒。

有錢、有權、有名，或特別好看特別敢秀。

開了三年台北官邸，阿關說最大的好處是「認識了好多人，celebrity、有錢人、靚人」。正如許多台灣人，阿關開始想上海。

＊　＊　＊　＊　＊

2001年3月，阿關替香港商在浦東海濱投資開發的世茂濱江花園的廣告片做策劃，監製是王家衞，請了梁朝偉做形象代言。趁此之便，開始在上海找地方。

4月，世茂的一個市場主管做了一個引介，一件說明上海的確有點不一樣的事件發生了——市政府負責公園租賃、英文名叫Rebecca的朱小姐，主動打電話約阿關，並在一天內，帶阿關走遍市內主要公園。阿關相中了復興公園——最好的地段、價錢適中、獨門獨院的房子，卻與蘭桂芳97和錢櫃成鐵三角。

本來阿關已托了世邦衞理斯 (Richard Ellis) 的資深經理鄭志雄代找地方，鄭曾替新天地招商，手上很多盤。鄭遂替阿關去跟復興公園洽商，四五回後，在8月簽了意向書，付了訂金，然後就一拖半年——有競爭對手在阻擾。阿關卻下定決心要進復興公園，到處托朋友，甚至找了台辦，終於今年2月簽下正式合同。

阿關發覺上海的時尚夜店情況跟台北不一樣：上

海獨門獨戶、環境好的酒廊較台北多，旺的大迪廳如真愛也早在，但「有一個市場競爭不大，就是after-lounge的clubbing，market不應該只有97和Pegasus兩家」。阿關遂把台北after-dinner的官邸與after-lounge的OD結合：上海的官邸添加了舞池和DJ，從after-dinner、after-lounge一直到天亮，正如宣傳稿上寫：上海第一家私密式、酒廊式的舞曲俱樂部。

還有別的修正：

台北的官邸周末有設最低消費額，以提高繁忙時日的人均消費，擋掉低消費的佔台者，台北人是很習慣這種一張枱多少錢的做法。上海人不接受。所以，帶位的人很重要，要把高消費者帶到好的位子，讓他們覺得有面子。訂位更重要，在一定會滿的日子，應把位子留給誰？上海官邸把顧客資料分類放進計算機，讓訂位和帶位可實時查閱作出判斷。「負責訂位的人很重要，會訂位或不會，當晚業績可差一半」。

在上海，客人訂位時會說：你替我預先放10瓶香檳在我桌上。「這是一種know-how——如何讓人表現」。

成為貴賓會員的能得一把私家鑰匙——官邸門卡，只需刷卡便可自行入內。

玩舞曲俱樂部的人喜歡看別人和給人看，又要隱秘，所以官邸內部隔間是半開放式，擋一點但不全擋，宣傳稿上說的開放式與私密式包間的結合。

酒廊一般是有許多管理問題，包括員工中飽私囊（跑單）和慷公司的慨請朋友喝酒、特權人士等。採訪時阿關要我答應這部份 off-the-record 不能寫。

＊　＊　＊　＊　＊

要做到最時尚要有點工夫。開幕那天，來了兩千多賓客和四十多家媒體，在酒廊外露天噴水池旁的公園地方，看 Karl Lagerfeld 時裝表演秀，喝五大洋酒商供應的免費酒。利害的是阿關預先叫一票熟的朋友，以5000元一台的捧場價錢訂好了位子，待看完秀後入室內酒廊繼續玩，故此當這些賓客看完露天秀進室內時，其它賓客也想跟進，卻發覺酒廊已滿，大半只能望門興嘆，雖然他們可以繼續在外面露天喝免費酒，心裏卻羨慕能進屋的人，而進了酒廊的都覺得自己特別有面子，每一桌付的5000元物超所值。宣傳的口傳效應、嚮往和忠誠就是這樣建立起來的——高價超時尚夜店就是要靠這些原素。人家開張酒會要花錢，上海官邸那天扣掉開支還賺錢。

上海官邸號稱自己有上海獨一無二的香檳吧，供應三十多種香檳。現在周五可做 500 張單子的生意，進出人次2000多人。「上海每人平均消費比台北高」，阿關說。

182

＊　＊　＊　＊　＊

　　阿關是1969年在香港出生，1989年去台北念書，
然後在台灣媒體工作，搞廣告片、電視節目、MTV、
演唱會、活動，25歲那年曾算是台灣主要有綫電視台
TVBS最年輕的導播，現在卻主力在餐飲酒廊業，由台
北延伸到上海，因地制宜，好像都不需要適應期——
上海官邸每周三是ladies night，周日則播80年代英美
流行曲，女孩子特多，阿關就推歐洲流行的果味伏特
加飲品，因為女孩子愛喝。現在他想打進北京市場，
他會再成功嗎？北京需要官邸這樣的場所嗎？Handel、
Bai Feng，你們怎麼看？Henry、Amy，你們準備好了
沒？欣，沒有錯，世界上真的有society這回事。

(2002 年)

在北京尋電影

在北京餐館酒吧搜電影DVD，雖每多驚喜，背後還真有點怨，有些片我還真願意在電影院裏看。

2002年，我在大陸的電影院只趕上看三齣：《大腕》，《尋槍》，《開往春天的地鐵》。截稿那天我跑了一趟東單的大華電影院，在演一齣叫《凶宅幽靈》的國產片，我看那海報，再看那片名，終不敢進場，不知有沒有錯過什麼。

本來設定只評在電影院公開放映的本地電影，但是否每月都有值得寫的新片，不好說。看到眾多影評和電影雜誌皆側重談外片，也懷疑寫國產片會不會有人看。

整個本土寫實電影浪潮、所謂第六代，並不曾發生在電影院裏，而是影痴圈守護的秘密，有些是製成了影碟，但那流傳仍是極小眾，本來應有的觀眾依然無緣看到。而像《蘇州河》那種有「跨越」(cross-over)潛力的，就更可惜了。

沒有排在影院公映，沒有有序的影碟發行，就不會有人出錢好好宣傳，甚至沒法集中資源告知大眾。中國電影也就不再是集體經驗。

轉變中的城鎮人際生活，是整代新電影的共同命題，但因太少人看得完全，沒有共享，大家也無法把《尋槍》和《開往春天的地鐵》放在這個脈絡來對話。

評論很多說到這幾片的時尚手法和貼近現代年青人口味，換句話說是商業片這一點。

有一次我跟些香港電影界朋友聊天，突冒出一句，說《大腕》就是1982年的《最佳拍檔》，而《尋槍》就像更早一點的香港新浪潮片如《跳灰》、《點指兵兵》、《瘋劫》。

《最佳拍檔》就是把當時香港人認同的大牌併在一起，強調是花錢的大製作，果然把大家引進電影院看本地片，還竟有足夠噱頭和小聰明逼觀眾自以為過了癮，是一次商業計算上的大手筆成功。1982年香港商業片票房飛躍，電影產業進入全盛期，《最佳拍檔》是代表作，雖然是齣不堪重看的片。

香港新浪潮片的特色是新導演用新手法拍中低成本商業片，有點票房收益，不多，但足夠讓大家興奮半天，時為七十年代末。

但相同之處，到此為止。我的說法是有問題的：《大腕》和《尋槍》是個案而不是領頭羊，後面沒有呼之欲出的產業千軍萬馬，沒有等着看本地產品的現成電影院觀眾。

而當年香港電影卻真是到了歷史轉折點，包都包不住，香港新浪潮很快跟科班出身的新一代紅褲子結

合，被大公司吸納，整個工業換皮，整代新觀眾在電影院裏饑渴等待，遂爆發出1982年後的商業大豐收，是一種自力蛻變，較接近的案例是哥普拉拉－盧卡斯－史匹堡一代對荷里活的沖擊以至佔領。

當年，香港有三條固定只放影港片的院線(並一度增至五線，每線有十幾家影院)，就是說同一時間至少有三齣新港片在演，平均演期一點五周的話，一年下來就需要超過一百齣經得起院線式放影的新港片，雖然絕大部份是商業片，但每年總會順帶養出些不一樣的電影，許鞍華、方育平、嚴浩、譚家明、關錦鵬、羅卓瑤以至稍後的王家衛、陳果等所謂非純商業的導演，都是從同一體制出來。

在香港，非商業片都含商業考慮(如找明星來演)。這也算是一種模式，有它的好處。

所以，有時候我要跟湯尼‧雷恩抬槓。他是英國影評家，一直有在追蹤香港電影的發展，我認識他快二十年，並曾一起發展劇本。他最討厭荷里活和商業片。最近他替一本叫《我的攝影機不撒謊》的中文書寫序，說「(中國) 新電影的實際意義到底在哪裏呢？它的意義就在於這一點：讓我為之狂熱的東西卻可能讓你嗤之以鼻，反之亦然」。

「新電影」有必要這樣嗎？

台灣新電影造就了幾個藝術片領域的國際大師，但在本土連年青一代都拒絕去看他們的作品，與此同時電

影產業幾乎已不存在，那實在沒什麼值得我們慶幸。

雷恩寫過關於法斯賓達的書，應知道七十年代德國新電影最終沒有令德國電影產業再生。

電影不等同電影產業，後者的更新，是要靠商業片。

我的理論是：商業片與「新電影」必須共存。

商業片起不來，只表示市場讓了給進口片。

市場要從本地電影院開始。所以，我繼續期待在電影院看到新國產片——商業的，「新電影」的。

讓好的嘗試——商業片或「新電影」——皆受到鼓勵。

希望《大腕》和《尋槍》可啟發後來者。

其實，我心是有點毛，如入凶宅。商業片真的哄起來後，難免會看到類型上不是恐怖片、但很恐怖的片子。我在香港經歷過。期間，多少電影人丟了自己的槍。而我自己，把槍尋回的時候，我已經退役，可知槍易失難尋。

不過，我們還是要勇敢一點，拼死拼活，把觀眾引回到電影院看國產片。

(2002 年)

演員還是重要的

——小城之春 · 生活秀

杜魯福曾這樣寫：不要把對一齣電影的批評跟一個導演一生的成就混淆。杜魯福當時舉的例子是奧森 · 威爾斯和英瑪 · 褒曼。

拍過《獵場扎撒》、《盜馬賊》、《藍風箏》的田壯壯，誰都不會因為他某齣電影拍得不好而否定他以往的成就。

田壯壯很久沒拍電影了，期間他一直不離棄中國電影，大家對他很敬佩，他有新片，大家到電影院買票看。

但像田壯壯這麼有個性的導演，最不需要的是我們同情他、為呵護他而只說捧場話——我們憑什麼把自己放在他之上來同情、呵護他。

他跟任何導演一樣需要聽真話，然後自己調校，再往前走。我們希望看到的是他不斷拍新片。

很明顯，田壯壯這趟拍《小城之春》是抓不到感覺的，不管公關宣傳怎麼說。

有時候，我們真要相信，在電影裏，演員還是重要的。而演員是分兩種：在銀幕上較能迷人的，和在銀幕上較不能迷人的。有些演員就是比另一些更迷

人，這説法有點玄，但千真萬確，還是跟所謂演技無關。田壯壯這次有五個演員是選錯 (miscast) 的，很不幸全片也只有五個演員，那錯判不可説不大，導演難辭其咎。

被認為演得最好的吳軍(飾戴禮言)卻不巧是斧鑿痕跡最深的一個。如果片子本意就是要風格化，卻不見貫徹在其他演員身上，吳軍和胡靖釩(飾玉紋)的小動作不是風格化 (stylized) 演技，而是樣式化 (mannerist)。不知藝術顧問阿城這位通天曉這次是怎麼搞的。

我在電影院看片的時候，旁邊一直有觀眾説好像話劇。請不要辯説是因為舊情懷和文藝台詞而故意形式化，上文已説片子並沒有統一的風格化或生活化，而是不貫徹，這是不好看的其中一個原因。所謂話劇感的錯覺，還不完全是因為對白，更是因為場面調度：演員與鏡頭的角度和遠近的互動。在長鏡頭場面調度的拍法裏，演員遵守移動線 (所謂走位) 的嚴謹不亞於話劇而更甚於電視劇，而演員到底如何在鏡頭前走動，和用什麼角度面向、側向或背向鏡頭，鏡頭是遠是近，決定了那個鏡頭的感覺，差點就不一樣。本片攝影李屏賓以前合作的導演侯孝賢就是此中頂尖高手，看侯片如在直觀現實，不要説「話劇感」，連演的感覺都沒有——我們可説已被侯導寵壞了。

可惜李屏賓這次沒有跟田導一起把魔術變好，卻讓觀眾看到那生硬部份，誤以像話劇來貶之——話劇

界不要生氣，觀眾是沒有説話劇低於電影的意思。好幾場在志忱房間的戲確很「話戲」。最兀突是戴禮言妹妹生日喝酒那場戲的開端，戴禮言本來背鏡頭坐在前景的枱旁，卻無緣無故站起來走到枱子的另一端，以便鏡頭看到幾個主要演員在同一邊演戲。一齣電影小瑕疵多觀眾就會放棄。

這次的幕後是夢幻組合，投資者用心良苦，選題和推廣也顯得有策略。可是最終是看作品。我這裏完全沒有用舊作來比新作，因為我對新《小城之春》的批評，並不是如《看電影》雜誌所説的「這部佳作最大的不幸是源於無法超越的經典」，而是源於它不是佳作。

　　*　　*　　*　　*　　*

《生活秀》的主角是陶紅，演一個在吉慶街夜市擺攤的湖北女人。大陶紅的外貌身材對許多我這個年齡的男人是有吸引力的，她令我想起80年代中的鍾楚紅──那個時候的鍾楚紅是完全不會演戲的，沒法在兩個以上的鏡頭把表情連貫起來。陶紅演技可能比鍾楚紅稍好，但也無法把神情貫徹兩場戲。整部片子，陶紅在每個鏡頭裏想告訴觀眾兩點：一、我陶紅很美，二、我陶紅在演戲。

有時候還真不能相信那些影展評獎。當然，他們要把自己變成笑話，大家也無法阻止。

《生活秀》女主角無法塑造可帶觀眾入戲的有質感角色，就算攝影再好，外景地重慶再有味，導演霍建起堆進更多背景細節，也於大局無補。

當年鍾楚紅較能看的電影，都是導演花很多膠片，拍很多次，然後花很大的力氣挑出能連接得上的表情，「剪」出來的電影，《秋天的童話》裏表情反應都對的鍾楚紅就是這樣用導演的意志力拼擠出來的。我奇怪《生活秀》導演霍建起怎麼可以不把主要精力放在導戲，卻縱容陶紅這樣擺譜(pose)就算？

我想起在霍建起優秀的舊作《那山‧那人‧那狗》裏，小小敗筆是年輕女演員演得稍過火。不會是霍建起不擅導女演員的戲吧？

(2002 年)

191

不藐視普通人的感情

──和你在一起

在水鄉做廚子的劉成(劉佩琦)，有個會拉小提琴的十三歲兒子劉小春(唐韻)，鄉民生孩子，找小春拉琴催生，小春還樂意賺點賞錢，劉成卻堅信小春非池中物，義無反悔要親帶小春去北京。

小春在少年宮比賽，連在打瞌睡的江老師(王志文)也好像有反應，但結果只得第五名。賽後劉成在廁所偷聽到有江老師這號人物，求得江老師帶小春練琴，劉成自己在北京做民工。

江老師是個失意人，自我放棄，照顧撿來的野貓比教學或睦鄰更用心，很有主見的小春上課時反要替江老師解決日常小事，教學相長，江老師漸稍積極。

青春期的小春心不在琴。到北京那天在火車站偶然碰見摟着男友的莉莉(陳虹)，莉莉把小春當作推行李小廝，小春也只覺好玩。有天小春在戶外練琴，巧合莉莉就住在附近，叫小春來家拉給她聽，一而再，二人交了朋友，小春願為莉莉做任何事，而靠男人生活的莉莉只把小春當作男友不在時的小伴。

劉成送外賣到年青音樂家湯融(李傳韻)的演奏會，嚮往那氛圍，情不自禁進場旁聽，謝幕時湯融邀

恩師余教授（陳凱歌）上台分享殊榮，及後劉成在廁間聽到余教授訓責湯融，決要小春改跟更擅幫學生成名的余教授，不惜冒昧闖余家，自說身世打動余夫人。

莉莉男友不忠，小春為討莉莉開心，二萬多元賣掉母親留下的琴，買了莉莉喜歡但買不起的白毛大衣，送到莉莉家，卻碰到莉莉男友獨在，小春放下大衣生氣離去。莉莉回家，男友矯稱大衣是自己送給莉莉陪罪，二人和好如初，男友說缺錢，夠意思的莉莉叫男友把衣退掉錢拿去用。

劉成雖求得余教授任教，小春卻沒了琴，琴在店標價提至五萬。劉成把實情告訴莉莉，莉莉張羅找錢贖琴，琴卻被人買走。

余教授把小春收到家裏，賦予新琴，為參選國際賽準備，另一女弟子林雨忿忿不平。

預演時，小春表現出色。

劉成自覺責任完成，不想觀看小春比賽以免影響小春情緒。

劉成憶及當年在某個火車站拾到棄嬰和嬰旁那把琴的情境。

國際賽前，余教授宣佈派小春出賽，林雨得悉自己失去參選機會，向小春說穿把琴買走的正是余教授，並在余教授家把琴找出，小春二話不說拿着琴直奔火車站，及時找到劉成和送行的江老師和莉莉。

林雨代小春站台上參加國際賽，在管弦樂隊哄托

下演奏，成敗未卜。小春則在火車站大堂，用生母留給他的琴，為養父劉成和一眾，獨奏上感情豐富的同一個樂曲。

《和你在一起》的每個主演員都有幾段自己的情節和幾下表演時刻，這樣的戲演員都應演得很樂。

小春為安慰一個比他大而背景可疑的女人，賣掉母親的琴去買一件沒恒值的時裝，是很強的情節扭轉，正因為這段情只是少年夢和這犧牲是不值得，才使觀眾慨歎，纖秀的小春的倔強個性跳了出來，後來毅然放棄參賽的行為便可信了。而本來表現平平的莉莉知情後的反應是豁出去籌錢贖琴，讓這角色由想當然的塑造變為有心有義受人喜愛。

劉佩琦演劉成的角色不可能出錯，讓觀眾看戲時特安心。劉成有辦事小能力，又願意奉獻，你幾乎可以感覺到這個帶有目的性的老實人，替江老師弄的火鍋味道一定很好。我們都多希望現在民工真的像他。

陳凱歌很快就給自己演的余教授一場讓觀眾對角色感興趣的戲：上一場在台上師徒互捧，下一場廁所裏就拉下臉說大白話，觀眾即感到這個複雜的角色會帶來好看的戲。

最精采是王志文對江老師角色的演譯，是最佳配角獎級別。我初以為江老師的伏筆是那種真人不露相的討好角色，到頭還會借學生吐氣揚眉，原來在戲裏只是過渡人物，與下半部劇情無關，對小春主線的成

長發展也不見得有什麼貢獻（倒是小春幫了江老師由穿藍毛衣變穿米黃毛衣），是可以刪短的，還好導演寧願拖慢劇情也讓王志文多演一下，就因為演得好看。

這是陳凱歌稍為偏離類型電影程式的幾個小地方之一。但與歐陸成長電影比，《和》片是端端正正的留在勵志成長類型內。結局沒有錯是放棄一次比賽，有異於最後排難取勝的例行結局，但觀眾都知道小春才十三歲，不會沒機會再試，下次可以改跟別個好老師重來，沒有太大的惋惜，這次算是給那可惡的教授一記耳光，好人得勝，滿足了觀眾。這樣的結局只是娛樂片的巧安排。

不管導演怎麼說，《和》片本身是不值得我們附會太多後設意義的，更承載不了有些評論硬讀進去上綱上線的意識形態深意——應驗着王爾德所說：只有膚淺的人才不依表象來作判斷。

《和》片勝在親切，導演會講故事，製作專業，角色有亮點，演員耐看，不藐視普通人的感情。它對中國電影產業有示範作用——這部好看的類型娛樂片，國外收入已賺錢，而導演竟是陳凱歌。

(2002 年)

我愛你

世界上最疼我的那個人去了

有一種電影，你看完後覺得自己長了一智，或學到了些什麼。《世界上最疼我的那個人去了》讓看的人知道了一個中年事業女人和臨終的老年母親相處，兩方的體驗——有幾度變乎讓你如同身受。以後在現實生活碰到類似處境的母女(或母子、父子、父女)，你都可以因瞭解而慈悲。

導演馬曉穎很酷，完全知道自己在做什麼，連背景小節都安排得特恰當，有許鞍華初出道的神采。我是用「酷」字來讚這個電影的好看，含情而不煽情，準確，帶點殘酷。

演中年忙碌作家「河」的斯琴高娃，在戲前段有些鏡頭顯得太過焦慮，但當她演得好的時候，是非常的好。據說導演曾說斯琴高娃是個不保護自己的演員，的確在她幾個發小脾氣和對媽來點殘酷的戲，看到她的演法是帶冒險而因而出色。

更壯觀的演出來自「媽」黃素影，如果這是美國片，敬老的奧斯卡會毫不猶疑把女主角(而不是女配角)金像獎給她。我想每個老演員看完，都希望自己有生

之年也有這樣的一次機會、一個代表作，然現在這個角色已找到理想的演繹者黃素影。

好的劇本到了好的演員手，就立即增值，好的演員自然會添加了劇本的稜角。馬曉穎很知道演員的重要，這部小製作也成了小而亮的鑽石。

我愛你

另一部看完後讓你明白了一些東西的電影。我一直有在想，在北京常碰到的那些帶點痞子氣、自以為是爺的男青年，是如何跟他們的女朋友——同樣有個性而執拗的北方女孩——相處過日子？我聽說他們會大吵架，我心也想：這樣的兩個人不吵才怪。看完《我愛你》，我才真的知道他們是這樣的吵法，是不可緩和的殘酷存在，因為他是他、她是她。

導演張元用盡大特寫長鏡頭，甚精準，中段戲真實有力，如1970年代美國獨立片導演John Cassavete拍的微觀人際片。

徐靜蕾在戲的開始時還多了點她的例牌似笑非笑，但到角色杜小桔與佟大為演的王毅搬居一室後，越演越酷，也就不保護自己，與佟大為互相用語言來傷害、折磨對方，扭着咬着擰着不放，直到觀眾也完全折服、完全進入這種殘酷處境，幾乎到了受不了的階段，因此過癮，甚至變得珍惜現有的伴侶。

觀眾感覺自己完全知道了這樣的男女如何相處、

197

吵架是什麼基調，而環顧周圍，這樣的小青年還真不少，使得張元這電影有共同性和社會普遍意義。

這是為什麼最後部份是敗筆。杜小桔用刀架王毅、逆向踏車等，把杜小桔拍得好像神經病，更糟糕是弄出一個杜小桔的殺母父親，暗示杜小桔有殺伴遺傳，把杜小桔這個本來有社會代表性的執拗北方女孩，完全變成一個特殊個案。也因此後面的戲變了純男性觀點，導演編劇只認同了王毅的立場，而王毅的爺們使狠勁個性在導演編劇眼中變了不需解釋的理所當然，無須對二人不能共處負責，都怪精神有毛病的麻煩女方。這偏袒不單失去前面戲的酷和平衡，更大大減弱了整部戲的價值，把導演編劇本身也貶為毫不通透、自以為是爺的北京大男人。

《我愛你》是四分三部好看的戲。北方女孩精神大多健康，不會趁你睡着把你捆起來，用菜刀架在你脖子，問你愛不愛她。

像雞毛一樣飛

我們是很渴望看到一部關於波希米亞新北京的電影，可是距離太近，此刻的 zeitgeist（一般譯作時代精神）不好掌握，一擺錯姿態就陷入「後憤青」的犬儒和自戀。

美國編劇書裏，教導新編劇說，如果你要寫一個悶蛋，也要寫一個有趣的悶蛋。當然，這裏的電影青

年並不認為荷里活懂什麼電影。不過，荷里活的反面也不一定就是好。

《像雞毛一樣飛》是關於一個無趣的悶蛋詩人，導演孟京輝把精力放在搞視覺設計。或許，下次孟京輝會想去拍部電影。

(2003 年)

英 雄

電影不是帝國，沒有一部電影可以一統天下。

我屬於那種看了超過三千小時電影的人（電視劇不算在內），而其中有一大塊是歷四十年的武俠類型片。我這樣的人應算得上業餘武俠鑑賞家——鑑賞的不是古代或古書裏的俠，只是武俠小説、武俠電影和武俠電視劇。

我跟眾多華人觀眾一樣，很有衝動去看《英雄》，首次是在人民大會堂、忍受惱人的關卡和不合格的放映水平而看的，其後自己掏錢在電影院再看，還是很願意。

《英雄》的明星夠亮，製作之認真令人感動，策動國人重入電影院，令大家對今後國產大片（起碼是武俠大片）有所期待，幾乎是一部電影復醒了一個產業。

對看慣武俠片的華人觀眾來説，故事不算難懂，這不是最終無解的羅生門故事，而是奇情片結構，因為真相在第三回揭了。沒看過武俠片的外國人倒會覺得情節和人物費解，不是因不熟歷史背景，而是弄不懂中國武俠片那些對我們來説習以為常而其實是抽象的類型語言。

對武俠迷來說，打得好是重要的，今天如果何平重拍《雙旗鎮刀客》，也得打。

現在的武打，的確可做到該怎樣就怎樣，那圓熟非當年（以 80 年代初徐克的高想像力的《蜀山》為例）可比。《英雄》的武打，結合了業界最顛峯的多種技術和經驗，就算不是耳目一新，也是精準有力、悅目燦爛。以後的武俠片，打鬥部份的限制已不是技術，而再是想像力。

好看的武俠打鬥，也不見得每一下都要創新，那場李連杰和甄子丹的「傳統式」決鬥，很有質感和功架，相信大多武打迷都滿意。其他各場哪怕有別片的影子，也都比原片壯觀細緻。導演是綜合拿來高手。

若我們覺得《英雄》的武打沒有太過癮，那不全因為武打本身，而是因為它「戲味」不足 。它不如《臥虎藏龍》的武打能牽動觀眾——如《臥》片楊紫瓊與章子怡的械鬥，半斤八兩，你真擔心她們會互傷，那觀眾的投入自然強於《英雄》裏的李甄高手過招、觀眾站邊看熱鬧，或張曼玉黃葉林耍不是對手的章子怡。

《英雄》的故事，挖空心思，機關算盡，卻帶來疏離，觀眾要到第三回說故事才有點投入張曼玉和梁朝偉那一對，來得太晚太少。有些哀情戲和哲思對白，有人的反應是想笑，是布萊希特效應，或是因為「坎普」(Camp) ？

《英雄》好不好看？好看，只是沒有很過癮，散場

走出來時沒有跳着舞着想歡呼的亢奮——影迷見證了真正娛樂後應有的情緒。

或許《英雄》只想逼我們覺得它好看，卻不甘心純娛樂我們。

武俠片自有一套形式化的演技，跟現實片不同。然陳道明演秦王，卻跟李連杰梁朝偉張曼玉的武俠化演法對不上，因為陳演得有「人」味，人味的意思是現代人的味，秦王就像個現代北方漢子，還會眼帶淚水，連番特寫下來，跟觀眾距離拉近、很被認同；誰會想這樣的秦王死？

（陳凱歌《刺秦》的秦王，則是「他者」演法，古人是否如此誰知道，但起碼演得不那麼想收買觀眾。）

電影通過特寫等伎倆是可左右觀眾的認同。

本來，梁朝偉殺秦兵無數後不殺秦王、李連杰過了重重關卡負了多人只為等死，對只想看一部好的武俠片的觀眾來說，那反應用廣東白話應是「有無搞 X 錯」。現在，觀眾不想陳道明死，寧願看到酷而自尋煩惱的李連杰去給萬箭穿體，連帶接受了不殺秦王/陳道明的結局。

有些評論集中談意識形態，此進路雖不全面卻是正當的，因本片的意識形態理念不是在背景，而是放在最關鍵的劇情轉折點，故可說本片是自願邀請大家注意它的意識形態，如主旋律片。

可惜劇情電影這個載體早已被證明是擅於操控情

感，卻拙於說理。

劍客何辜，被貶為政治哲學家。

武俠片本是虛構幻作的、逃避主義的，那是大家愛看的原因，看武林中人不用洗髮更衣，住在只有簾幔的屋，以武犯禁目無王法，隨時違反萬有引力——我們愛武俠片的天馬行空、自由、過癮。不管是平江不肖生《大刀王五》那路較「真實」的俠義，或還劍樓主《蜀山》那派玄奇的飛俠，歷史(如果有的話)只是奇情故事開展的借口。

《英雄》倒過來以武俠故事作為宣傳歷史理念的借口，武俠迷能不覺得被出賣嗎？

武俠類型與歷史類型還真不好協調：那些超人劍俠可以水上跨步、劍氣殺人，而那些只是凡人的士兵卻要卯上去跟他們打，太不公平。

我同意《英雄》是重要電影現象。我叫每個身邊的人去看，但我把我的看得沒有太過癮怪在張藝謀那什麼都想贏得的心魔。

想兼顧太多，自有得有失，贏了華語票房，失去了一代華人知識份子。外國市場和獎放下不談，對真武俠迷來說，今後武俠片或將因《英雄》而更可觀，但張導卻不是迷們的最愛。徐克，你還行嗎？

(2003 年)

現在的大學生真能啃

現在的大學生還真能啃書——起碼，這是開出 99 本書清單的三地九位學者作家的評估。中年學者作家的樂觀令我感動。好吧，年青人，啃就啃吧，誰怕誰。

這九份書單，不是介紹今夏流行讀什麼，而是：一個自重的大學生「應該」看過什麼書。是硬啃的，不是休閑的；是重要讀品，卻不一定是炎夏樂趣閱讀。

所以，沒有人生小語、實用手冊、捧場傳記、傻瓜致富、白痴乳酪——甚至連不乏好作品的遊記、食經、上海摩登都欠奉。也沒有余秋雨——是否不想再提？酷。

楊照推介的《魔戒》幾乎是耀眼的「流行」例外，倒可以跟王安憶選的《水滸》一併填補沒有金庸的這個夏天。

沒有清涼的心靈讀物，只有教伊斯蘭太沉重的張承志《心靈史》。

弗洛依德 (Sigmund Freud)《夢的解析》看起來總不像時尚雜誌的解夢。

---

* 2003 年《讀書》月刊、《中國時報》、《明報》聯合主辦「炎炎夏讀 99 總書單」

炎夏擁抱列維－斯特勞斯(Claude Levi-Strauss)《憂鬱的熱帶》小心中暑。

弗洛姆(Eric Fromm)《愛的藝術》不是夏日戀愛指南。

美國人大概也看不懂布希亞 (Jean Baudrillard) 的《美國》，勿以為是旅行手冊。

最意外是沒人選祖師奶奶張愛玲——光靠蕭紅《呼蘭河傳》，加上北島《藍房子》和西西《飛氈》的好文字，夠看嗎？沒看過張愛玲 (和白先勇) 的，今夏應開始。

大抵書單多用了經典或被典化 (canonized) 的書，這可理解，卻嫌局限於文史哲及社會科學，有點禿。

我有責任提醒大學生，不要把書單真看成「核心課程」；應來點反叛，讓閱讀多元化，體驗王紹光所說的亂讀書的樂趣。

三地反差倒不如選書者個人特性和專業來得顯著。

我一直羨慕大陸中年讀書人之間有共同語言，例如年輕時都迷過《約翰克利斯朵夫》。還有俄羅斯小說。我覺得這是她們的驕傲我的遺憾。至於你們年青人要不要跟王安憶進入十九世紀小說世界，你們決定。

平路的小說選擇，跟我的經驗較近——當代偉大的拉美作品，用英文寫的印度小說，較能看的後設後現代如博爾赫斯 (Jorge Luis Borges)、卡爾維諾 (Italo Calvino)、傅敖斯(John Fowles) 等，對引誘大學生初嘗

國際好小說禁果，算是使了力氣，雖然反省下發現跟了高級英美品位。

香港1970年代的前進青年，如果選大家都看過的書，那可能是費孝通《鄉土中國》。再認真一點的會翻王亞南和馮友蘭。另外當時介紹較多但沒人看過的是李約瑟 (Joseph Needham)《中國科學技術史》。現在大學生要認識中國的殊相，可主跟葛兆光和王紹光的書單。

這次的歷史書特強，在我碰歐陸理論前，有幸看到英國左翼史家的用功，那些博蘭尼 (Michael Polanyi) 和霍布斯邦 (Eric Hobsbawn) 的名著，台灣竟已翻成中文，了不起。而有多位推介的史景遷和黃仁宇的史書還真不難看，不妨做切入點。

推銷世界觀最狠的是兩位社會學家。一個夏天啃完他們的推介，可以保證你一舉成了準左派知識份子。呂大樂批評全球化卻把香港隱形、顧秀賢強化族羣身份認同，(以至另一路的王紹光的中國從哪裏來往哪裏去) 選的書雖各異，底子卻有共同點，都是全球化下的後殖民、後東方主義、反新自由主義回應，在一些學院裏是正確的姿勢。

説在前面的是，現在光看主流媒體，對我們身處的世界很難有反省，趁唸大學看點好的左派書，可以補腦——不好的左派書則看壞腦。

左派學人要自我警惕的是一句話：「右派不看書，左派只看左派的書」。

這次沒人捧張五常（據說他不再看書）。這次的書偏左。

幸好王紹光還是會選林德布魯姆（Charles Lindblom）——可能因為後者談的是市場體制裏企業與民主的互軋；呂大樂也點了索羅斯（Michael Soros），可能因為索羅斯是異數資本家，並且是很有想法的慈善家。

陳萬雄和楊照的書單則較折衷平衡，前者選了盧梭（Jean Jacques Rousseau）《懺悔錄》，左右都可看，到底大家都是啟蒙的子女。後者挑了羅爾斯（John Rawls）《正義論》，該書是七十年代以來政治哲學爭論重燃的濫觴，只是羅爾斯的學究文風會令初看者耐不住。楊照在推介了上個世紀各種質疑啟蒙和現代的標竿書外，還不忘來一個當年力反納粹的管理宗師杜拉克（Peter Drucker）——楊照應當選這次讀書幅度最寬獎。

陳萬雄提的林語堂《生活的藝術》是我也會推介的書。

董啟章的書單重點迥異，介紹了六本在大陸叫科普的書，不要看不起這類型，執筆的都是大科學家，有些文筆比誰都好，特能說故事。而董啟章也很大手筆的用了三本書助大家跨入進化論的門檻，除達爾文外，把兩個觀點互異的名學者古爾德（Stephen Jay Gould）和道金斯（Richard Dawkins）並讀，確是有心。董的六本科學書，加上王紹光選的《別鬧了，費曼先生》，實足以激發、堅定想當科學家的年青人。這次

207

科學書要比社科書好讀多了。

容我用評論員的篇幅，補一份有中文譯本的波希米亞洋書單，多選輕薄短小（我對大學生看書有不同的評估），説不定我推介的書大學生已耳熟能詳，但我們還是不要太多假設：

* 沙林傑 (J. D. Salinger 塞林格)，《麥田裏的守望者》(《麥田捕手》)
* 聖修伯里 (Antoine Saint Exupery 聖‧德克旭貝里)，《小王子》
* 赫塞 (Hermann Hesse)，《徬徨少年時》
* 亨利－皮耶‧侯歇 (Henri-Pierre Roche)，《居樂和雋》(《夏日之戀》)
* 凱魯亞克 (Jack Kerouac)，《在路上》(《旅途上》)
* 楚門‧卡波提 (Truman Capote 德魯門‧凱波特)，《第凡內早餐》(《蒂凡尼的早餐》)
* 村上春樹，《挪威的森林》
* 昆德拉 (Milan Kundera)，《生命中不能承受的輕》(《不能承受的生命之輕》)
* 谷崎潤一郎，《陰翳禮贊》
* 赫胥黎 (Aldous Huxley)，《眾妙之門》
* 海明威 (Ernest Hemingway)，《流動的饗宴》

為什麼是這幾本？我不敢説它們可以消解成長的憂傷，只知道它們的感覺特別對。

(2003)

III

墨索里尼的幽靈

　　《與墨索里尼喝茶》影片故事開始於1935年的托斯卡尼，三個愛意大利文化的年長英國婦人，住在迷人的弗羅倫斯，過着喝下午茶、說別人閒話的日子。瑪吉史密斯 (Maggie Smith) 的先夫是英國駐意大使，朱迪丹奇 (Judi Dench) 是修舊壁畫的波希米亞藝術家，瓊珀羅瑞特(Joan Plowright)替當地一名富裕的意大利服裝老闆當英文秘書，並領着老闆的年幼私生子去自己的女人聚會，而老闆也樂得讓兒子學點莎士比亞和英國派頭。

　　當時，墨索里尼已掌權13年，但法西斯政治似沒有煩到她們或任何人。用瑪吉史密斯的說法，墨索里尼「就是那個讓火車按時開動的傢伙」，「所有歐洲最優秀的人民都是有帝國的」，「我們活在偉大獨裁家的時代」。

　　煩的倒是來了兩個美國女人。雪兒 (Cher) 原是舞娘，嫁個有錢老公後變了藝術品收藏家，看到畢加索的「阿維濃少女」就喊着要買，還說「哪有這麼低級的老公，連買一幅畢加索送老婆也不肯」。莉莉湯姆林(Lily Tomlin)是穿男裝的同性戀考古學家，愛慕着雪兒。

211

瑪吉史密斯說：「美國人能把冰激菱也變得庸俗」。

雪兒是猶太人，卻一點不影響她與高采烈的進出法西斯意大利。

當然，到了1930年代最後幾年，情況有變，服裝老闆不讓兒子跟着這些英美女人混，改把兒子送去奧地利，因為「德意志才是未來」。

瑪吉史密斯去羅馬找墨索里尼，兩人共進下午茶，並拍照留念，墨索里尼保證一切不變。瑪吉史密斯回來說：「不錯的傢伙」。

然後歐戰爆發，瑪吉史密斯、朱迪丹奇、瓊珀羅瑞特是「敵對外國人」，被關起來。美國不是參戰國，雪兒倒可以自由活動，很仗義的把三個英國女人贖出來，搬進聖吉米那諾山城的酒店。

不過，雪兒的處境也開始不妙，因為她是猶太人……

《與墨索里尼喝茶》1999 導演：弗蘭可·齊法拉利(Franco Zeffirelli)

電影裏的歷史，不可盡信，但也可以感覺到，墨索里尼 (Benito Mussolini) 的意大利法西斯政權，跟大家熟悉的德國納粹不太一樣。

在希特勒 (Adolf Hitler) 上台前十一年，墨索里尼已在意大利建立了一個「經典」的法西斯政制，他跟英國保持友好關係，積極參加國聯事務，挺像個有魅力的政治家、現代的凱撒。

從1922年至1930年代中，他的政權在意國內可說是獲大多數人支持，而管治也相對有序，在國際間聲譽甚好。蕭伯納 (Bernard Shaw) 崇拜墨索里尼，說「終於有了像似負責任的領袖」，只是誤把後者說成社會主義同路人；龐德 (Ezra Pound) 公開支持意大利法西斯，說墨索里尼延續了傑弗遜 (Thomas Jefferson) 的事業；弗洛伊德送親筆簽名的著作給墨索里尼，上款為「文化英雄」；美國駐意大使查德 (Richard W. Child) 在1928年替墨索里尼的自傳寫序，稱後者是「此空間此時間最偉大的人物」；至於邱吉爾 (Winston Churchill) 與墨索里尼的所謂秘密通信大概是以訛傳訛，但邱吉爾在1920年代的確曾稱讚墨索里尼，說他是「活着的最偉大的立法者」和「列寧主義毒藥的解藥」。

二戰後，印象全變。通過英國歷史學家泰勒 (A. J. P. Taylor) 等廣為人知的二戰歷史書和紀錄片，墨索里尼給人的印象是個喜在陽台上發表演說的丑角和小打小鬧的流氓，大不了是希特勒的傀儡。

大家的注意力放在更凶猛的納粹和極權主義，而忽略了意大利法西斯主義，後者被認為是「較輕的害」、「半極權主義」，或如阿倫特 (Hannah Arendt) 所說「只不過是多黨民主制邏輯發展出來的普通民族主義專制」。

這個忽略使我們現在說到法西斯其實想到的是納粹，而對更經典、更有當代參照價值的意大利法西斯

主義只剩臉譜式的認識。

左派的墨索里尼因支持意大利參加第一次大戰而與當時社會主義主流決裂，在1919年成立法西斯黨，但到了1925年前他還在尋找一套主張，來配合他與黑衫黨人於1922年被請進羅馬並在1925年完成專制的行動。他曾引用過自由主義、實用主義、工團主義、馬克思主義、天主教，又曾自稱是和平主義者、無政府主義者、國際主義者、社會主義者、尚戰鷹派、民族主義者、國家主義者。他既用左的平等主義和全民動員，又用右的威權主義和國家主義。當自由派人士於1920年代中創了「極權主義」這詞來批評他，他就索性把該詞據為己有，自稱推行極權主義。

意大利法西斯政權與之前的保守政權不一樣，前者的大前題是現代化，追求的是美好的未來：一個由「新人類」組成的現代的、工業的、強大的、團結的、向前看的民族國家。

一戰後意大利的民主共和國，生不逢時，在數次社會主義工人大罷工後，陷於癱瘓，社會秩序崩潰。墨索里尼則應運而生，承諾帶來秩序，如他那句名言：「讓火車按時開動」。

墨索里尼還嚴打當時的黑手黨，又用國家名義保證全民就業和全體工資提升。

他用什麼方法？

墨索里尼的左翼根源是法國索雷爾那一路結合馬

克思主義與非理性迷思的工團主義，特別是指其中帶生產主義的論點：由各行業工會自組委員會接管工廠。由此墨索里尼和他當時的主要理論家洛可 (Alfredo Rocco) 發展出一套影響深遠的新經濟政策：統合主義（又稱法團主義、合作主義）。

法西斯的字源意思是捆綁，也有聯盟、統合之意。

簡言之，各大行業的實業家和工人代表坐下來，共組法團委員會來主理經濟，委員會內另派有政府官員和法西斯黨幹部，以平息紛爭，保證所有決定是統合在國家整體利益下。

統合主義保留市場和私有制，不消除階級，但既不是放任資本主義，也不是反市場的蘇聯式共產主義，而是為了國家的利益，在政府和黨的獨裁領導下，實業家和工人合作，統合經濟事務，故被認為是自由市場經濟和指令經濟之外的選擇。墨索里尼的統合主義法西斯主義，當時受各方讚賞。

洛可認為行業壟斷和集團化是可以加快生產力增長。不過，1920年代的意大利並沒有積極進行國有化，經濟上相對放任。

納粹和當時東歐其他法西斯政權皆沒有以統合主義作為國策，而是另奠基於極端的種族主義或宗教神秘主義。

與德國納粹不同，意大利法西斯主義裏的民族主義，並沒有對種族純正性的獨尊追求。

意大利法西斯在執政的頭十年，並沒有強烈反猶，黨員中也有猶太人，1934年才有第一次反猶運動，到1938年墨索里尼才依從希特勒通過反猶法例。

墨索里尼並認為意大利法西斯主義是可以輸出的，別國別族也可以學習意大利而建立自己的法西斯國，是為當時以英法美為代表的資本主義民主政制和蘇聯帶頭的共產主義洪流之外的第三條路。當時他意識到，意大利式的法西斯主義可以在國際上跟自由主義和社會主義一爭短長。

墨索里尼受意大利社會學統治階層研究的影響，是相信精英統治的，黨幹部、官員、工業家與工會代表共組精英統治階層，勞資並不是對立的的階級，而是共屬一個「生產階級」。

第三國際要到1928年才反應過來，發覺法西斯主義這門新玩意是對共產國際的威脅。

1929年世界不景氣，意大利政府進一步介入經濟，似美國的「新政」。到1930年代中因國際氣氛有變，意大利謀求更大程度的自給自足，才加劇了國有化。

統合主義需要有強力的意識形態支撐，那就是國家至上，後期法西斯哲學家金蒂利 (Giovanni Gentile) 所說的個人與國是一體，沒有國，那有個人，個人與個人是在一國之下合作，而不是人人為己。用墨索里尼的話：「一切在國家內，沒有反對國家的，沒有外於國家的」。

統合主義的國家，只需要有一個代表國家整體利益的黨。

法西斯主要是反自由主義，不能接受自由主義衍生的個人主義、價值相對主義、文化多元主義、多黨民主代議政制。墨索里尼說：「經典自由主義說的是個人主義，法西斯主義說的是政府」。

政府在個人之上，國家要求的是萬眾一心，不能容許出現利益和階級矛盾，或各懷私心的黨派和個人。

為了動員人民的支持，建起國、黨和民族的神聖光環，和個別領袖至高無上的權威，國家發動宣傳機器，重寫教科書中的歷史，通過現代媒體如報紙、電影和擴音器等，一再激勵民眾，強化共同性（民族象徵，宏偉語言，文化，神話、種族，宗教，傳統，社群，藝術，根，光輝歷史，共同敵人等），同時打擊差異性。換句話說，是鼓動民族主義。

在意大利，墨索里尼陷進了自設的非理性圈套，認為上下一心的「新人類」統合主義國家，在戰爭狀態才會有最高的發揮，追捧尚武的羅馬帝國，渴望成為強國，勾起了對外擴充的帝國欲望，終發動被認為是西方帝國主義最後一次武力殖民：入侵阿比西尼亞（現埃塞俄比亞）。最奇怪是當時竟也沒引起其他歐陸帝國的強烈抵制。事實上西方國家在1930年代中期之前很少批評法西斯的意大利。

只是打仗使國力不堪支撐，在阿比西尼亞要用到

違反國際公約的毒氣，干預西班牙內戰損兵折將，及後參加軸心國擴大戰爭，在希臘幾吃敗仗，靠納粹德軍拯救。

墨索里尼在1943年被黨革除領導職位，立即為希特勒的精銳特擊部隊救出，送至意大利北部的德軍佔領區，任了兩年半名義上的首長，直到45年為共黨游擊隊所殺。這期間，意大利人出現後來歷史學家所說的「我們是好人，他們(德國納粹)是壞人」的心理逆轉，不願提起過去21年對墨索里尼和法西斯主義的支持。

戰後，一般認為，意大利、西班牙、葡萄牙等地的拉丁歐洲人文價值觀擋住了極端的德式和俄式的毒氣室和古拉格羣島。

流亡去了英美的思想家如阿倫特、紐曼 (Franz Neuman)、佛洛姆、蒂利希 (Paul Tillich) 等，苦思的是左右兩翼的極權主義是如何產生並造成人類的現代浩劫，關注的是斯大林蘇聯的共產主義和納粹德國的法西斯主義，雖然納粹從不以法西斯自稱。

意大利法西斯相對於納粹是不徹底的極權、是較輕的害的想法被廣泛流傳，而意大利統合式的法西斯主義不同於納粹的獨特性和普遍參照價值卻被忽略。

較輕的害還有另一種意思：二戰後許多國家在謀求和平崛起的富強路上，左顧右盼，往往也只能是眾害相權取其輕。對某些國家來說，統合主義法西斯主義可能是較輕的害。

當然，較輕的害依然是害。

意大利的工農階層慢慢體會到，在國家團結的前題下，黨領導的統合協調，在無法兼顧或腐敗的情況下，被犧牲的依然是工農和弱勢族羣的利益。（統合主義的經濟政策，並不保證成功，也不注定失敗，這點在二戰後有更多案例。）

由於想把一切罪行推給納粹，意大利許多戰時檔案一直未曾公開，不過據2001年材料，逼害的配套一點不缺：秘密警察，告密者，五十多個關猶太人、外國人和異議者的監獄、暗殺、屠殺。自由派和左派的日子都不好過。著名共產黨理論家葛蘭西（Antonio Gramsci）就是在法西斯獄中身體受摧殘至出獄後數天猝死。

意大利法西斯在國外罪行更大，由阿比西尼亞的毒氣戰至巴爾幹半島和利比亞的種族清洗式大屠殺。戰後，被意大利侵略的國家包括希臘、南斯拉夫和利比亞要求引渡戰犯，意國為保持「好人」形象而加以拒絕。這就是歷史學家洛基亞（Ernesto Galli Della Loggia）所說的「意大利民意的專一精神分裂，記得意大利國土上的德人暴行，壓抑了意大利人對其他人民同樣不綴的暴行」。

在二戰後，正統馬克思主義視法西斯主義為私有制、市場競爭和資產階級民主的衍生，法西斯只是大資本的打手。這觀點不但忽略了意大利原型法西斯反自

219

由主義的左翼根源，更對了解法西斯主義全無幫助。

較鬆散的左翼，則把一切看不順眼的政權或政府行為罵成法西斯。較嚴謹的討論，卻因而有所顧忌，不敢援用法西斯主義作為分析範疇。

右翼裏的自由放任派一直沒有放過批評統合主義，並無限擴大打擊面，套在任何政府的經濟干預行為，由美國羅斯福的新政，戴卓爾之前的英國福利社會，以至蘇聯早期布哈林的市場社會主義，然後警告說統合主義不但不利經濟成長，更是往極權之路。

弔詭的是近年美國當權右派已不只是自由市場派、小政府主義者、文化保守主義者、外交現實主義者及孤立主義者的結合，還滲透了法西斯同情者。除了顯眼但被誇大的施特勞斯份子外，另一理論主將米高‧拉帝恩 (Michael Ledeen) 曾在 1970 年代多次著書推崇意大利法西斯主義，認為 20 世紀法西斯運動不是馬克思主義者所說的是反動的，而是對舊世界的革命，法西斯運動是「能量和創意的發動器」。回到帝國本位，拉帝恩自然會認為現在某些國家其實是屬於法西斯性質的，是美國要警惕的。

意大利法西斯和德國納粹的政權維持時間不算長，毀於內部暴長的極端思想所引發的戰爭。

如果墨索里尼以他當時的絕對威信，不把國家帶到戰爭這條路上，意大利合法的法西斯政權或可以存活更久。從西班牙、葡萄牙這些「不起眼的模仿者」來

看，加上二戰後許多的例子，或許類似法西斯或統合主義的政權是可以相對穩定的。

當然，西班牙和葡萄牙後來轉向自由主義民主制度。

在當代的處境中，很難有單純的向左走、向右走，軍事獨裁如前智利在經濟上引進自由市場而取得成績，但俄羅斯卻成了自由市場派休克療法的失敗例證，民主國日本的政府與企業嗜統合，而新加坡則以更完整的統合主義結合世界資本主義市場經濟而取得了驕人的經濟和社會成就。在資本主義、共產主義、市場經濟、指令經濟、混合經濟、統合經濟、自由主義、社會主義、社會民主、第三條路、法西斯主義、民族主義、國家主義、極權主義等等主義超市中，各國還得階段性的不斷調自己的路、尋較輕的害。作為分析或規範的範疇，意大利式的統合主義法西斯主義——墨索里尼的幽靈——仍不便缺席。

(2004 年)

民工就在你身邊

在中國大陸，到年底就會看到報導：大量民工沒錢回鄉。年近歲晚，大城市的父母就會告誡子女：不要亂跑，小心民工搶劫。年復一年，各市政府勸導僱主在春節前發勞務費給民工，而市公安部門則保證在年底犯罪高峯期間加強治安整頓。

民工向勞務包工討工資，包工向施工承包商追欠款，承包商說發包的發展商或政府部門撥款沒下來。

民工享受不到城市居民的保障，易受僱主欺負。

民工對城鎮建設有貢獻。

民工穢、臭、偷東西。

以上是大陸城市居民的社會常識和對民工的矛盾印象。

民工，又叫農民工、盲流 (1994年前)、打工妹 (廣東)，是指屬於農業戶口的離鄉務工的人。

大家都知道不能沒了民工，正如行為藝術家王晉的作品《100%》：民工摃起立交橋。就算是為了城市居民自身的利益，也要為民工紓困。

總理溫家寶在2002年指示：對惡意拖欠、克扣民工工資的企業和企業負責人，要依法嚴肅查處。

今年，北京市建設委員會首次主動用行政手段逼房地產商兌付拖欠的工程款，嚴重者以後新開工專案不發施工許可證，並將拖欠款資訊告知貸款銀行，由銀行將其列為信用不良單位。

大連市公安局總結了多年處理民工問題的經驗，改變手法，作了超前示範：替民工建居所，並提供法律援助和職業訓練。

2003 年 11 月下旬，在北京一個叫《我們在一起》的藝術展開幕那天，請來了二百名民工，在酒會中穿插在來賓之間，然後民工把上衣脫掉，列隊夾道讓來賓走進展場；另有六十名也赤裸上身的民工，在展場內，用繩索一個繫一個，隨着行為藝術家宋冬的哨子作各種組合的演出。

該展帶出一個訊息，不管喜歡與否，民工就在大家身邊，就是「我們」的一份子。

展覽由聯合國科教文組織和中國社會科學院出面，結合本身也處於漂的狀態、對民工處境敏感的藝術家。旅美的台灣策展人楊心一邀了十五名以民工為創作題材的藝術家參加這次的展演。

現在全國各城鎮裏，有一億二千萬民工，即每四個城市人中，就有一個是農民工，分佈在建築、工廠、餐飲、清潔、小買賣和服務如保安、褓姆等行業。至於性工作、行乞和犯罪份子，其實很多是來自城鎮非農業戶口的。

據中國社會科學院數字，到2020年，將共有三億至三億五千萬農村「剩餘」勞動力要在城鎮工作，幾等於城市現有全部人口。

這是人類史上短時間內最大規模的遷徙和城市化。

城市化和「農轉非」(農業人口轉非農業人口)，是一個地方的現代化的關鍵指標。

龐大的勞動力在農村已沒出路。農產過剩，生產原料成本高，造成穀賤傷農，待國際更低價農產品進入大陸市場，務農勞動力的需求將更低。中國政府在全國推行「棄耕還林」，防止國土因過度開墾而進一步流失。據研究農民、農村、農業「三農」問題的學者溫鐵軍指出，鄉鎮企業因缺乏競爭力，已日益萎縮，僱用的農村勞工正逐年遞減。在中央與地方分稅的制度下，短期任命的地方官員每報大稅收邀功，上繳後實際留在地方的稅款減少，地方政府被逼舉債卻無力償還，形同破產，農村建設停滯，高利貸橫行。「黃河邊上的中國」作者曹錦清說自然之害、地方政府之害、市場波動之害等「三害」之中，農民最痛恨地方政府之害。為農民請命的地方官李昌平一句「農民真苦、農村真窮、農業真危險」，曾引起全國上下共鳴。

但再貧困的農村，總會有部電視機，播着城市人的生活。

種種原因，萬千農民加入越演越烈的中國漂，自發奔往有活可幹的城市。

建國以來，戶籍制度限制農民移動遷徙，農民的子弟，世世代代只能當農民，就算進了城鎮，也是「離土不離鄉」，不能轉為城鎮居民，不享有後者的社會福利。這種城鄉二元制，行之過久，錯失了逐步有序城市化達半世紀時間，現在終明白到人口城市化是有助國家現代化，並由於公民權益的呼聲和城市需要低價勞動力，不得不局部放鬆政策接受農民已進城的事實。

可是，許多城市政府卻沒為此調配資源，去迎接現已達一億二千萬和未來十六年內至少三億五千萬的抵城民工，還沒有大規模吸納「外來人口」成為安居樂業的小康城市居民的配套規劃和決心。

大部份民工由僱主提供住宿，另有部份聚居在城鄉交接地區的民工窟，暫時尚未形成墨西哥城式環城貧民窟，但確是個隱憂。

農民找的是工作，故傾向漂至工作機會多的較大城市，之前倡議建設小城鎮來吸納農民以減輕大城市壓力，用意雖好卻不易實現。

許多民工帶着就學年齡的子女到城市，但由於住在新區邊緣，或因付不起易地受教育的「借讀費」，沒法轉讀當地學校，而為民工子女而辦的民間學校，水準參差，並常受主管教育的部門打壓，有些民工窟出現一批父母出外工作、白天沒人管教的失學兒童。這情況在 2004 年受到各方關注。

民工是工傷高危羣體。國家經貿委主任李榮融在 2003 年 1 月說：「全國生產安全事故傷亡總量居高不下，每年有十幾萬人死於各種事故之中」。另有報導說每年僅深圳一地，因工傷致殘的民工超過 1 萬人。

民工沒有勞動保障，不幸工傷，有可能全家難以為繼，遇上不良僱主或包工頭，更往往求助無門。

其中小撮鋌而走險者，讓民工整體背上惡名，令城市居民提心吊膽。民工因而常受城市居民歧視，難以溶入市民社會。

而許多城市政府把民工歸為外來人口，不願把市內有限的資源花在民工身上，只視之為臨時低價勞動力而不是正式城市居民。

中國經濟就算持續在高單位數成長，各城市能否及時消解不斷湧至以千萬計的農民工和新生城市就業人口，尚是個問號，若成長放緩，就業機會減少，民工將首當其衝，但從中長線的趨勢而言，他們已不由得市政府和城市居民呼之來、揮之去，他們沒有退路，回不去原地，只能滯留在城市。

(2004 年 1 月)

一個香港人在北京

——新浪網新春感言

　　我是上海出生的寧波人，四歲就去了香港，1992年才初到北京，住了兩年多，然後去了台北六年，千禧年重返北京，並決定以此地為家。

　　我在大陸前後十二年，那變化可大，大家可想像我目瞪口呆的樣子。説什麼我都得留下，看看下一個十二年。

　　這裏一切都在動，令人目眩，喘不過氣來。我喜歡這感覺。天旋地轉的時候，人會以為自己是在世界的中心。頭暈亦然。

　　北京已代替了我其他的定居選擇，即香港、台北和溫哥華。不要以為北京是最適合人類居住的地方，只是中心的感覺吸引我這類人。

　　我曾寫過一篇文章叫《有一百個理由不該在北京生活，為什麼還在這？》其實在過去十二年，北京變動之大，可用上驚心動魄幾個字。偉大古城一去不返，新市容也真夠醜，幸而現又從谷底往上爬，寄望着2008。京味隨風飄逝，卻育養了多元生活世界。城管混亂，卻成就了北京作為全國波希米亞的首都、中國當代文化的超大場域。北京讓我決心住下的是其他

住在北京的人，是因為人有意思。

我年輕時候，心裏面除香港外，依次只有英國、美國、加拿大。請諒解，我是在殖民地長大的。對其他地方，我的認識都是十分片面的，譬如說到法國，首先想起是新浪潮電影；意大利，新寫實主義電影；德國，電影裏的納粹；日本，武士道電視劇；台灣，瓊瑤電影；大陸，劉三姐電影。

換句話說，我很無知。後來因為喜歡看書，補回了不少共和國的歷史，但都只是紙上知識。

現在，終有機會親身體驗，我才不放過，像個超齡學童在追未上的課，一切是中國優先。

當然，現在全世界的眼睛都在看中國。我和其他在北京和上海的香港人一樣，看到祖國欣欣向榮，看到北京上海的繁華昌盛，看到無邊市場無盡商機。我們感激祖國對香港持續的特別照顧，並讓我們可以參與祖國的建設，真令我們汗顏。我知道其中不少香港人是由衷的想找機會來回饋報答祖國。

可是，我們這些來自前殖民地百年商埠的香港人，受限於自己的識見，昧於國情，是有點眯住一隻眼睛來到大陸的，往往只顧看片面。譬如說，我們整天惦着看商機、看北京上海，那顧得上看大地上眾生的精彩與苦難？

以2003年為例，如果我們睜大眼睛，可看的事情可多了，看到中國人上太空也看到非典時期的上下一

心，東北的契機，反腐的持續，三農問題得國家重視，憲政受討論，領導人對農民工關愛，人民權益獲維護和公民意識有提升等等令人鼓舞的發展和真正的進步，若持之有恒，將為國族帶來祥瑞之氣象。同時，也有太多令人頹喪的地方。

我不知道我們這些港商、台商和萬千外商看到沒有？難道我們只應用一隻眼睛看中國嗎？

放眼2004，我會想想，我對祖國有什麼貢獻。不要問祖國能為我做什麼，反問我們能替祖國做什麼。我會跟碰到的香港人台灣人，談商機之餘，兼談回饋社會，以酬祖國之恩。

(2004 年)

社會制度的六種謬誤

　　市場是會失靈的、政府是會失靈的，社羣也是會失靈的。

　　一方面，不能讓市場獨大，不能讓政府獨大，也不能讓社羣獨大。

　　另方面，市場太弱不成，政府太弱不成，公民社會太弱也不成。

　　克勞斯・奧佛 (Claus Offe) 是歐洲重要左翼理論家，與哈貝馬斯 (Jürgen Habermas) 同屬法蘭克福學派傳人，現任教德國柏林洪堡大學。他 1998 年在巴西《社會與國家改革》研討會上，發表了一篇名為《現今的歷史轉化和社會制度的一些基本設計選擇》的備受重視的文章， 指出以往的社會制度選擇是「單元」的，或以政府、或以市場、或以社羣作為「社會秩序和凝聚的最終保證者」，但適合現今世界的是一種「不純」的設計，不單一依靠政府或市場或社羣，而是要求三者同在一種「混合」的制度安排中不缺席。

　　政府、市場、社羣，分別來説，既依靠也激活人類塑造世界的三種能力：理性、利益和激情，各自突顯著不同的價值觀：政府與理性要求平等 (包括權利與

責任），市場與利益要求自由和選擇，社群與激情要求身份認同，反映在公共哲學上分別是大政府主義(國家主義)、市場自由主義、社群主義。

奧佛認為，要設計有利秩序和穩定的社會制度，已不能只依重其中一者，甚至不能僅有其中兩者，必須三者兼備。所謂設計適當的制度，就是要防三者相互過猶不及，避免以往社會政治制度的六種「病態」謬誤。

1. 過大政府的謬誤：大政府不等於是強政府，後者是指能影響公民社會裏生活機會分配的善政。大政府可能是規模雖大但有效性卻低，產出的不是公共財而是特權者的「俱樂部財」。大政府往往自以為是強政府，考驗在於它有否邊際性的增加公民的公共財——法律保護、醫療服務、教育、住房、交通以至機會和生活條件的公平。奧佛認為，主張大政府者先要拿出證據說服大家而不能把擴大政府的好處當作不言而喻。過大政府經常帶來「依賴、惰性、尋租、官僚作風、裙帶主義、威權主義、犬儒主義、財政不負責任、逃避問責、缺乏主動和仇視創新，如果不是徹底的腐敗的話……」。

2. 過少治理能力的謬誤：就算只為了做到洛克式自由主義對政府的極小化要求(生命、財產、公民自由)，政府也要提供學校、職業訓練、房屋和醫療政策、勞工法、社會保障、民事法院和執行機構、居民

安全保護、軍隊，並要徵稅來養這些服務。現在一些拉美和發展中國家的當急之務正是建立有善政能力的政府。

3. 過度依賴市場機制的謬誤：奧佛指出，若完全自主，市場是沒有自我延續和自我約束能力的，市場的理性參與者，為了減輕來自其他參與者的競爭威脅，會去形成壟斷，市場也看不到自己的外部效果如環境污染和長遠問題，市場分不出什麼可以市場化什麼不可以 (譬如說雛妓)，故此市場的競爭、選擇的自由和界限皆需要非市場的政府和社羣的力量來維持。英國社會學家安東尼·吉登斯 (Anthony Giddens) 在《第三條道路及其批評》一書裏說：「一個社會如果允許市場向其他制度過份滲透，就會導致公共生活的失敗」。

4. 過度限制市場力量的謬誤：在一般常說的市場功能外，奧佛提到市場四個優點，一、市場交往在微觀層面大抵是和平非暴力的；二、個人從而學到自我負責和對別人的「同情心」；三、除了大起大落的情況外，市場讓人有了適調的智能；四、讓人從官僚控制和威權社羣中得到解放。吉登斯更說：「一個社會若為市場提供的空間不足，則不能推動經濟繁榮」。

5. 過度社羣主義的謬誤：現在的多元文化主義重視身份認同和差異政治，忽視公民、國族或階級立場。不同階級尚且有互相依賴的基礎，身份政治推到

極端是不包容，甚至可到種族清洗的地步。吉登斯也說：「公民社會中的社羣過於強大，民主和經濟發展則會受到威脅」。

6. 忽視社羣和身份的謬誤：與個人分不開的身份如性別、年齡、職業、宗教、鄉族、社區、居所往往是社會政治改革的起點，而家庭、社團、教會、種族、國家是文化、道德、榮譽、承擔、信念和愛等社會資本的所在。吉登斯並指出：「如果公民秩序過於脆弱，有效的政府和經濟增長也會處於風險之中」。

吉登斯認為奧佛的文章說出了「一個嚴密的政治理論必須避免的六種謬誤，而其中每一種我們很多已經或應當從過去幾十年的經歷中學到」。

（2004 年）

個人、制度、文化

　　意大利在地方政府分治下，各地的發展出現很大的差異，大抵北部地區走上溫和穩定的民主道路，南部則民主制度不彰，結果是前者的經濟發展也比較成功。如何解釋？在社會學的研究中，這是一個著名的案例。用文化做切入點的哈佛社會學家羅伯特・普特南 (Robert Putnam)，花了二十年研究後，把績效歸結於「社會資本」，內涵為信任、互惠規範、參與性的公民網絡。

　　其中關鍵在於信用：人們之所以選擇合作而不是對抗，原因首先在於彼此之間的相互信任，穩定的信任關係使自發的合作成為可能，合作又增進相互信任，破壞信任關係的人或行為受到懲罰，社會資本在使用中越來越強，促生了相互信任合作的公共精神的出現。

　　這就是為甚麼意大利民主制度在公共精神強大、社會資本充足的北部運行良好，而在只重家族、對外人缺乏信任、公共精神薄弱的南部成效不大。

　　繼物質資本和人力資本後，社會資本的說法經詹姆斯・科爾曼 (James Coleman) 等學者推介下，已成為

善政善治者關注的命題。社會資本是促進人與人合作的潛規則，合作假設了誠信、可靠、盡責、守諾等私德，吉登斯 (Anthony Giddens) 說「它使日常生活的文明成為可能」，福山 (Francis Fukuyama) 說「對現代經濟的有效率運轉，社會資本是重要的，是穩定的自由民主制的必要條件」。

阿瑪蒂亞‧森 (Amartya Sen) 在《以自由看待發展》一書中說：「雖然資本主義常常被看作只是在每個人貪欲的基礎上運行的一種安排，但事實上，資本主義經濟的高效率運行依賴於強有力的價值觀和規範系統」。形成人們對相互之間許諾的誠信，是確保市場成功的一個非常重要的因素。

故此，增加誠信等社會資本被認為是「第二代」經濟改革的任務，可是社會資本跟政策以至制度不一樣，不是社會政策短期能塑造的，而是產生於一個社會的文化和教育。

個人、制度、文化是當今社會科學談論經濟、政治和社會的三種進路。

個人：新古典經濟學、理性選擇論、博弈理論、公共選擇論這些在過去幾十年流行一時的理論，為公共論述提供了不少有用的見解。這些學說用奧卡姆剃刀的方法，把多餘的問題全部去除，只從微觀動機角度出發，簡單假設個人是理性人或經濟人。

制度：為了彌補上述理論忽視制度的缺陷，在上

世紀60年代，經濟學、政治學、社會學等學科皆出現了「制度學派」，重新強調制度在決定社會政治經濟發展過程所起的作用。獲諾貝爾經濟學獎的道格拉斯‧諾斯 (Douglas North)，不僅關注正式制度對人的選擇行為的影響，而且分析包括觀念、文化、意識形態在內的非正式制度。現在不少中國學者認識到制度對一個社會的長期發展是關鍵性的。

文化：從30、40年代開始，經濟人類學家卡爾‧波蘭尼 (Karl Polanyi)、人類學家馬林諾夫斯基 (Bronislaw Malinowski)、哲學家卡爾‧曼海姆 (Karl Mannheim) 等已經反對把個人簡單理解為追求自我利益最大化者，認為個人行為的目的不僅要滿足自我的物質需求，還要獲得社會的認同，其行為是在歷史文化和制度的背景下作出的選擇，受到歷史、文化和社會價值體系等的潛移默化的影響。

二戰後的新古典經濟學、現代化理論、依附論以及世界體系理論等學說雖各有對社會的解釋能力，但皆缺少了對不同的社會文化差異的重視，忽略了社會資本、身份族羣、地域社區、宗教、民族、鄉規民約、傳統文化對社會過程的影響。

進入90年代後，文化的因素再次受部份社會科學界關注，不少學者以文化角度來解釋東亞、拉美、非洲的不一樣的發展，或前共產國家有差異的轉型。像世界銀行這樣的國際組織也承認一種看法，認為東亞

之所以在短時間內取得了如此驚人的經濟成就，有制度和文化的原因。

更具體的，如果說改革開放後廣東的崛起是因為政策，那為甚麼行政級別較低的昆山、溫州也有突出表現？裏面肯定是有社會資本、地區文化和制度創新的因素。

不過，歷史經驗讓我們看到，文化是雙面刃，是可以對民主憲政和開放的公共領域造成傷害的，正如過份強調社羣是會侵犯個人自由的。福山指出：社會資本比物質資本和人力資本更容易產生負面外部效果。社羣文化可鞏固缺乏開放性的體制，吉登斯所說的「信任極易演變為任人唯親，甚至腐敗」。個人或制度往往會利用權力來增加自己的社會資本，正如普特南所說，承認社會資本維持共同體生活的重要性時，不能排除我們對這些問題的憂慮：共同體是如何界定的，誰在共同體內部，因而從社會資本中獲益，誰在外面，沒有獲益。

這就是之所以我們既要尊重、同時又要不厭其煩的警惕各種「特殊主義」的文化，包括身份族羣、地域社區、宗教、民族、鄉規民約、傳統，以及「讀經典」等在公共領域的排他化、原教旨化、自我膨脹以至唯我獨尊化。

（2004 年）

獨自打保齡

　　每隔一段時間，總會有文章或書發起新一輪的學界和媒體討論。1995年美國，社會學家羅伯特・普特南 (Robert Putnam) 在《民主學刊》寫了一篇叫《獨自打保齡：美國社會資本的衰落》的文章，敏銳的點出美國公民活動和社團參與人數整體萎縮，甚至連周日和友人到郊外野餐的次數也少了，而打保齡的人次雖在增加，參加球隊的人數卻劇減，人們寧願獨自打球，意味着羣體生活乾涸、社會資本減少，推論下去可威脅到美國民主制度的運作。文章不只受到主流媒體如紐約時報的注意，引起各種批評，並吸納到大量基金會經費，使普特南羨煞同行可以聘用眾多研究員，連續幾年做調查研究和翻查歷史資料，扎實的把一個有點大膽假設的命題加以求證，五年後出版《獨自打保齡：美國社會資本的衰落與復興》一書，即成美國社會學當代經典。

　　普特南認為美國公民社會的黃金年代是從上世紀30年代大衰退開始，經過二戰，至50年代，當時包括女性在內的公民一起燒烤野餐，參加保齡球隊比賽，成為志願組織會員，熱衷慈善活動，盡責的

勞動，盡責的投票，共渡經濟難關，支持社會保障新政，打勝一場世界大戰，直是托克維爾式公民民主理想的實現。

不過普特南並沒有說從前就是好，而是有起有落，上世紀初的美國曾是一個強取豪奪的社會，幸而終為社會資本豐收的進步年代所超克。但到了50年代後，潮流又逆轉了。

原因何在？從數據看，電視機的普及是一個重要因素，另外包括孤立郊區(亞市區)住宅區的擴散，夫妻都上班的小家庭，高工時，高流動，離婚，種族隔離等等，但加起來後，普特南還是審慎的認為自己的實證和數據沒法充份解釋社會資本的滑坡。他也沒來得及把互聯網和全球化等新元素計算在內。

然而社會資本減少的後遺症卻有憑有據，影響到人際信任、學校質量、社區安全、犯罪率、稅收、經濟發展、政治參與，甚至個人的健康與快樂。

普特南逐一反駁數據上的批評者。工會會員人數佔總勞動人口比例從高峯34%掉到現在14%是因為後工業新經濟？普特南說新經濟只能解釋下降轉變的其中四份之一數字。全美的非營利組織數目是在增加？很多只有捐款會員，扣除後總會員人數遠不如前。在1960年，美國人每花兩元在娛樂，就會捐一元做慈善，到了富裕的1997年，則是兩元娛樂、不到五毛慈善。

普特南並沒有忘記社會資本可以是負面的，社羣

可以變得對內壓抑異己對外排他。美國是同時建立在社羣和個人主義的基礎上的，60年代後社會更寬容，有論者認為傳統白人社會資本或許衰退，少數民族和女性的社會資本卻增加了，而年輕一代不過是寧取非形式化的交往，不願加入正式團體而已。

普特南正確的強調自由和社羣之間不見得是此消彼長的，不過，社會資本的理念，的確既可以為進步人士提供方向，也容易成為保守分子的口實。

美國的新保守主義煽動家常強調說要向宗教、家庭和傳統價值回歸，否則就會道德淪亡。不過，作長期經驗研究的心理學卻另有看法。自70年代開始，發展心理學家如柏克萊加州大學的艾略特‧杜爾里爾(Elliot Turiel)，發覺兒童和青少年比一般想像中更明白事理，懂得分辨甚麼只是社會文化常規(如：穿適當的服裝)、甚麼才是道德問題(如：不應無緣無故打人)，前者沒有內在對錯，而後者是由對己對人的效果和公平觀念構成的，小至四歲的兒童到成人都能夠很清楚的把社會文化常規和道德分成兩個範圍，而他們的行為是權衡兩者的結果。

杜爾里爾的「範圍理論」被認為揭破了保守派的謬誤，後者把社會文化常規等同道德考慮。在2002年出版的《道德的文化：社會發展、語境與衝突》一書內，杜爾里爾除了列舉長期的美國實證外，並分析了歷史和世界各地的資料，指出每一代都有人認為自己的道

德比下一代優越，誤把對不公社會常規的挑戰看成對社羣的不忠和不道德，也總有少數人為道德義憤起而抗爭，不管如何封閉的社會，還是會有獨立思考的人，願意挑戰看似無處不在的社會文化常規，如美國早期民權分子和現在阿拉伯地區的女權份子，正是因為人分得出常規與道德是兩個範圍。

在中國，某些社會資本看上去頗多（如：群眾組織），某些較稀有（如：講信用）。為了公民社會的健康成長，我們故然要鼓勵公民自發聯繫包括成立保齡球隊，卻要抗拒壓逼性的組織和西西里化的惡勢力，而更有必要的是留出空間給想獨自打保齡的人。

（2004年）

廉政與善政

　　廉政問題竟要到了上世紀90年代中，才受到主要國際組織如世界銀行的重視，實在是說不過去，二戰後多少發展中國家，長期因為廉政不彰，人民吃盡苦頭，發展大打折扣甚至倒退。

　　第一個專注廉政的跨國非政府組織《透明國際》1993年才成立。該組織由來自五個國家的十名民間人士發起，總部設在德國柏林。這個小組織出現的時機很好，各地的民間倡廉人士大概等了這樣一個共同平台很久，紛紛凝聚起來，成立分會或相關組織，在中國的是清華大學公共管理學院廉政研究室（聯絡：lianzheng@tsinghua.edu.cn）。

　　冷戰期間，廉政是「禁忌話題」，兩大陣營為建立自己勢力，拉攏哪怕是最腐敗的政權，進而解說貪污是發展中國家改不了的現象，以至本來是為了幫助發展中國家而成立的國際金融和發展機構也忽視廉政。在透明國際把廉政議題推上國際政經舞台的頭兩年，最大的干擾和抵制竟是來自世界發展銀行。

　　然而廉政與另一相關議題「善政」，到了90年代中，已成世人新共識。世界銀行於1995年在新領導人

的觀念改變後，才認定了貪污腐敗是嚴重的政經問題，對世銀的項目有直接的負面影響，也可算是後知後覺。

從1992年至1997年間，世界銀行、經濟合作與發展組織、國際貨幣基金組織、聯合國開發署、聯合國教科文組織等機構，先後發表了共識報告，推行「善政」(good governance，亦作「善治」)。若沒有包括廉政在內的善政，社會的良性發展也談不上。

聯合國亞洲及太平洋經濟社會委員會列舉了善政的八項特徵。1. 參與 (participatory)，2. 共識導向 (consensus-oriented)，3. 問責 (accountable)，4. 透明 (transparent)，5. 響應 (responsive)，6. 有效和有效率 (effective and efficient)，7. 公平和包容 (equitable and inclusive)，8. 法治(rule of law)。

中國學者俞可平也提出十要素：

(1) 合法性。善治要求有關的管理機構和管理者最大限度地協調公民之間以及公民與政府之間的利益矛盾，以便使公共管理活動取得公民最大限度的同意和認可。

(2) 法治。法治與人治相對立，它既規範公民的行為，但更制約政府的行為。

(3) 透明性。每一個公民都有權獲得與自己的利益相關的政府政策的信息，包括立法活動、政策制定、法律條款、政策實施、行政預算、公共開支以及其他

有關的政治信息。

（4）責任性。沒有履行或不適當地履行職能和義務，就是失職。

（5）回應性。公共管理人員和管理機構必須對公民的要求作出及時的和負責的反應，不得無故拖延或沒有下文。在必要時還應當定期地、主動地向公民徵詢意見、解釋政策和回答問題。

（6）有效性。一是管理機構設置合理，管理程序科學，管理活動靈活；二是最大限度地降低管理成本。

（7）參與。這裏的參與首先是指公民的參與。善治實際上是國家的權力向社會的回歸，善治的過程就是一個還政於民的過程。

（8）穩定。沒有一個穩定的社會政治環境，很難有經濟的高速發展和民主政治的有效推進。

（9）廉潔。主要是指政府官員奉公守法，清明廉潔，不以權謀私，公職人員不以自己的職權尋租。嚴重的腐敗不僅會增加交易成本，增大公共支出，打擊投資者的信心；而且會破壞法治，腐蝕社會風氣，損害社會的公正，削弱公共權威的合法性。

（10）公正。公正指不同性別、階層、種族、文化程度、宗教和政治信仰的公民在政治權利和經濟權利上的平等。

廉政是善政的基石。我是在前英國殖民地香港地區長大的，深深體會到廉政取得成就之前與之後，猶

如兩個世界。從港產片我們可以看到1960年代香港貪污成風。1974年，廉政公署成立，不屬於任何政府部門而直接匯報給港督，早期日子不好過，部份警務人員曾發動圍闖廉署的不名譽事件，而商界亦曾激烈反對廉署不容許商業賄賂和非法回扣，撐過一輪抗爭後，邪不勝正，廉政扎根，才有了我們熟悉的70年代後的香港盛世。

為什麼當時殖民地政府會乖乖的成立廉署呢？在該署的官方網站歷史欄上，我們可以看到很坦白的說法：「貪污無疑已成為香港一個嚴重的社會問題，但是，政府對此似乎束手無策。普羅大眾對貪風猖獗已達忍無可忍地步，愈來愈多市民就政府漠視此問題的態度公開表達他們的激憤。七十年代初期，社會上匯聚了一股強大的輿論壓力。公眾人士不斷向政府施壓，要求采取果斷行動，打擊貪污……學生們在維多利亞公園舉行集會，抗議和批評政府未能恰當處理貪污問題，集會獲數千名羣眾響應……。香港政府終於明白到必須有所行動」。

（2004年）

關於香港地區法治的二三事

香港地區的法治文化中，有幾項制度安排，頗有意思。

除了廉政公署外，還有三個機構是獨立於其他政府組織、直接匯報給特區行政長官的：

1. 審計處：首要目標是協助提升香港政府及其他公營機構的服務表現及問責性，就任何決策局、政府部門、專責機構、其他公眾團體、公共機構或帳目須受審核的機構在履行職務時所達到的節省程度、效率和效益、向立法會提供獨立資料、意見和保證。

2. 申訴專員公署：口號「替你申訴，還你公道」，理想是確保香港的公共行政公平和有效率，兼且問責開明，服務優良，使命是透過獨立、客觀及公正的調查，處理及解決因公營機構行政失當而引起的不滿和問題。

3. 公務員敘用委員會：宗旨是確保公務員的聘用和晉升個案得到公正無私的處理，以便揀選最佳人選擔任職位。

（以上 1 至 3 的文字是直接摘自香港特區政府官方網站。）

廉政公署對治政府、公共機構和企業貪污的收授兩方。審計署評核公帑的績效。申訴專員英文是 Ombudsman，即冤情調查特使，是制度化長設的欽差包青天。公務員敍用委員會監督高級官員委任和評職稱的內部紀律。這四個機構相對獨立，大概因為它們的一大部份任務正是優化政府組織的效率、服務、透明、自律和公正。

不過，制度雖在，在官員問責和評估方面，香港卻沒有做得很好。內地評估地方政府績效的新標準，包括了人民的滿意度，香港應考慮跟進。

香港特區政府如何理解法治呢？在官方《律政司》網頁上，開宗明義說：

「法治是香港過去賴以成功的要素，也是香港未來所系。法治始於個人，每個人都有向法院尋求保護的權利。在法院內，則由大公無私的法官執行司法工作。法治保障人們可自由處理自己的事務，無須擔憂受到政府妄加干預或受到財雄勢厚的人所左右」。

「其主要涵義是政府和所有公務人員的權力均來自表述於法例和獨立法院的判決中的法律。香港的政府系統內貫徹一個原則，就是任何人（包括行政長官）除非有法律根據，否則不可以作出構成法律過失或會影響他人人身自由的行為。如果作出行為的人不能提出其行為的法律根據，受影響的人可訴諸法院，法院可能裁定該行為無效，不具法律效力，並

下令受影響的人可獲賠償損失」。

可見以上對法治的理解很依重自主的法院機制。

法律援助旨在讓普通百姓也能打得起官司,法援普及後,平民百姓才運用得上法院這種主持法治公道的珍貴機制。內地在1996年開始建立法律援助制度,可是據2001年數字全國經費只有五千多萬元(七百多萬人口的香港特區同期的法援經費為八億元),據司法部委員肖建章說:我國大部分地區,尤其是西部地區甚至不敢向羣眾宣傳法律援助制度。

另外值得一提的重要法治機制,是在香港地區叫司法覆核的公民權(內地的討論一般叫司法審查和違憲審查)。

經濟學家盛洪2003年在《從行政改革到憲政改革》一文說:在法律結構中,有所謂「上位法」和「下位法」。下位法應該服從上位法。這應是普適的憲政原則之一。雖然下級政府要服從上級政府,但它們之間存在着博弈。調動下級政府的積極性和禁止尋租經常會發生衝突。僭越「上位法」的問題,才是應該首先解決的問題。這種現象的普遍存在,說明在我國社會中還缺少對行政部門自我擴張的制度化制衡。盛洪說:對行政部門有效的制約,要依賴外部的力量包括立法機關和傳媒,更要建立制度性的憲政制衡,包括依據最上位的憲法、《立法法》及其他上位法,以司法審查對下位的法規和政府行為作出覆核。

在香港地區,行之有年的司法覆核所針對的,是政府決策是否不合法、不合理、程序不當或不符自然公正,而不是以司法機構或個別法官的意見取代依法成立的政府機構的政策內容。近例是反對政府在維多利亞海港過度填海的民間人士,向法院要求司法覆核,用上位的海港法,成功的逼令特區政府有關部門停止部份不必要的填海項目,包括一項為了賣地供商業用途以增加政府收入的項目,和一項建海邊公園的政績工程,只保留了建高速公路的必要的填海項目。

香港是普通法主導的地區,市民要求司法覆核必需通過法院,而在其他地區如一些歐陸國家,則會成立專職的司法或違憲審查機構。可以說,有憲法就有必要設置司法審查機制,以落實依法治國,不能總是在有爭議發生的時候,集中等待國家最高立法機構的例會去釋法。

(2004 年)

不要小看一句話（淑世謎米）

1988年我和周兆祥、温石麟三人在香港發起民間環保組織《綠色力量》的時候，「全球化思考、本地化行動」是常被引用的口號。

這是法裔美國微生物兼實驗病理學家雷內‧杜博斯 (Rene Dubois) 在 1972 年的聯合國人類環境會議上提出的。全球的環境問題必須考慮地方的環境、經濟、政治和文化，並且在當地採取行動。這口號的確激活了各地不少的有心人士。

後來跨國企業也套用了這主意，讓業務、產品和管理依據不同地方的具體特殊性而作出調整，所謂全球在地化。

到1990年代中，南方國家有的社會運動人士提出另一進路，認為很多地方上的問題，不可能在地方層面解決，必須提升到影響着地方的國家、區域和全球層次。《新年代女性另類發展》組織的其中一個發起人蒂伐奇‧簡 (Devaki Jain) 就說或許是時候加一個口號：本地化思考，全球化行動。

非政府組織的全球化在1990年代以來方興未艾，1992年里約熱內盧第一次聯合國全球環境峯會是一個

250

標竿，1995 年北京的世界婦女會議是另一個。

新的綜合説法是：全球化思考加上本地化思考，全球化行動加上本地化行動——缺一不可。這説法拓展了民間人士的思考和行動領域，有助於建立國族公民社會以外的全球公民社會。

不要小看一句話、一個主意的改變世界的深遠潛力。

這種每個人一旦知道後就不易忘記、成了個人文化基本組成的主意，我想可借稱為「謎米」。

「謎米」一詞是生物學家理查德·道金斯 (Richard Dawkins) 在他 1976 年的暢銷書《自私的基因》裏首次提出的，生物進化的基本單位是基因 (gene)，相應而言，道金斯説文化進化的基本單位可以叫謎米 (meme)。

據牛津詞典，謎米是文化的基本單位，通過非遺傳、特別是模仿的方式而得到傳遞。

基因是由上一代遺傳給下一代，謎米也是人傳人，包括上一代傳下一代，但不止如此，可以是同代傳同代、甚至下代傳上代，除了人與人之間直傳外，還可以有中介，如通過一本書。正如自私的基因，自私的謎米也設法擠進我們的體內，或説是我們的腦內，影響我們的心理、行為、文化、知識，以至不惜擠掉其他的謎米。

道金斯其後在一篇叫《心的病毒》的文章裏，以病

毒喻謎米，病毒從一個身體跳到另一個身體，謎米從一個心腦跳到另一個心腦。道金斯舉了一個年輕人的潮流（突然都倒着戴棒球帽）為例來說明傳染病學比理性選擇更能解釋文化傳播、謎米傳染。

正如世上其他事，我們能做到的也只是傳播好的謎米、驅逐壞的謎米，雖然現實可能是恰得其反。這種知其不好為而為之、一步一腳印、廣義的教育和建設的精神，威廉·詹姆斯（William James）所說的「堅毅的情懷」，就是現在很少聽到有人提起的「淑世主義」(meliorism)。

與中國有緣份的杜威（John Dewey），一生是堅定的淑世主義者，如哈貝馬斯(Jürgen Habermas)所表揚：「熟知哲學史的杜威把目光投向知與行之間的接縫之處，以便給哲學一個新的角色。他大聲疾呼要從古典理論的逃避世界轉為介入世界」。杜威也被認為是公共知識分子的典範，但作為民主思想家，他一定會說淑世精神不是知識分子的專利，而是每一個公民和共同體成員應有的。他用了幾乎是信仰的語言來說淑世：

「相信智能的力量可以去想像未來：一個是以值得要的現在而作出投射的未來，並發明為它的實現所需的工具，這是我們的救贖」。

「信任人類經驗能夠引發目標與方法，從而讓進一步的經驗將在有序的豐富性中成長」。

淑世主義立足於杜威所說的「處境化的非決定性」和「有根據的可伸張性」，世故的提防烏托邦大義的人道代價和極權傾向，進取的拒絕負托邦危言的犬儒失敗主義。

　　本文至少談到三個謎米：全球本地同步思考行動，謎米，淑世主義。

（2004 年）

社區維權的興起

1976年我在香港辦了一本小雜誌叫《號外》，得悉一個學社會工作的大學同學去了一個叫《社區組織協會》的機構當幹事，就跑去找他，問為什麼不在殖民地政府社會福利署安安穩穩當官，跑到這種可能會惹麻煩的小型非營利民間組織來。我記得他說是受了索爾‧阿林斯基 (Saul Alinsky) 的感動。

（他這話也讓當時的我有點感動——我當時是那種剛從學院出來的時髦新左知識貴族，利用殖民地的言論自由，在書齋的安全範圍內撰寫批判文章，不涉足阿林斯基那種真的要跟社區居民和弱勢族群並肩的直接行動，不過，我這種人是不能不知道一點關於阿林斯基的事迹和思想皮毛的。）

1938年的芝加哥，把持市政的是腐敗的「奇里－納殊政治機器」和後卡邦黑手黨。當年，貧民區出身、戴着近視眼睛、衣着保守、剛從芝加哥大學研究院 (犯罪學) 出來的阿林斯基，去到巨大的貧民區「後場」(厄普頓‧辛克萊 (Upton Sinclair) 的著名內幕小說《森林》即以「後場」為背景，可與老舍的《龍鬚溝》並論)，發覺犯罪的成因是與貧窮等眾多社會情況有關，

254

要解決問題不能只靠客觀研究，更要有當地居民主導的行動。阿林斯基先去說服當地的工會領袖，然後聯合了當地的教會，再一個一個游說當地的族羣，把敵對的塞爾維亞人和克羅地亞人、捷克人和斯羅伐克人、波蘭人和立陶宛人拉到一個桌上，在1939年中召開第一次「後場鄰里議會」，由有聲望的天主教主教任主席。是次會議被稱為美國人民史上革命性的事件，因為是第一次這樣規模的全社區動員，把工會、教會和各族羣以社區的名義組織起來，爭取共同權益，並取得成果，及後連芝加哥所在的伊利諾州的州長也表揚阿林斯基「忠實反映了我們對弟兄、容忍、慈善和個人尊嚴的理想」。翌年，自由派富豪費爾德三世（Marshall Field III）捐款成立了《工業地區基金會》，供阿林斯基在全國推動社區居民組織。

自此阿林斯基的名字幾乎就跟社區組織和為弱勢族羣爭權益的行動分不開，他自稱激進派，而激進的字源意思，是根源之意。1950年代他特別着重黑人民權，包括積極的鼓動黑人登記成為選民，用選票去爭取權益。1960年代社區運動與波濤洶湧的民權、反戰、女性、扶貧和青年等社會運動互動，阿林斯基成了大學裏激進派的英雄，然而他在1969年的書《激進派的守則》裏，勸大學生要做有現實感的激進派，不要做修辭學的激進派。他被稱為非社會主義的激進派。

美國的社區居民運動固然不是由他開始，例如上

世紀初著名女權和進步教育先驅簡·亞當姆斯 (Jane Addams) 就曾組織過新移民社區，不過阿林斯基在手法、策略和規模上更上層樓，標明社區組織旗幟，並把它推到全國新一代的意識裏。1970年的《時代》周刊說他是「權力歸人民的先知」，並評價說「美國民主被阿林斯基的想法所改動的說法，並不過份」。

他相信可以通過民主程序實現社會公義的理想。

1970年代初，他說美國窮人必須和中產階級聯盟，以防右翼保守主義回朝。他1972年逝世，看不到自己的預言成真。1980年代開始，反諷的是各種右翼激進勢力如反墮胎、槍械擁有權和原教旨團體紛紛運用了社區運動的動員和抗爭手法。

有好一陣子大家不太說起阿林斯基，其實受他啟發的社區組織和草根行動近年是越演越烈，有評論家稱社區組織運動其實取得「可觀但不被宣揚的成功」。

現在重提阿林斯基，不是因為前美國總統夫人希拉里 (Hilary Clinton) 在威斯里做大學生時曾寫過阿林斯基的訪問 (後來成了保守派攻擊她的罪名之一)，而是因為我覺得至少有兩個理由：首先是近年政治哲學裏社群主義和公民共和主義的興起和政治學裏對公民社會的關注，都不難想到阿林斯基，如邁克爾·桑德爾 (Michael Sandel) 在《民主的不滿》裏以阿林斯基和至今仍活躍的工業地區基金會作為公民參與性的重要表現，威廉·格雷德 (William Greider) 在《誰來告訴

人民》裏稱阿林斯基為當代公民政治的模範。

　　另外，公民維權意識和行動現到處都在開展，包括但不只限於業主維權。

（2004 年)

消費者運動的濫觴

1974年我在波士頓學新聞，有天上完課，有個長髮嬉皮同學給我一份傳單，叫我參加拉爾夫·納德爾(Ralph Nader)的一個消費者組織的波士頓支部。

我這個有點找不到北的外地新生，除了國際學生聯誼會之外並沒有參加任何組織，不過自此我知道了納德爾的消費者運動在1970年代中的美國大學裏挺轟轟烈烈。

黎巴嫩裔的納德爾1934年在美國出生。1959年他在哈佛念法律時，替《國族》雜誌寫了一篇文章叫《你買不到的安全汽車》，他指出：「清楚的是底特律現在是為了外型、成本、表現和預計的過時而設計汽車，而不是為了安全——雖然每年有五十萬宗意外、近四萬人死亡、十一萬人永久傷殘、一百五十萬人受傷的報告」。

到1965年，他延伸文章主題，寫出了《任何速度不安全：內存危險設計的美國汽車》一書，並舉了具體例子，指通用汽車公司因為程序疏忽，令 Covair 轎跑車後懸架系統有缺陷，容易導至急劇滑行和翻車。

258　　　　書出版後銷路平平，倒是通用汽車很緊張，派私

家偵探去掘底，並設了一個美女局來誣害他，事情為《新共和國》雜誌揭露，參議院一個委員會召通用汽車的總裁問話，後者公開道歉。這樣，書也上了暢銷榜。納德爾時年三十二歲。

之後是一連串規格不斷提高的國會聆聽會，終在翌年制訂了兩條汽車和公路安全法例，聯邦政府並成立了全國公路安全管理機構，制訂了現已習以為常的聯邦汽車安全準則。

當年許多社會改良派的注意力放在反越戰和種族歧視等大問題上，納德爾則集中看美國內存的社會民生問題，接下數年內幾乎走到哪就揭發到哪：肉食包裝工業危害大眾健康的行為、煤氣管道的災難性威脅、電視機輻射泄漏、煤礦不安全工作環境等，大多都成功的促生了政府管制法令。他於1969年匯同七個法律系學生，寫了一份報告披露聯邦貿易委員會——當時的檢查消費品的政府機構——的腐敗，促使該機構的全面改組。

至此，美國成千上萬的志願者參與納德爾在各地方的組織，稱為「納德爾奇兵」，大概包括遞傳單給我的新聞系嬉皮同學 。

納德爾並不是美國第一個為消費者請命的人，但他令消費者維權成為美國的全民共識。

除了繼續在美國各領域為消費者除障外，納德爾是最早發動企業的社會責任運動的人之一。

納德爾説他視自己為催化劑，目的是促成其他人參與公民維權。他的確催生了很多公民組織，包括美國的《公共利益研究團》和《基要信息》等非官方組織。

他還注意跨國問題，如在1970年，發覺輸入美國的日本汽車的安全標準，遠高於在日本國內銷售的日本汽車，這發現公佈後，日本政府和汽車業覺得很沒面子，立即承諾以後國內外劃一標準。

《基要信息》下有《跨國監察》雜誌和《跨國企業和發展訊息交換所》。日本的反核人士就是通過該交換所取得當時日本國內限制披露的所有核能意外的資料。

消費者權益已成國際共識，非官方組織如《消費者國際》(前名國際消費者聯盟組織)在全球一半以上國家支持以百計消費者組織。

補記：納德爾是誰？他就是 2000 年美國總統選舉，挑戰兩黨制、一舉取得 2.74% 選票的綠黨候選人，因為票都是從民主黨搶過去的，把戈爾害慘，在佛羅里達小布殊僅贏戈爾 537 票拿下該關鍵的州，而納德爾在該州從民主黨手裏搶去 97488 票。親痛仇快，沒有納德爾搞局，小布殊當不了總統。

今次2004年美國總統選舉，納德爾又宣佈參選，但綠黨不再提名他，上次助選的名人如導演作家邁克爾·摩爾 (Michael Moore)、影星蘇珊·薩蘭登 (Susan Sarandon)、朋克搖滾手派蒂·史密斯 (Patti Smith) 等

都不願替他背書，上次投他票的人更後悔莫及，紛紛叫他退選，因為戰情接近，不容再分薄哪怕一丁點民主黨的票源。但納德爾慣於挑戰巨人，一意孤行。

正如現哥倫比亞大學新聞與社會學教授、1960年代大學生領袖托德·吉特林 (Todd Gitlin) 說：上次納德爾參選是悲劇，這次再選是鬧劇。我雖然一向敬佩他，也既氣憤又焦急他怎麼變了個老糊塗，到今天這個地步還不退選。

（2004年）

社會創業家

上世紀60年代中我在香港一家天主教耶穌會學校上中學，有一回學校請了一個外國老先生來演講，內容是「信用合作社」。這題材無疑對我們是非常陌生的，說的都是遙遠他鄉的事，但在半懂不懂之間，我記得我竟突然有所感動，因為裏面的主題其實我是聽懂的，用今天的語言來說，是幫助各地願意自力更生的人脫貧。

我沒有記住老先生的名字，也不知道他的信用合作社組織後來怎樣，但多年後我從書本上知道：給有能力的鄉村窮困婦女提供低息「小額信貸」，是最有效的脫貧方法。

現在已成為世界榜樣的是孟加拉的《鄉村銀行》(Grameen Bank)，同時間貸款給300萬人，其中95%是女性，不要求抵押品，信念是窮人是願意還錢的，還款率超過98%，勝過美國大通銀行。

創辦人穆罕默德‧尤諾斯 (Muhammad Yunus) 博士是海歸派經濟學者，1976年在孟加拉鄉下，問一個坐在破屋泥地上編竹椅的婦人，一天下來的竹椅可賣多少錢，答曰五元五毛，但五元是要來還高利貸每天

的利息的。尤諾斯在當地找了四十二家類似的窮戶，發覺助她們擺脫高利貸、擁有自己生產資料從而改善生活，總共所需的資金才八百五十二元（當地幣叫塔卡，折二十七美元）。那次他自己掏了那點錢。

隨後他試過去銀行貸款，再分拆借給眾人，但他知道這方法走不遠——他必須成立一家願意不要抵押為窮人做小額信貸、有別於其他銀行的銀行。孟加拉跟許多地方一樣，僵硬法規、因循官僚和特權保護都是關卡，鄉村銀行輾轉到1983年才正式拿到全國執照。

鄉村銀行要求貸款人（絕大部份是婦女），五家一組，每周聚會一次，同時清還每周利息，在同鄉壓力下，不單培養出定期還小錢的習慣，並讓婦女有機會打破封閉，能和外面世界交往而增加了社會資本。她們都承諾遵守鄉村銀行的「十六項決議」，包括把水煮透才飲用、家裏種的菜自己吃剩才賣掉以保家人健康、讓子女上學、拒付女兒嫁妝也拒收娶媳嫁妝（巨額嫁妝令許多家庭崩裂、女性從小被仇視）等。鄉村銀行整套借貸制度，包括每周聚會和十六項決議，已被國際學界公認為除了改善了許多人的生活外，還產生了移風易俗的教化效果。

當然，我們可以想像鄉村銀行創業的艱苦，並一定遇到過很多困難，例如1998年孟加拉澇災，不少借貸者的家當全毀，鄉村銀行便要彈性的修改收款程

序。今天，鄉村銀行在孟加拉有超過一千個分點，服務涵蓋全國60%的四萬多個鄉村，九成股東是原接受貸款者、一成歸政府。

鄉村銀行啟發了世界各地的同類組織，由玻利維亞至印尼，且已輸出到第一世界，因為那裏也有無數窮人。一個美國學者說：現在輪到美國的社會政策向來自孟加拉的鄉村銀行學習。

現在中國地方政府和非政府人士也在嘗試推行結合市場機制的小額信貸，代替單向的補助式扶貧。

尤諾斯可以說是個白手興家，憑創意、意志、激情和實幹成大事業的創業家，創辦的是有利他人的公益事業。現在有一個逐漸普及的說法，叫「社會創業家」，尤諾斯是世界級殿堂人物。

比爾・杜雷頓 (Bill Drayton) 曾在麥肯錫顧問公司和美國環保署工作，也是個社會創業家，他創辦了阿育＊，一個專門支持世界各地社會創業家的非營利組織。阿育從教育、環境、健康、人權、公民參與、經濟發展六大領域，每年挑選一百五十名社會創業家成為阿育會員，以經費和專業服務協助他們各自的公益事業，自1982年開始，已資助了一千四百個社會創業家會員，分佈四十八個國家。

＊阿育，Ashoka，意思是積極的無憂，指阿育王，公元前三世紀印度半島的統治者，及後唾棄暴力，主張宗教寬容，贈醫施藥掘井修路種樹建佛碑。

隨着非營利組織的數目和重要性在全球各地上升，美國多個重點大學如哈佛、斯坦福、耶魯、約翰霍普金斯都開設了有關課程，不少新一代人以社會創業家為志業。

當年那位對着我這樣沒心沒肺的城裏初中生介紹信用合作社的不知名老先生，大概是這方面的一個先驅吧。

（2004 年）

關懷與正義的辯論

這是一場著名的學術辯論，從上世紀80年代初在北美開始，涉及了發展心理學、道德教育、性別研究、倫理學、和政治哲學，因為是由女性主義學者挑起，並有許多從事「關懷」工作的人 (教育界、護理界、社會服務界、主婦) 以實際經驗介入討論，影響溢出了學界範圍而有了延伸的社會意義。

我們可以從一本已成當代經典的書談起：心理學家卡羅爾·吉利根 (Carol Gilligan) 1982 年的《差異的聲音：心理學理論與婦女發展》。(差異的聲音亦曾譯作不同的聲音、另一種聲音)。

個人道德是如何教育出來的呢？很多人有自己的看法，但大家都可以受教於研究人的成長階段的發展心理學。

發展心理學的宗師是瑞士的讓·皮亞杰 (Jean Piaget)，在美國的著名發揚者之一是哈佛的勞倫斯·科爾伯格 (Lawrence Kohlberg)，後者從長綫經驗研究，得出結論是個人的道德發展也可分成三層次 (每個層次有兩個階段)，簡單説如下：

266

1. 前常規期：稚孩是自私的，道德是賞和罰，或

長者說的對和錯。

2. 常規期：成長中的青少年以對認同的圈子的忠誠和價值觀來分對錯。

3. 後常規期：稍長的人用上抽象普遍標準如公平和正義，並可不偏不倚的考慮他人的利益，知道自己權利並尊重別人權利，是成熟的表現。

可想而知，成長分成不可逆轉的層次階段，對保守的和放任的教育觀都打了五十大板，前者用重典教條硬輸道德觀念給學子，容易引起反叛，後者的家長、教師和意見領袖不在適當階段給適當引導而造成青少年價值混亂，無所適從。

當時也在哈佛的吉利根來自這個皮亞杰－科爾伯格傳承，但她發覺科爾伯格的研究樣本以男性居多，當她訪問女性樣本後，發覺同樣的三個成長層次，裏面的偏重卻男女有「差異」。女性因為覺得自己有責任要照顧別人，更想長時期保持與母親和周邊的人的互依關係，容易生出洞悉別人情境的同理心，並感受到具體情境的道德複雜性（如：應否墮胎），故此長大後依然較少用抽象原則來做道德判斷。男性則在青少年期就想做自主個人，但受制於成人，故對權力較敏感，並以公平與否、講原則作為訴求。然而，依照科爾伯格的層次，這似乎表示女性大多只能達到第二層次，低於運用抽象普遍原則的第三層次。吉利根指出：要調整的不是女性，而是科爾伯格的男性中心理論。267

吉利根提出女性中心的道德成長的三層次，先是只顧自己，稍長後認為自私是不好的、着重關懷別人，成熟後既照顧自己又關懷別人：道德成熟從來就是具體不是抽象的，表現在越來越明白人際關係，不遺棄需要被照顧的人，同時關照好自己。

男女的道德思維有別，吉利根說所以男人願意為抽象原則參戰而死，女人願意為保護子女而死。

當然，我們要注意到科爾伯格和吉利根都是以美國人為樣本。

吉利根這一路的主張被稱為「差異女性主義」(女性主義派別林立，如一般人文學科)。

吉利根和其他學者如研究母性的沙爾拉·路迪克(Sara Ruddick)，為這場關懷與正義的爭論提供了女性主義的思想資源。

適逢其會，這時候，後現代派正在批評啟蒙普遍理性，社羣主義者亦在挑戰基於權利的政治哲學，也有論者把吉利根引為社羣主義德行論的同路人，以關懷倫理質疑正義倫理。

後來的經驗研究大抵都認為男女的道德發展是有分別但沒有吉利根所說差距這麼大，兩性不同程度都會用上關懷和正義來做道德決定，尤其是成熟的人。這反說明了吉利根的貢獻：關懷終於有了理論位置，也是道德成熟的表現，豐富了有關論述，如教育哲學家內爾·諾丁斯 (Nel Noddings) 認為要培育學子的同

理心、責任感和對別人的關照。

　　然而正如前美國哲學學會東岸分會主席弗吉尼亞‧
赫爾德(Virginia Held)說：女性在政治生活、職業、學
校、家庭各領域，都用得上更多的正義和公平。吉利
根也說，正義與關懷之說，是超出了思想與感覺、自
我中心主義與利他主義、理論與實際思維等熟悉的對
分，注意到所有人際關係，公共的或私人的，都是可
以並用平等的詞句或互依的詞句來談論，而不平等和
疏離都一樣要受到道德上的關注。

　　關懷與正義的對話，更打開了一扇門，讓一些強
調同理心的非西方觀念，如中文裏含意豐富的詞「慈
悲」，有了進入當代政治哲學話語的契機。

（2004 年）

動物的權利

澳洲哲學家彼得・辛格（Peter Singer）1973 年在《紐約書評》發表了一篇叫《動物解放》的文章，說除了種族、性傾向、性別等眾多歧視外，人間還有基於物種的歧視。這文章加上他兩年後出版的同名書，可說是燃點了在北美洲叫「動物權利」的運動。

動物權利的主張就算在很開明的圈子也容易引起支持者和反對者的情緒化反應，如之前的女權命題。

大家都會指出人是有很多區別於動物的特點，以說明人不同於動物，甚至高於動物，然而反過來的質論是，對喪失這些特點的人，和智力感情還不如動物的人，如痴呆老人、植物人和嬰兒，為什麼大家不把他們困在不能轉身的小空間、殺宰、做疾病試驗品、以至當食物來吃？說到底，只因為人是人，動物是動物。這種人類的態度叫物種主義。

對很多人來說，人類要吃肉、要用動物做救人的醫藥實驗，動物歧視是必須保留的，人有特權去用動物，動物無權說不。當然，我們要自覺這樣的思維在邏輯上與奴役非我族類的種族主義是相似的，而歧視者往往不覺得自己有什麼不對。

270

辛格其實跟許多後來的動物「權利」論者不一樣，他屬功利主義倫理學派，只要動物和人一樣是能感受到痛苦的，就已足夠叫我們儘量去減少大多數的苦，不需要扯到動物與人是否有同等的權利。

他在 2003 年《紐約書評》寫的一篇叫《動物解放三十歲》的文章提醒大家，最應關注的是現代工廠化農場的飼養方法，因其涉及動物的數量(美國一年殺一百億隻食用動物，不包括水產)，遠遠超過皮草、醫藥和化裝品試驗、享樂式狩獵、以至刁民虐殺動物所用上的動物總量。

美國工廠農場每隻雞平均空間是四十八方吋 (半張A4紙)，並常用一種手法，就是斷食斷飲長至十四天，令蛋雞因此恐慌而亂下蛋。牛隻 (包括懷孕母牛) 被關在極窄的板條箱裏，終身只能站着不能轉動。

辛格去年在《洛杉磯時報》描述加州一個工廠農場，如何把三萬隻不再下蛋的雞，活生生扔進巨型跤碎機內(磨成廢料倒掉)，有的是腳部先被磨碎，還不能立即死亡。

西方人一向對殺動物的最低要求是：宰殺與昏迷同步，即不能讓動物慢慢受折磨而死。(所以接受不了活吃魚。)

美國飼養方法是發達國家裏最糟糕的，以上很多做法在歐洲是犯法的。美國因為食物業的政治影響，有關法例遠落後於歐盟和英聯邦國家。

要強逼性的改善工廠農場的飼養條件，先得立法或改法，往往要靠民間推動，但只能一項一項的來，要很有耐心。佛羅里達州的動物權利者收集了六十八萬人的簽名請願信，才促成了一次州內全民投票修州憲法，禁止把懷孕母牛囚在過窄的板條箱裏。這對美國來說是一次創舉，現在有許多州的動物權利者都在跑法律程序。

還有另外一條路：近年美國的一次重大進展是麥當勞要求雞蛋商對供應給該公司的每年十五億隻雞蛋改變生產條件，養雞的空間要比全國標準提高百份之五十，同時不准用斷飼的方式逼使雞多下蛋。其後快餐連鎖集團漢堡王和溫蒂也宣佈跟進麥當勞訂下的行業準則。

2003年的蓋洛普調查發現有62%的美國人支持改善飼養動物的法例，不能不說是該國動物權利運動三十年的教化成果，也說明消費者的集體傾向是可以有限度的改變企業行為的。

歐洲人對動物的同理心更強，歐盟有多項超前法令，例如到2012年每隻蛋雞都要有個別的歇息栖木和孵蛋槽。

前英國殖民地香港於1921年有了活躍的防止虐畜會，而菜市場的小販如果在竹籠裏囚困太多雞隻，會受警察控以虐畜罪。我小時候的香港中文報章常語帶譏諷的說：一、人住的環境尚顧不上，卻去照顧動物

（但是難道人未完善，就可以虐畜？）；二、這是西方人玩意（說這話者不單昧於中國和佛教文化，且侮蔑了廣大善待動物的東方人）；三、最後不還是殺掉吃掉，裝什麼虛偽的人道（虛偽的人道總比不虛偽的殘忍更能減少眾生苦）。

現在造成大量動物痛苦的工廠農場是發達地區的現象，發展中地區的飼養環境對動物來說倒較好，古代社會更可說沒有太大動物保護問題。現在我們越來越富裕，雖有人轉吃素，卻遠遠抵銷不了吃肉量的劇增，遲早要靠工廠農場來提供部份（特別是低價）的肉食，所以有必要參考先進生產力地區如何反思工廠農場的規範和動物的權利。

（2004年）

1960年代的頭五年

每個人的知識結構或文化基因是不一樣的。我本來應該是個正常的香港人，不知怎的竟去看了點書，一不小心受了過多上世紀60年代某些歐美文化的影響，從70年代中至今，被罰寫了三十年的文章，還往往離不開該時期發酵的主題。

我幾乎所有的認知都誤期了，就是說是靠事後才補看書看報導，譬如說，實際上我是要到70年代中才開始逐步追溯回60年代。

多年以後，我依然覺得，60年代頭五年是挺神奇的，別的不說，光說開創潮流、某程度上改變世界的書，有哪個五年比得上？

1961年，紐約曼哈頓格林威治村休斯頓大街居民簡·積各布斯 (Jane Jacobs) 出版了《美國偉大城市的死與生》，站在街道里弄居民的立場，一個愛城市的人的角度，細說混雜的舊社區的好處，打擊了現代主義的城市想像，倡導了民本的城市美學，促生了居民維權抗爭，制止了公路穿過華盛頓廣場，改寫了後來城市重建和規劃的指導思想(當然，這改變將是漫長、曲折、痛苦和往往太晚的)。

1962 年，生物學家蕾切爾‧卡森 (Rachel Carson) 發表的《寂靜的春天》，是公認的當代環保的啟蒙里程碑。同年較早時候，無政府主義者梅利‧布克金 (Murray Bookchin) 出版了明顯超前的《我們的合成環境》，除了殺蟲藥害外，並已警惕到化肥、輻射、染色素、城鄉、人與自然的問題。

該年，兩個獨創性的心理學家，亞伯拉罕‧馬斯洛 (Abraham Maslow) 和費茲士‧波爾士 (Fritz Perls)，不約而同來到了現已成傳奇的加洲的伊薩蘭學院，「人的潛力運動」可以說正式被激活了。馬斯洛同年出版《邁向存在心理學》，繼續發揚人本心理學，而波爾士則奠定了完形治療法。

1963 年，住在「亞市區」的家庭主婦貝蒂‧弗里丹 (Betty Friedan) 寫成了《女性的密諦》，毫不含糊的掀起了女性解放運動。該書出版三年內賣掉三百萬冊，亞市區被說成「舒適的集中營」。

1964年，加拿大學者馬歇爾‧麥克盧漢 (Marshall McLuhan) 出版了《了解媒體》，打造了媒體這詞，冷媒體、地球村、媒體即信息等概念廣為流傳，其實60年代的媒體世界並沒有後來般誇張，真虧他早就有這種洞見。不可思議的還有那本影響一代嬉皮包括約翰‧連濃的《迷幻經驗》，作者之一是意識扭改宗師蒂莫西‧利里 (Timothy Leary)。

1965年，年青律師拉爾夫‧納德 (Ralph Nader) 有

如大衛挑戰巨人，發表了《任何速度不安全：內存危險設計的美國汽車》，指責通用汽車公司內部疏忽，導致當時的 Corvair 型號汽車在設計上有缺陷（急轉彎時易翻車），卻隱瞞事實繼續發售，而整個汽車工業是在抗拒引進汽車安全設備。當代意義的消費者權益運動由此人此書開始。

城市，媒體、生態、潛力發揮這些主題，各族羣平權、居民維權、消費者保護、環保這些60年代茁長的運動，雖不是我寫作的全部卻從不曾離棄，只嫌自己寫得不多做得不夠。

往前推到 1960 年，有保羅・古德曼（Paul Goodman）的《成長荒謬》，預告着其後十年的反制的青年「抗衡文化」運動。

往後到 1966 年，有美國建築師羅伯特・文圖里（Robert Venturi）的《建築的複雜性和矛盾性》，說了一句舊城鎮的大街其實沒什麼問題，呼應着積各布斯，並將顛覆純粹現代主義建築美學。

對我來說，1966年還有諾爾曼・布朗（Norman O. Brown）的《愛的身體》，讓我覺悟到現世的身體幾乎就是一切。

你說，60年代的頭幾年是不是夠意思。當然，那段日子還有更多關鍵書，相信是中文知識界比較熟悉的，例如：

1960 年，文學批評怪傑萊斯里・費德勒（Leslie

Fiedler) 出版了《美國小說的愛與死》，首次用了後現代主義一詞。

翌年出版的有米歇爾・福柯 (Michel Foucault) 的法文版《性史》(後結構)，和法蘭茲・法農 (Franz Fanon) 的法文版《大地受難者》(可說是後殖民的濫觴)。而 1 9 6 3 年有英國文化重鎮雷蒙・威廉斯 (Raymond Williams) 的《文化與社會》(文化研究)。

不要忘了同期還有上一波的全球趨同單綫發展論和終結論：1960 年羅斯托 (W.W. Rostow) 的《經濟增長的階段：非共產黨宣言》和丹尼爾・貝爾 (Daniel Bell) 的《意識形態的終結》，而那邊廂邁可・哈林頓 (Michael Harrington) 卻推出《另一個美國》(1962)，讓主流社會吃驚的是在二戰後日益富裕的美國，哈林頓竟「發現」了大家不想看到的五千萬貧民。

這些都是60年代頭五年的遺產，到今天還討論沒完，而我認為很多人和我一樣因此有了對世界不一樣的認知，而世界在有的方面是變好了。

(2004 年)

技術哲學的轉向

題目有點嚇人，但我還是在說上世紀60年代早期的一些重要但到現在我們仍然挺陌生的思想綫索，即關於技術（科技）的哲學討論。

有說如果大家（尤其我們搞人文的）不去掌控技術——正好印證了查爾斯·斯諾（C. P. Snow）在1959年說的「兩種文化」——那麼就只能給技術掌控我們。

事實上，持後一觀點的人已不少，足夠傳染技術恐懼症，散播「負托邦」(dystopia) 想像，滋養科幻小說和科幻電影，並讓反科技的現代盧德（Luddite）繼續有市場。

曾經有一度大家對技術發展抱着正面樂觀的看法，認為技術是人類進步和理性控制下的一種中性工具，所謂「直綫的工具主義」，儘管培根（Francis Bacon）在17世紀已說技術發展的影響將大於帝國。

可是經過兩次大戰和核戰威脅，到了上世紀中，人文知識界（一般人倒不見得如此）氣氛開始變了。在被稱為第一代或經典技術哲學家的著作裏，對現代技術的觀感變了負面，甚至出現悲觀主義的決定論：技術決定人文。

1962 年，海德格早期的《存在與時間》終於有了英譯本，1964 年，馬爾庫塞 (Hernert Marcuse) 的《單維度的人》和雅克·埃呂爾 (Jacque Ellul) 的《技術社會》面世，加上之前的第一代法蘭克福學派、漢娜·阿倫特 (Hannah Arendt)、劉易斯·芒福德 (Louis Mumford)等的著作，對技術的批判到了前所未有的哲學高度，技術不再是為人所用的，而是「自治系統」(埃呂爾)、「超機器」(芒德福)、「分析的劃一性」(馬爾庫塞)，「統治特徵」(海德格)，現代技術被認為是自主力量，並反過來框架了人和文化，正如另一技術思想家麥克盧漢 (Marshall McLuhan) 在 1964 年所說：「我們人類變成機器世界的性器官」。

不過，就後來的發展而言，60 年代上半期還是留下了思想資源，讓第二代的哲學家能走出第一代技術哲學所描繪的單一化負托邦。

首先是技術哲學的相關學科——科學哲學——在 1962 年有兩本名著出現：卡爾·波普爾 (Karl Popper) 的《猜想與反駁》和托馬斯·庫恩 (Thomas Kuhn) 的《科學革命的結構》。波普爾謙虛的科學可錯性觀點，背後是一種對知識可以積累的樂觀。庫恩則否定了有本質的大寫的科學，而是通過科學家共同體的論述，來看各類科學解釋典範的冒現，使科學哲學轉向經驗研究。

另外，跟海德格一樣，梅洛－龐蒂（Maurice

279

Merleau-Ponty) 的《知覺現象學》也於 1962 年有了英譯本，他與當時完全被遺忘的杜威 (John Deway) 和喬治·赫爾伯特·米德 (George Herbert Mead)，將為後來技術哲學的轉向提供社會建構主義和處境化具體嵌入的實踐哲學進路，大寫單一的技術變成多種不同的技術們，不是上一代哲學家抽象概念中的鐵板一塊無可救藥，而是有不同的歷史、路徑和文化，故此才能改變。

新一代技術哲學家的特點是，既重視上一代忽略的經驗研究，又轉化了上一代的哲學見地，見諸安德魯·芬伯格之於馬爾庫塞，蘭登·溫勒 (Langdon Winner) 之於埃呂爾，唐·伊戴 (Don Ihde) 和艾爾伯特·鮑爾格曼 (Albert Borgmann) 之於海德格，休伯特·德雷福斯 (Hubert Dreyfus) 之於海德格和梅洛－龐蒂，保羅·杜爾賓 (Paul Durbin) 之於杜威和米德，以及技術史家卡爾·米查姆 (Carl Mitcham) 總結工程界和人文界的技術看法。

1965年，麻省理工的哲學助理教授德雷福斯替美國智庫蘭德公司寫了一份叫《煉金術與人工智能》的報告，用知覺哲學角度指出當時方興未艾的人工智能研究的局限，是現象學引導技術研究的著名案例。德雷福斯後以《計算機不能做什麼》等書持續影響人工智能和計算機研究。

值得一提是1960年，太空運輸研究者曼弗雷德·

克納斯 (Manfred Clynes) 和心理病學家內森·克萊恩 (Nathan Kline) 創了一個新詞：賽包克 (cyborg)，是控制論和生物兩英文字的部份拼湊，指電機生化合體人。這樣的人還算是人嗎？或許，在現代科技世界，人早是雜組的賽包克。就是在這樣的脈絡下，在 1985 年，從事女性研究的加州大學教授唐娜·哈拉韋 (Donna Haraway) 寫出了著名的《賽包克宣言：1980 年代的科學、技術和社會主義女性主義》。

　　普羅米修斯的火、雅典娜的科學、赫菲斯托斯的技術從來是與人共進化的，新的技術哲學在矯正上一代人文思想裏的反技術「負托邦謬誤」，做了重要的示範，堪為人文界借鏡。

(2004 年)

走出負托邦

　　2000年，我在美國《連綫》雜誌四月號，讀到當時是升陽（太陽微）公司首席科學家的比爾‧喬義(Bill Joy)一篇名為〈為什麼未來不需要我們：我們最有威力的21世紀技術——機械人學，基因工程和納米技術——正威脅讓人類成為瀕危物種〉的文章，真的把我嚇到，我記得到處問別人看了沒有，包括我那學計算機的兒子（他酷的只說兩個字：看了）。當時我真有了不想幹任何建設性的事的感覺，反正人類劫數難逃。

　　再樂觀的人，也不能完全排除人最後會被自己製造的技術所毀滅的可能性，更何況還有非人為的毀滅如流星撞地球，氣象驟變、冰河時期再現的機率。

　　我也愛看災難片，看人類最後一秒鐘制止了浩劫、人類最後制止不了浩劫、或人類劫後幸存的故事。看完後，慶幸我所知的世界還在。這是重點——電影不會讓我陷入絕望情緒，反而可能更珍惜現有和當下，更積極做事，因為我清楚知道剛才看的是故事。

　　但對各種權威性的報告、研究和理論，反應就完全不一樣了，因為一般認為這種論述並不是虛構故事，而是真的。那才是我們要警惕的。

在我熟悉的社會理論裏，我往往察覺到一種論調，令我如鯁在喉，就是許多論者為了把理論弄得特別重要，把話説得太滿，變成密不透風的危言聳聽，卻要別人把它當成真實而不是故事。如果你買它的賬，你會充滿負面情緒，只能批評之後還是批評，卻不想幹任何建設性的事，因為根據那些理論，這世界除非推翻重來，否則是沒出路沒希望的。

我們可稱之為哲學和社會理論裏的「負托邦」謬誤。

負托邦 (dystopia) 是對應着烏托邦 (eutopia 美好之場或 utopia 烏有之場)，故亦曾被譯成壞托邦、敵托邦、歹托邦，但不等於反烏托邦主義。負托邦是我們都不熟悉、不想要甚至覺得恐怖的世界，這世界的特點是你一陷進去就幾乎無法逃離。大家上一個叫《探索負托邦》(http://hem.passagen.se/replikant) 的英文流行文化網站，可以看到很多有趣材料(網站是兒子告訴我的)。

負托邦小説、動漫和電影的世界裏，罪魁可以是超級壞蛋、黑幫、青少年罪犯，可以是外星生物、流星，可以是計算機、機械人、賽包克、賽伯朋克、病毒、變形生物、科技、生態、人口、核戰，也可以是大企業、資本家、政府、官僚、專家、軍隊、極權、外國人、男人、大城市、假烏托邦⋯⋯都曾變成故事題材。

在帶負托邦謬誤的某些高檔社會理論裏，近年流

行去妖魔化下列主題：現代、現代化、全球化、啟蒙、理性、西方、美國、市場、企業、資本、消費、個人、自由、權利、科技、城市、媒體、流行文化……好像每一樣都十惡不赦，快要把我們帶至前所未有的受難世界——好像我們曾經是好好的、本來是沒問題的（美化其實相對醜陋的過去）。

負托邦謬誤理論有幾個特徵。它把批評的對象看作單一的鐵板一塊，不加細分，以利妖魔化；它想像中有一個已過去的黃金時代或未實現的烏托邦；它對零碎的現況逐步改革不感興趣，也提不出可行的具體替代，只剩下「大拒絕」和永遠的負面批評；它的論述由概念到概念，不屑做宗譜和現況的經驗研究，頂多舉幾個例以帶出預設的理論立場。

社會理論應該多反省自己是不是中了負托邦謬誤的病毒。

我曾說近年的技術哲學家在轉向經驗研究後，修正了許多前人的負托邦謬誤，但不見得其他人文學科和社會研究達到同樣的清明。

最近我把喬義的文章從網上下載，重讀一遍，結果：依然很震動，但因為看過一些對該文章的討論，知道多了一點尖端科技的具體情況，這次倒沒覺得人被癱瘓，至少沒了負托邦恐懼，倒是想如2003年喬義再接受《連綫》雜誌訪問時說：「我們要盡力而為，讓好人能佔先機」。

走出負托邦的想像鐵籠、擺脫負托邦的情緒毒癮是重要的，正因為世界上還有很多事等着我們去做，莫謂善小而不為，覓建設性的謎米，倡淑世精神、讓好人贏。

（2004 年）

綠色資本主義

在香港的時候，很多大學生和文化界的朋友常來找我談兩個題目：馬克思主義和綠色思想。我自己是一個脫離了馬克思主義的人，對各種社會主義傾向的理論有很多批評，亦肯公開支持資本主義。然而我同時鼓吹的綠色思想跟資本主義可以走在一起嗎？

資本主義正如彼得貝加爾 (Peter Berger) 所說，是一種缺乏神話迷思來支撐它的社會生產體系，很多代的知識份子都好像不好意思全面的擁抱它，反觀馬克思主義卻對知識份子有鴉片般的魅力，而綠色思想在現今世界上更是很多社會改革者的靈感來源。

我打算提倡幾面不討好的一種說法，即所謂「綠色資本主義」。這不單是因為我們在台灣及香港生活的人，除選擇資本主義之外別無他路，而是我相信資本主義是全世界共同的道路，絕對比社會主義佔優勢。貝加爾的「資本主義革命」實證地支持這點，而近日熱鬧的「歷史的終結」討論，則更是資本主義的祝捷會。只是，今天大家接受的資本主義，不是一蹴可就的出現：資本主義有很多優點，是很多人去發掘、爭取出來的。譬如說，政治上的民主、法治及人權保

286

障，勞工的福利，消費者的權益，以至環保意識的覺醒，都是逐步實現的。支持資本主義，並不是排除對資本主義的改革。從西方的發展看，大致上第一個改革風潮是民主化，第二風潮是勞工運動帶來的福利化，第三風潮是消費者權益及環境保障的綠化。而近日所謂的「新資本主義」所說的企業民主及創業文化，以及後工業資訊年代的新路向，是另一自我革新風潮。要強調的是，這些內在改革風潮皆不會弄垮資本主義，反而使資本主義更鞏固、更能體現它的承諾。

綠色人士對現下及過去的社會問題，比較有一致的批判，但是對未來走什麼道路，就意見分歧。

譬如說，大家都明白過度的開墾熱帶森林會遺害無窮、「溫室效應」可能帶來地球大災難、很便利的「氯氟氮」科技產品竟使臭氧層稀薄，導致皮膚患癌人數增加。這些人類科技、生產及消費的不當，是比較容易明白及得到共識的。這也是為什麼英國最維護商業利益的首相戴卓爾夫人也要自稱是綠色份子，美國布殊總統終於制定被列根拖了多年的清潔空氣法案，而香港政府亦於今年(1989)推出頗具前瞻的污染白皮書(政策計劃的藍圖)。

深層一點來說，綠色人士大致亦同意，人類大敵是一種意識形態，叫「工業主義」。它是一種生產力至上、一切犧牲為了經濟發展的「灰色」思想，用效率、成本與利益分析來決定人力投資及社會資源的分配。

287

其間，難以計算的如環境保育，便容易被犧牲。

　　綠色人士的批評可分兩個方面。第一，成本與利益應怎樣計算？一間工廠只算了自己「內在」成本，沒有算出污染的「社會成本」，社會人士用公帑去清理污染，等於大家在倒貼那間生產污染的工廠。換句話說，一般的成本利益分析，總是把成本算低（沒有把「界外」的成本算進去），而把利益誇大了。調整之後，我們可能發現原來許多環境保護、消費者保護及勞工保護的措施是很合經濟原則的，至少社會肯定省了許多醫藥費。

　　第二種批評從資源的極限出發。「工業主義」與很多關聯的概念，如「工業化」、「現代化」、「起飛」等，往往都假設了一點：資源是無限的，「發展」、「進步」、「增長」可以無休止下去。

　　現在我們知道，我們不是生活在一個無邊無盡的超充裕世界，而是在一個框框裏，這框框就是地球。我們對資源以至大地，不能無節制的剝奪而不回饋及保養。綠色，並不是要取消工業，而是要打擊唯增產至上的工業主義。

　　這裏綠色的批評亦往往波及資本主義與社會主義。兩個主義皆在歷史上縱容了工業主義。

　　它們的經典思想家——資本主義的亞當史密斯（Adam Smith）以至海耶克（F. A. von Hayek），社會主義的馬克思以至斯大林，就如工業主義的聖西蒙（Claude

Saint Simon) 以至羅斯托 (W. W. Rustow)，皆沒有「世界本有限」的概念：他們都假設了一個生產力可以不斷提高的無限世界。

資本主義與社會主義雖然在資源分配方式及社會組織方法上有很大的分別，但兩者皆承諾有朝一日，人人皆富足、資源無憂、各取所需。

斯大林對工業主義的迷信，不下於福特。

西方只有一些未成氣候的無政府主義者及田園主義者，曾對工業主義作出無情的抨擊。

故此，當綠色思想在近年逐漸成形之際，大家在批評工業主義的同時，亦對承載工業主義的現有資本主義及社會主義抱有懷疑，甚至認為它們是受同一種灰色思維所衍生。

部份綠色思想家遂試圖找出一條新的社會組織之路，以異於資本主義與社會主義，而綠色運動的分道，亦由此開始。綠色人士未來的展望，很明顯可分為三大傾向：

綠色小邦主義；

綠色社會主義；

綠色資本主義；

現在，環境保護已逐漸為人接受之際，綠色人士亦明白到環境保護只是對工業主義後果的補補縫縫工作，不能固本清源。由環保到綠色烏托邦，由淺綠到深綠，綠色運動注定要經歷思想與時間的考驗：在聯

合陣綫與分裂之間共同進化。

正因如此，我們亦不能太含糊。在摸索期，我會向不同意見的同路人指出，綠色小邦主義的不可取，綠色社會主義的危險，以及走向綠色資本主義的一些路向。

綠色的護教份子大多憧憬着一種基本上經濟自給自足的小邦(autarky)，消費者就是生產者，過着簡樸、合作而有合羣感的生活。

這裏也有兩種傾向。巴浩 (Rudolf Bahro) 乃著名的東德馬克思主義者，移居西德後成為綠色護教派的理論家，他主張的是「基本公社」，自給自足毋需市場，似老子觀念中的小國。

哥斯 (Andre Gorz) 亦主張地區自足，但卻認為基本公社令人沒有「選擇」。哥斯向來反對非人化的「工作道德」，強調讓每個人有更多體驗與選擇，他希望以高通訊科技來提供每一個小邦居民有接觸外界的機會。

法蘭高 (Boris Frankel) 在他的《後工業烏托邦份子》一書，對小邦主義作出了很中肯的批評。他同意各地區應加強自給自足程度，但不同意取消中央政府及計劃經濟。如果全球分為各自為政的小邦，那溝通網如何建立 (他認為任何網絡意味着更高層次的中央化組織)。沒有了國家機器，財富不均怎分配？教育水準怎去平衡？

法蘭高是社會主義者，他立即看出綠色人士共同面對的難題：

　　一、更多全球合作還是更大的自給自足？

　　二、中央化還是非中央化？

　　三、國家計劃還是市場機能，甚至以物易物？

　　四、和平主義還是自我防禦？

　　五、地區及全國性法律及政治結構，還是無政府、直接小規模民主？

　　六、全球同一生產標準，還是繼續分歧？

　　七、完成人文理性傳統，還是認同精神主義、非理性主義及自然主義的文化價值觀？

　　綠色社會主義與護教人士，取向不同。

　　大致上，社會主義者明白綠色運動是西方逐漸壯大的羣眾運動，兩者必須互相結合，才有可能取代資本主義。社會主義的綠色份子認為資本主義與工業主義必然結合，商品經濟就是浪費的經濟，資本主義事事以「工具理性」如效率、效益為考慮，卻是最不理性（浪費）的經濟模式。

　　社會主義者恒久解決不了的問題是，大規模理性計劃怎樣實現？

　　以減少商品浪費為目的的集權計劃，往往犯錯而形成更大的浪費。

　　人的理性可能有極限，不可能對每一個人每一件事作出全面的計劃。

現代人根深蒂固的慾望之一是有權去選擇。誰有權代他們選擇呢？有什麼比市場更能處理這挑戰？

中央計劃如何才能避免產生官僚體系？

社會主義的問題大家耳熟能詳，然而綠色社會主義也未能根本地解決社會主義的弊端。

我們知道海洋的鯨魚被人濫殺，皆因海洋並非私產，大家沒有興趣保護它；反之海洋若為私有，捕鯨的商人就會替鯨魚留種，不至於趕盡殺絕。

部份綠色人士明確指出，私有化是以民為主、分權的最佳保證。

社會主義可能引進市場來局部代替計劃，甚至自稱可以民主化，但與資本主義最大的分歧，則是大部份財產、生產工具是否私有。

資本主義絕非完美，但與社會主義比較，兩害相衡取其輕，選擇很明顯。由於資本主義是我們現在唯一的現實選擇，更應努力改善它。資本主義必須經過綠色洗禮。

資本主義並不內在地排除「計劃」。市場雖是最有效的分配機能，但卻是出名的短視，它不擅遠瞻未來，而適當的計劃是需要的。東亞各國政府對經濟的指引證實有好效果，而環境保護亦不能單靠市場，必須要有計劃，政府適量介入更無可避免。

西方經濟學裏的福利學派，用「市場失靈」、「界外」、「社會成本」等概念，來支撐有限度的政府介

入。近年時髦的卻是與福利經濟學抗衡的產權理論，用財產權來處理社會事務，例如甲工廠污染了乙漁場，只要乙同意甲的賠款，甲可繼續污染。公平的賠款可由法庭來裁定。這套理論若獲接納，將使環境保護及消費者保護運動大倒退。因為污染來源往往難以確定，受害者很難在法庭證實自己的損害（例如受噪音騷擾），訂不出損失額。管制污染，必須針對污染者，而非將責任交給受害者。由污染者付出清理污染的代價，這才是最公平的做法。

綠色，是為了建立一個可延續下去的人類世界，西德綠黨所謂：「不做沒有未來的投資」，亦即「合乎道德的投資」。

我們選擇資本主義，因為它在提高人類生活水平、提供多元選擇、有利民主法治及人權政制、縮短貧富懸殊（不錯，沒有「兩極化」）及保障個人自由各方面，皆有較好的成就。社會主義在以上各點證實皆失敗，而小邦制亦難同時提供以上各種現代人的基本要求。但資本主義必須有綠色覺醒，否則我們一切的成果皆化為烏有。

綠色資本主義，乃重視生態及民權的資本主義。以下是四個改革面：

一、消費者：消費者帶動的改革，在資本主義社會較易有實效。例如西醫的骨科，長期未能提供患骨疾者治療良效，於是整骨師（chiroprator）的行業在消費

293

者 (病人) 支持下，站了起來，西醫 (一個壟斷集團) 雖然不滿，亦不能改變消費者意願。

在香港，我們很難買到糙米這類很平凡的健康食物，但在美國西岸大城市，因為要求健康食品的消費者人數眾多，出現了有機及健康食品的超級市場，貨品琳瑯滿目。

另外，消費者不滿花太多錢去支付貨品的包裝及宣傳，於是出現了「大量購物」的超級貨倉商店。店家省下房租、服務費、宣傳費及包裝費，消費者感到物超所值，生態上亦減少浪費。

在台灣以至美國，綠色主義者的消費品合作社的經營都不算成功，入貨量不及超級市場集團，故價格貴，而且貨品種類不及大店，但在西南歐，如 Mondragon，合作社規模很大，證明在資本主義社會裏，合作社並非不可為。

消費並不等於浪費的風氣，不能靠政府用行政手段去實現，只能通過教育由消費者自發去貫徹。

二、公民：由女權份子爭取分娩假期及工廠設托兒所，至反對影響地區生態的工廠建設，公民權益運動可以成為資本主義社會裏，分散而自動自覺的改革中堅。

三、企業：是談企業責任的時候了。民主資本主義政府，受人民監察，但企業卻由總幹事及一撮董事及高層管理人做決定，雖富可敵國，卻毋須向公眾交

代。甚至，許多上市公司連股東也難過問。所以美國「公司侵略家」比肯士 (Boone Pickens) 在「惡意收購」一些公司的時候，總以替小股東出氣為理由責難管理階層未為股東利益着想。不過最近美國州法庭准許「時代」收購「華納」，卻指出股東的利益並不是公司唯一要照顧的。《財富》雜誌的一篇文章，亦強調企業的多方面責任。似乎，消沉了一段時間的「企業責任」問題，又被重新提出來。企業要對股東、公眾及員工三方面負責，故在章程上不應剝奪小股東過問公司事務的權利，應邀請外間有代表性的人士如消費者代表進入董事會，對員工保障及提供認股機會。公司的負責人好比公眾人物，應受新聞界及公眾監察。

　　資本主義以企業為單位，我們必須尊重企業，包括跨國企業，但企業亦要明白在社會上舉足輕重的地位，接受新時代對企業的要求，做有責任心的企業。

　　(美國學者林德布魯姆 (Charles Lindblom) 曾總結地指出企業與民主制度的衝突，值得每一個支持資本主義的改革者注意。)

　　四、政府：怎樣有效地計劃而同時鼓勵創業精神？

　　怎樣有效地計劃而不官僚？

　　怎樣解除管制同時增加法例及加強監察？

　　怎樣反托辣斯而不傷害效率(以美國 ATT 為鑑)？

　　資本主義歷史證明，政府自動的均富政策收效不大，反而資本主義本身會將貧富距離拉近，這點東亞

各國已證實。

　　同時，東亞政府經濟政策，很有效地帶動東亞各國起飛。

　　然而，一個更有眼光的政府，知道再不能單以經濟角度考慮未來，一個注意生態及民權的綠色資本主義，才能應付未來的挑戰？

1989 年

綠色資本主義
—— 15 年後的補記

　　1989 年，我寫了一篇名為《綠色資本主義》的文章，發表在一份剛創刊的台灣時尚文化雜誌上，用很直接的語言，指出世界今後的大規模經濟體制，除資本主義外別無選擇，而社會主義和綠色小邦自足主義都是不可行的。

　　然而，我強調一點：資本主義並沒有不能變的本質，故是可以改進的。歷史上與資本主義共存的民主憲政、社會福利、民權保障等，都不是一蹴即就或天然渾成的，而是各個地方各自經過許多人許多代的努力才爭取到的——一些「壞」的資本主義地區至今尚未能落實民主憲政、社會福利、民權保障。

　　此外，資本主義的國族政府可以成事或敗事，但不能缺席，即是說，資本主義不一定採用放任主義，正如重視經濟不表示無條件擁抱現在有時候叫新保守主義、有時候叫新自由主義的意識形態。

　　換句話說，我用一種宗譜的、歷史的、非單線的進路看待多形態的資本主義，用以鼓勵改良資本主義的積極行動。

　　我並強調資本主義必須接受綠色問題意識的洗

禮，轉軌為綠色資本主義。

綠色資本主義對現存各種資本主義既是規範性的號召也是內在的批評，不管喜歡與否，這條人類還不太會走的路卻是唯一走得下去的路。

我至今仍願意為這樣的綠色資本主義大立場辯護，並挑戰任何反對的人拿出更可行、可持續的替代方案。

我撰文的時候還沒有完全看到以1989年作為分水嶺的東歐巨變和冷戰結束。在思想界，福山 (Francis Fukuyama) 的歷史終結文章只發表在該年的學刊而尚未成書，而與綠色資本主義較為同路的主張，如吉登斯 (Anthony Giddens) 的第三條道路、阿馬蒂亞·森 (Amartya Sen) 的社會能力發展觀、斯蒂格利茨 (Joseph Stiglitz) 的後華盛頓共識的全球化、哈貝馬斯的後民族世界內政等，尚未廣為人知，更遑論近期的眾多論述如萊斯特·布朗 (Lester Brown) 的 B 計劃或霍肯 (P. Hawken)、羅文斯 (A. Lovins) 和羅文斯 (P. lovins) 的自然資本主義 (後者已被譯成綠色資本主義)。

我的文章也不可能提到宗教原教旨主義的崛起、國族解體後的族羣衝突、國際恐怖主義、美國新保守主義、徘徊不散的墨索里尼幽靈、引進市場經濟的後極權專制。

上述這些「後1989狀況」的威力雖大，卻並沒有否定了綠色資本主義作為一種規範性主張的價值，只

説明了它實行上的難度甚至理論上的限度，正如我們不能因為後國族的新歐洲逐漸成形而樂觀的以為綠色資本主義是大勢所趨。

在我1989年的文章裏，明顯關注得不夠的地方有二：

1. 各種流通網絡、科技和資本帶動的全球化、區域化和跨國化（資本、分工、疾病、犯罪、污染、移民、信息交流等等），在上世紀末加強了力度。綠色資本主義尤其不應忽略了全球層面的治理，包括強化聯合國和改革國際貨幣基金組織和世貿組織，同時，落實全球、區域和在地層面的對治不負責任的企業、污染、犯罪、疾病、侵犯人權和反國際人道法的暴行，民族國家層面的提供社會保障、財產契約保證、宏觀經濟調節、資本市場監督、優質立法和善治。

2. 自然資本和科技的挑戰，以非再生能源為例，既是沸點環境問題（如炭性能源排放導至氣候轉暖），也是火爆政治問題（如爭奪石油或拒減炭性能源排量），若不能及時扭轉，在最壞情況下，可以讓我們現有的文明覆沒。我的1989年文章，既然想提綱挈領談綠色資本主義，就算篇幅不長，也不該輕易放過這個關鍵性的綠色命題。

（2004 年）

顧左右言他

——歧路中國的綠樹兩歌

1

歷史學家卡爾‧博蘭尼 (Karl Polanyi) 在1944年的名著《大轉變》中，指出1815年至1914年間歐洲出現的「百年和平」，是基於在大國權力平衡的局面下，英國是單一霸主卻有一個自由主義政府 (博蘭尼稱十九世紀為「英國世紀」)，而英國的戰略目的是致力做大一個國際順從、自我制約的市場，堅持自由貿易，以實現空前的物質富裕。但到了二十世紀第一次世界大戰後，這個當年的全球化局面出現了強力的挑戰者——這裏，博蘭尼主要是指法西斯政權對英國的全球秩序的抵抗。

二戰後有很長時間，共產國家和眾多發展中民族國家的經濟反依賴政策如進口替代與保護主義，繼續抵制全球化市場經濟和站對立面的美英法等工業強國在戰後重建的新秩序。

一直要到了二十世紀最後10年，類似1914年以前的局面——更名副其實的全球化——才再出現，只是單一霸主早已變成美國，目的同樣是做大一個國際順從、自我制約的市場。至於挑戰者——就包括中國在

內的主權大國而言——現在沒有絕對的強勢挑戰者。

對十九世紀而言，博蘭尼還特別強調一點，就是「社會」對經濟制度的對沖反應，如以英國為例，早前被圈地的農民一而再的抗爭，而該國的議會政府，為了各種主動或被動的理由，有時候以政府行為對本應是自我制約的市場經濟作出干預，博蘭尼稱之為「社會被發現了」或「社會的自我保護」，同時令人不安的指出這種「社會」推動「政治」去干預「經濟」的行為，使「市場烏托邦」難以持續。

為了提供談論當代中國現實的參照資源，這裏或許是引進韋伯——另一個令人不安的思想家——的時候。在「百年和平」的尾聲，一次大戰前的連續五、六年，後俾斯麥時期的德意志帝國，韋伯在寫他的巨著《經濟與社會》。對他來說，統治的原型只有三種：靠傳統的習性統治、靠魅力領袖的信仰統治、靠官僚法律的理性統治，三種原型在現實中永遠是有主有輔的混在一起，而韋伯並沒有規範性的說這三種原型哪一種好或不好。

只要成功的受到被統治者的認可，不論三種統治如何混合，皆有合法性（或作正當性），反之如果失去了被統治者的認受，不管是哪種統治，都會失去合法性。他不像許多思想家（如馬克思）去想像政治的終結和最後的永久和諧，他認為「人對人統治」是人類社會的永恆，期待它的消失是空想。不過，認受與合法性

是變動的，統治者必須持續在一個永久政治「鬥爭」的情況下成功的爭取到被認受的合法性。

韋伯的統治形態分類完全不同於一般熟悉的政治體制分類如亞里斯多德的六種城邦制，對韋伯來說，民主不算是一種統治原型，他把普選領袖的當代民主制歸類為魅力領袖統治而不是想當然的法律理性統治，並認為大眾政黨組織越來越官僚化。

作為堅定的現實主義者（因此閱之易令人不安），韋伯是個主張強勢政府的自由主義者，而且很明顯不是英法式民主的全心全意倡導者，他貶低英國普通法，不信服自然法，說人民意志是虛構小說，稱普選的領袖是煽動家，指古希臘是民主帝國主義，並說沙俄若民主化會導至與德國發生戰爭的危機。對他來說，自由憲法以及製造合法性的民主選舉，只是功能性的技術設計，並且毫無興奮感的承認說在現代世界將沒有其他制度可以替代議會制度。為了制衝官僚統治，他參與設計魏瑪憲法，既有普選議會，也有全民直選總統，沒想到挾民意的總統加上憲法第48條的總統緊急狀況特權，後來竟為希特勒上台鋪了路。這是韋伯政治實踐的大失算——凱撒式魅力領袖憑民主選舉和憲法結束民主的致命案例。

另一點值得注意的是經濟思想上，韋伯支持利潤導向的資本主義和市場經濟，但反對尋租資本主義和古典放任主義。他反駁來自左右的資本主義批評者，

自稱是「相當純正的布爾喬亞」，並認為「不管你愛它或恨它」，沒有比市場導向的資本主義更好的經濟政策。他分開政治和經濟為不同範疇，認為資本主義可以跟威權政府並存。這裏有必要補上政治學家查爾斯・林德布洛姆 (Charles Lindblom) 1977年名著《政治與市場》裏有後見之明的名句：「並不是所有市場導向的制度都是民主的，但每一個民主制度必都是市場導向的」。

重提韋伯和博蘭尼，因為他們都不是理論理想主義者，而是實證現實主義者，不輕易提供簡單的解答和無痛的出路，難以被收編到任何意識型態陣營，切斷了很多非此即彼的左右成見，複雜化了我們對現代性的理解。可能只有複雜「雞尾酒式」的現代觀和全球觀，才較能說明今天中國的現實。

2

在以上述二人觀點作為參照來描述當代中國主要特性之前，我想先用較多的篇幅，對一些我觀察到的大陸思想界的近期爭論，提出我的看法：

幾乎不證自明的是，要處理全球化時代的現代性問題，不能固步自封，必須參照全球不同的思想資源，包括一切對現代性提出不同理解以至批判的思想，部份是來自「非西方」的資源，但暫時更大部份是來自「西方」的──對現代性和全球化的理解，我們不

可能不重視西方思想家羣體的反思，因為那裏也有很深刻的見解。更完全不言而喻的是，要理解現代性和全球化，中國固有思想說不定會有點幫助，但絕對不可能是足夠的。

可以進一步說，就算是要理解中國現況，甚至只是勾劃中國自己的當代問題意識，這時候中國的固有思想、鄉規民約、前現代中國觀念等或許可以做點參考，說不定將來經過思想家的努力研發可以從而生產出更有用的概念，但暫時是遠遠不足的，將來也不能只靠中國思想資源。此刻要理解中國、解決中國問題，必須反思全球化現代性，也就是說要參照全球包括中國的有用經驗和思想資源。

我尊重善意的學者如溝口雄三用「前現代」中國觀念來解釋當代中國的問學方法，只是歷史特別是思想史研究有它的局限，用前現代中國作為方法，不單達不到構成世界圖像的目的，連妥善解釋當代任何的問題都談不上，更不用說解決問題了，不論是中國的還是世界的。

光是讀儒家經典肯定更不夠用——不反對學子適量讀點經，但讀經至上主義卻是夜郎自大。儒家固然有可取之處，「國學」當然應該研究，甚至温和的儒家仁政主張也是可以探討的，但儒家原教旨主義則與伊斯蘭教、基督教或其他一切原教旨主義一樣應受唾棄。主張以儒教立國、學統道統政統合一的復古主

義，確是蒙昧主義——那已是很客氣的説法，否則可稱之為反共和國的思想：當代中國作為一個繼承滿清帝國疆土的現代國家必須是個多民族、多文化、多宗教、一國多制的世俗共和國。

任何鼓吹漢文明崛起的言論其實都在動搖共和國的根基，正如主張伊斯蘭文明崛起者最終都威脅到伊斯蘭地區的各個民族國家。

許多論者都正確的知道兩點：一是中國要崛起，二是中國文化偉大，跟着就腦筋一歪説：所以，中國崛起要靠中國文化。這是有很大問題的，問題在「所以」和「靠」，中國要崛起，中國文化偉大兩句話本身都沒問題，但一用「所以」、「靠」將兩句沒必然關連的話連起來，就成笑話，説這話的人很明顯既不瞭解中國文化，也不明白崛起需要多少中外古今多元的文化思想資源。

現在中國學者説中國現代性，印度學者則説印度現代性。高麗民族的歷史也很悠久，北朝鮮現在走的路更是舉世無雙，大概是比誰都更有資格説北朝鮮有自己的現代性吧。只是當每個國家説起自己都動輒加上個「現代性」，「現代性」這個詞就已變得修辭裝飾意義大於現實解説意義。

中國現代性、中國特色、北京共識等，本來都只是對現實情況的不同描述，但若當作規範性的目標來追求，皆有可能變成是帶強迫性與對抗性的。

我們知道現代沒有單一內容，現代本來的確只是人為——你可以強調是西方人——建構出來的概念，可以批評別人對現代的理解，但反思現代不等於中國必然要執着的也去建構一個不一樣的現代。

沒有錯，每個地方的歷史與現實都不會一樣，都有特性，都要走自己的路，要自我理解，要有自己的問題意識，改變要從腳下現有情況作起點。只是，中國以後不管走甚麼路，都是在豐富這個充滿差異、多元卻是全球化的現代，而不應刻意另尋一種由中國創造的現代。

許多論者對普遍主義作出應有的嚴厲批評，但對特殊主義或例外主義卻欠同樣的嚴謹批判精神，我們誠然應該警惕以普遍主義為藉口的欺壓，但這不等於要故意建構自己的特殊，不管那是所謂中國性或印度性 (hindutva) 或日本人論 (nihonjinron)，都只是誇大其詞的迷思，學理上本難成立，更切忌本質主義化，若作為一種煽動則完全是不道德的。

特殊主義在學說上最有成就的還是要數1920年代至太平洋戰爭結束前的日本哲學界的京都學派，其成員很多留學歐洲，有胡賽爾、海德格的學生，皆曾研習西學特別是當代德國哲學，再向本土固有思想中找資源，建立日本為主體的哲學體系，進而企圖代替西方開始的現代，所謂「近代的超克」。太平洋戰爭前的馬克思主義者戶阪潤已經稱京都學派是法西斯全戰爭

哲學，戰後50年代的日本左翼繼續捧打落水狗，而西方後現代馬克思主義者到90年代還稱京都學派為法西斯學派，可見左翼對這類思想應有的一貫態度。我其實傾向贊同另一些從事東西方比較研究的學者，他們主張採用實事求是的態度看待京都學派，認為該學派主要人物西田幾多郎、田邊元、西谷啟治等有些説法和行為的確曾在哲學層面呼應了當時的日本民族主義，但他們的整體思想只是強調日本固有文化的特殊優越性，從而頗成功的發展出一套有異於當時西方的、帶有「世界史」普世意義的哲學體系，而不是直接鼓吹軍國侵略，故不必被貼上法西斯標籤 (若京都學派算是法西斯，中國許多思想家都可被歸類為法西斯了)。這裏想強調的是，京都學派的遭遇給我們提供了一個警示：這種所謂超克現代的思想──認為本土文化和固有思想資源可建構出超越西方開始的現代的另一種現代並從而建構新的世界史──是多麼容易被狂熱民族主義和法西斯主義所利用。

　　二戰後，一些對西方作出批判的人士，一廂情願寄望中國的革命能發展出有異於西方、日本或普遍現代的新道路。此外，一些身處歐美日本的毛派，亦曾大力肯定文革，其實那種為理念不顧事實常識和人道代價的做法，已不能用一句知識份子的幼稚就可以原諒，而是做人的污點，如1930年代斯大林暴行已開始曝光而部份西方左傾知識份子故意視而不見。

上世紀80年代中以來大陸官方忌談文革，而之前也沒有把這段歷史好好抖在陽光下清理，更沒有公開和持續的自我批評認錯，不光是幾十年過去大陸年青人對這段歷史不清楚，思想界也很容易受蠱惑，分不出宣傳文獻與實踐之間的距離（如鞍鋼憲法），意願與現實的落差（如文革中的城市醫療資源下放到農村），對這個時期的各種「創新」，望文生義，以表面文獻當事實、以樣板當普遍實況。希望這只是思想界的實證經驗研究做得不到位，而不是思想上的不誠實。

近期較有理論價值的提法是「實踐的現代傳統」，因為每個地方的確都有自己的鋪墊和遺產，實踐總是應在本地開始，所謂以本地作為方法，總結實踐經驗、調整自己的問題意識、修正發展路綫，的確是非常重要的，但是，在全球化的現代，如上文指出，光看本地經驗雖勝過光靠本地思想，仍是不足為現在及今後師法的，必須同時參照全球各地古往今來的經驗和思想。

哪些才算中國的當代傳統呢？我們不能把一切曾發生的或只是曾被宣傳記載的都當作該被徵用的當代傳統，正如二戰後德國不會把戰時納粹德國當作應繼承的傳統。

可以說，學雷鋒等理想主義，或多或少還是可被調動的資源，仍是大陸地區的當代傳統，但階級鬥爭這種已被唾棄的實踐就不該是了。另外，男女平等這

項中國了不起的社會成就，是當代傳統，但「馬錫五審判方式」這種不講程序正義的非常時期邊區司法，曾在實踐上屢屢淪為政治迫害的工具，與把人民誘為暴民的公審一樣，決不適用於複雜的今日社會，我們應慶祝它的結束才對，怎能不加批判的把它當成「民眾意願出發」的當代傳統？

　　最近還有論者提出了三種中國傳統之說，指儒家以仁愛為精髓的傳統，毛澤東時代形成的平等與參與的傳統以及改革開放後追求市場經濟與自由的傳統，並援引黑格爾說中國是一切例外的例外。這些話無一不是聰明人說的聰明話，是販賣給知識份子的民粹主義，因為其實每個所謂傳統都是充滿爭議性的，不是可以隨便一言蔽之的，譬如說毛澤東時期的特點，如果有論者很形式主義化的歸納為平等和參與，反駁者也可以很實質主義的指出該時期的特點是敵我對立的階級專政和城鄉分治的二元結構，又如果說中國是世界史的例外，我們也沒有理由不讓日本人說他們也是例外，甚至如當年京都學派所論證的是比中國更例外的例外。

　　所有本質主義化的宏大總論都是應該被解構的，任何對實踐經驗與傳統的繼承都應該是一種批判的繼承。

　　1949年以後，如果有真正的實踐中的當代傳統的話，不管喜歡與否，首先應是指由共產黨人建立的龐

大的官僚體系，這一體系只有在文革期間局部受衝擊，而在改革開放後還一直強力延續，是當下後極權中國的特色，兼備了韋伯所說的傳統習性和法律理性兩種統治合法性。

這裏先提一下馬克思曾經主張過的一種特殊主義，即亞細亞生產方式和衍生的東方專制，其中的兩大對立階級——統治者和被統治者——就是官僚和老百姓。恰恰亞細亞生產方式這個馬克思的重要學說是前蘇聯和中國的共產黨從來最不願多提的，而現在主張特殊本土主義的中國思想家也很方便的把它當作西方泡製的東方主義而拋在一邊。馬克思或許是東方主義者，不過他卻誤打誤撞作出準確的預言：難道今日中國政制的特色不正是一種可稱之為「官本主義」的行政主導官僚統治？

3

在這裏我想試着借用韋伯式與博蘭尼式的視角，來描繪今日中國，看看能否做到比別的思想進路更貼近現實。

* 中國現在的主導統治方式是「後魅力領袖統治」的官本統治，加上一點傳統習性統治。這種統治方式只要能夠不斷獲得被統治者的認受，是可以具合法性的持續下去。

* 現在看來，這樣的統治可能會延續很長時間，

因為統治者與被統治者的合法性新共識，受到了希望穩定發展的頗大一部份人的支持，特別是有財富和話語優勢的城市人口。這不等於說支持現狀的人對政府和執政黨不會作出批評，或社會矛盾不尖銳。

＊這是精英管治、官僚吸納精英的年代，大量的知識精英正在為這樣有合法性的統治服務，而財富精英也與統治官僚關係緊密，既有勾結、也有制衡和反制的關係，但總的來說還是官僚階層佔絕大的主導權，所以可以用「官本主義」來形容中國。

＊為了獲得廣大被統治者的認受，官本主義的統治需要越來越頻密的調整自己，如近期提出的和諧社會、以人為本，三個代表以及共產黨內大規模的保持先進性教育，可以說是因應「社會被發現」的人民新訴求。並因為傳統習性因素已不足以維持統治合法性（魅力領袖因素更弱），故需要進一步的理性化：依法治國、宏觀調控和全面、協調、可持續的科學發展觀——胡錦濤和統治班子並因而得到不少掌聲。

＊「政治」的中國官本統治除了受國際形勢所牽動外，並將持續的受到兩方面的壓力而要不斷調整，一是全球與國內「經濟」的變幻互動與發展，一是民間「社會」的自我保護與新生訴求。這裏，我們還可以加一個較新的範疇：生態資源。經濟、社會、政治與生態所追求的目標是不相同的，四者之間不僅不會完全和諧，甚至是互相抵觸的。這四種難以調和的力量產

生的張力，卻更讓許多人認為只有一個強勢的中央政府才能替發展中的中國總體把關，在任何一個關口找到最優化的選項，實現可持續發展計劃，並保障中國不亂。官本主義的支撐點在此，強勢政府被認為是必須之惡。

* 政府可成事也可敗事，但不能缺席。許多公共政策如金融和國企改革、轉移支付、宏觀調控、區域協調、產業政策、基礎建設、醫療教育社會保障、城市規劃、環境保護、公共衛生、危機處理、公共財提供、能源開源節流等，的確不是市場自己能找出最優選項的，甚至不能等市場失靈才干預，而是長期需要精英預計和表現集體意志的公權的到位。不過，官本統治本身也是發展的雙刃劍，利開山鑿石和規劃調控，卻容易造成資源配置失誤和腐敗。

* 任何對政治學有點認識的人都知道，大政府不等於強政府，更不一定是好政府。官僚體系，毛病必多，用法蘭克福學派社會學家克勞斯·奧佛（Claus Offe）的說法是：「依賴、惰性、尋租、官僚作風、裙帶主義、威權主義、犬儒主義、財政不負責任、逃避問責、缺乏主動和仇視創新，如果不是徹底的腐敗的話……」。在中國的具體情況，我們還可以加上各級政府、部委部門、中央與地方博弈不已，公民權備受侵犯，而團結、穩定、協調、合作、和諧等口號容易淪為對異議者和抗衡群體的打壓。官僚自我糾錯的能

力和改革的誠信受到懷疑。不過，這不表示官本統治局面延續不下去。

* 中國官本主義對政權穩定的過度強調，不無反諷的助長了地方上的政府失靈，因為地方掌權者每以影響穩定為理由打壓廉政者、改革者、投訴者和媒體，加上地方政體內的政法一家、缺乏制衡，誘使地方政權「蘇丹化」，瞞上騙下，集體腐敗、濫用公權、公共與平民資源被吞佔，連有良好意圖的中央政令也常遭到扭曲和抵制。近年已曝光的官民衝突、人為災難和重大弊案更多發生在地方層面。

* 在官本制度下，包括執政黨在內的政府(特別是中央政府)舉足輕重，政府的質素和管治能力，對經濟、社會、生態都有關鍵性的影響，政府政策是左右中國發展的最重要國內因素，政府有形的手在經濟領域到處可見，故此在改朝換代和革命議題式微的今日中國，向政府問責和推動政府改革的確應是公民特別是公共知識份子致力的第一課題，關注點體現在憲政、立法、政府功能轉變、制度創新、公民維權、媒體監察、中央地方權責、地方檢法自主、基層民主選舉，以及國際社會的「善治」共識，包括廉政、法治、透明、問責、包容、講效率、無歧視、要先咨詢、要有回應、可參與和程序公正。

* 在中國式官本主義制度下，中央政府若被極左極右意識形態所劫持，包括毛澤東主義、狹隘民族主

義、文明衝突論等，或過度受制於軍方思維，都將是中國與世界的災難，故此應是頭腦稍為清醒的、現實主義的、愛國的、以政治為志業的統治精英們必須警惕和抵制的。

＊韋伯曾提到一種實質理性，有別於現代官僚法律的形式理性。依這個思路，一些在今日中國已深入民心的實質理性文化觀念，例如西方開始的公正、實質自由、人道、人的自主和尊嚴、社會民主主義價值觀等，印度開始的眾生平等、慈悲等，中國開始的天下大同、天人合一、民為貴、誠信、和而不同、求同存異以及已成形的當代傳統如天下為公、博愛、民族共和、德智體羣美、個性解放、男女平等、安居樂業、環境保護、為人民服務、實踐是檢驗真理的唯一標準等等，將持續與法律、科學、經濟和官僚的形式理性有着施壓與被壓、挑戰與被調用的互動關係，都可以是深化改革的文化動力。

＊在 1980 年代，胡耀邦和趙紫陽政府曾比較高姿態的聆聽知識份子頭面人物的意見，是1949年後的例外。90年代後，政府回復對知識份子的戒心，然而官僚吸納精英的行為卻只有更為積極，更多高學歷者成為官員或替政府做項目(我們談到大陸公共思想時不應忽略這方面的思想產出)，而不能被政府吸納的知名公共知識份子或黨內外異議份子，則被選擇性的分化、冷落或噤聲。胡溫當政後，對言論出版的尺度比後期

江澤民時候更收緊。但不管喜歡或不喜歡，官本主義的中國要改善管治，需要有效的把理智的批評者以至忠誠反對派納入體制內。

* 「社會被發現」的中國，有一個浩浩蕩蕩的現象已在推動社會面貌的大轉變，就是大量農民主動或被動的離土離鄉，這將是世界史上最大規模的遷徙，其背後一大串相關連的問題，要求政府和思想界投入心智，例如農村建設問題、貧富兩極化問題、城市化問題、民工問題、移民問題、勞工保障問題、地區不平衡發展問題、糧食問題、環境問題、對外地人的包容問題、下一代機會平等問題等。

* 官本統治是可以跟含私有企業和市場的混合經濟並存的，或換句話說，含私有企業和市場的混合經濟本身不會終結這樣的統治。不論是從所有制、公部門私部門、市場或計劃等任何一個角度，中國既不宜被濫稱為資本主義，也確實不全然還是社會主義，甚至說成社會主義市場經濟依然是不準確的，宜借用上世紀的西方中性名詞「混合經濟」以暫名之。

* 這裏加一個韋伯的論點：公民社會的發展也不會自動結束這樣的官本主義統治（我們只要想想香港就知道）。他認為國家統治與公民社會是兩個不同的自主範疇，而且公民社會內的資源和價值之爭是永遠擺不平的。必須承認近年中國人私人生活的自由度提升了不少，人民對權益和生活質素的要求也相應提高，在經

315

濟發展需要盡快增大內需的壓力下，個人收入與消費領域將更市場化和多樣化，中產和小康階層漸成氣候並擁有更多社會資本，這一方面可能有助於督促政府提供善政服務，另方面卻不見得動搖官本主義統治，如上文所說，較富裕的城市階層可能因重視穩定發展而選擇維持現狀。

　＊戰爭或許是會結束這樣的統治的，故統治官僚首要避免與其他大國的大衝突——小衝突是免不了的但要限制在可控範圍內。

　＊中國越來越深入全球經濟，而且在現階段是經濟全球化的受益者，連同國內市場發展，經濟高速成長，創造了巨大財富與國力，舉世矚目，無數人生活水平也因而有所提升。中國極有機會成為現代的發展成功故事、當代傳奇。但這並不表示中國經濟發展不會慢下來或痛苦的硬着陸。

　＊中國越發展，與其他國家在局部環節上會越多糾紛，但若收放適度將不至升級成大衝突，例子是中國引進外資卻拒不開放金融市場——諾貝爾獎經濟學家斯蒂格利茨 (Joseph Stiglitz) 反因此稱讚中國政府敢於抗衡華盛頓共識。有些利益和資源競爭如石油爭奪是有較大的潛在風險，但並非不可以通過經濟和外交手段解決。只要中國在國際事務上繼續用現實主義而不是意識形態作為決策基礎，中國的長遠國家利益將較有保障。

＊中國深入參與全球化市場經濟還有一個理由：中國崛起需要時間，所謂戰略機遇期，和平的外部環境很重要。如果今後中國影響的擴大只是在經濟和文化軟實力上，甚至在國際社會扮演更顯著的大國角色，但政治上內斂而軟硬有度、意識形態上不對立不狂熱、軍事上不外展不爭霸，將不致於給美國鷹派及其盟友一個清楚的藉口去說服西方特別是美國人民，再去支持像1946年開始的對當時共產國家的全面實質圍堵政策。

　　＊因為各大國都深入全球市場，無一可脫身另闢新路如當年的法西斯德國、蘇聯和毛澤東的中國，故在恐怖主義陰影驅之不散，國與國、區與區的磨擦不斷的局面下，大國之間的全面戰爭應可避免，中長期和平並非完全空想。

　　＊中國崛起後，成為美國這一個逐漸弱化的霸主之外列強權力平衡的其中一強，結束了現下十九世紀式不平衡但相對和平的美國單霸紀元，到時候世局將出現新的變數。在一個比較好的情況下，屆時仍很有可能逃過二十世紀上半部式的列強爭霸戰爭，也不再重現二十世紀下半部式的雙霸恐怖平衡局面，而是進入一個沒有獨大全球霸權的多極恐怖平衡世界，眾多區域性強國皆擁有核武，但相互間都沒有徹底阻擋對手還擊的第一擊能力，故也不敢輕易以常規武力發動全面戰爭屈服別國，同時確實也脫離不了全球化的市場

經濟體系，這時候各大國或許就會更願意漸進的接受民族國家與世界主義的全球和區域組織的分工共治而不去終結和平。

4

現在，很多人表揚中國，也很多人批評中國，還往往是這樣的：順着話語的路徑依賴，說中國好的時候就越說越一片光明，說中國壞的時候也越挖越恐怖。

兩邊都好像有道理，兩邊都會引來反駁，而且反駁者亦很有道理。

而當大家月旦中國的時候，無可避免會說到中國政府和長期執政獨大的共產黨。

中國的混合經濟官本統治，是受「戰時共產主義」意識形態影響的指令經濟全能極權大政府的後續，指令經濟雖已讓位給混合經濟，政府也一直在自我調整，但中國的事總還是大比例的牽涉到政府，哪怕現在是非全能的後極權大政府。

不過有大權力就應有大責任，中國弄不好，中國政府和執政黨肯定要負最大責任。當然，中國好，中國政府和執政黨大概也做對了些事。

現在，中國、中國政府政黨以至混合經濟的一切，好與壞似是擰在一起，而不是非此即彼。

這大概也是很多人的印象和常識吧，是一個平

凡但很真實的感覺，只要是睜着兩隻眼睛，誰會看不到？

但若我們注意一下大陸思想界的相關論述會驚訝的發覺，頗有一部份好像是只睜一隻眼，非此即彼，相互抗拒、以偏概全。

在政府、政黨、機構、企業等組織大量吸納精英的年代，加上為了順應國際學術流派的壁壘，說話受自身利益立場限制的情況應不在少數。

我想，其他論述者並不是看不到全貌，一個是為了不碰言論禁區以免麻煩或只能在審查底線迂迴而有所不能明言，一個是免於抵觸群眾甚至只是網民情緒而不作敏感之言，另外是學界現實：有些話只能按下不表，不然說得越全就越像雞尾酒，不成一家之言——理論界頭上的奧卡姆剃刀。

也有可能只是體系化的思想，總是落後於現實。二十世紀雖已過去，但人們的思想資源，包括其中的理想主義成份和認知典範，包括本文調動的韋伯、博蘭尼觀點，都是來自上一個世紀或更早的，都與它們生成的時間和問題意識分不開。可是中國現實弔詭而擅移形換影，我們經常是眼鏡度數不對、腦筋轉不過來、話語不夠用。

據說唐代有一名叫絳樹的歌女，可以同時唱兩支歌，「一聲在喉，一聲在鼻」，「二人細聽，各聞一曲，一字不亂」。那本事不是人人學得來。

思想界更不好學「絳樹兩歌」，一張嘴同時唱說兩首歌，確是可疑，但不是這樣，中國的事情總好像不能說得全。

本文援用了兩位現實主義學者的視角，也只是想在同一篇文章內用稍為陌生的密集語言，重新描繪狡點的現實，顧左顧右而言它，絳樹兩歌似的為當下的思想討論弄點難以歸類的雜音，在我們還沒學會用更精確的語言來表述21世紀雞尾酒現實之前，至少做到同時睜開兩隻眼睛。

(2006 年)